別れる理由1

NobuO kojimA

小島信夫

P+D BOOKS
小学館

目次

22	21	20	19	18	17	16	15	14	13
416	395	373	352	330	315	301	280	260	240

1

彼は妻の友人である山上絹子と話をしている。

妻はにこにこ笑いながら、きいている。

絹子は妻の誕生日にプレゼントをもってやってきた。香水が入っているらしい。このごろ香水ばかりたまっちゃったわ、とあとで彼の妻はいうだろう。男の香水というものがあるだろう。ああいうものをつけてみるかな、と彼は笑うだろう。何しろ僕らの少年の頃は、（彼は「少年の頃」とこのごろよくいう。ときどき「われわれ老人は」と先取りしていうのとおなじ心境からきているのに違いない）先生というものは、いいニオイがしたな。試験のときなんかも、ああいいニオイがするな、と思うと先生がうしろに立って、自分の答案を肩ごしに見ているのだった。「名前を書いて。あとで書くつもりでいても、忘れることがある」といわれたものだ。試験といえば、あるとき、彼の担任の教師が、ニオイと共に彼の後に立った。「お前はカンニングしたといわれても仕方がないぞ。机の中に本が入っている」教師は彼がカンニングをしているのを見ていたにちがいない。……

山上絹子はこういっていた。

「山上と二人で『アンナ・カレーニナ』の映画を見たんですのよ。すると途中で、私は帰りますよ、といって彼、立ちあがるのよ」

彼は黙ってうなずいた。どうしてまたそんなものを見に行ったのだろうか、と思いながら。

「私はくせで、あの人に手をかけるでしょう。ハイ・ヒールをはいてるもんですから。あの人も、私の手をとってくれるんですけど、そのとき、あの人は少し前から貧血をおこしていて、ようやくおちついたところだったんです。私、これは悪いと思って、手をひっこめたわよ。だって、私の方が手をとってあげなくっちゃならないところでしょ。だって私より二十五も年上でしょ、いいたかあないけど」

どういうところで山上氏は立ちあがったのだろうか。この人妻の悲恋の物語は、彼は若いときに読んだ。それからは彼は大人になって色々の経験をしてから読みなおした。

映画でも、たぶんあの場面があるはずだ。競馬場で美男騎兵将校のウーロンスキイが落馬して怪我をすると、アンナはそばにいた夫のことを忘れて泣きだした。それを見ていた夫のカレーニンは、自分の身体でアンナをかくすようにしていたが、アンナの顔をじっと見ながら「奥さま気分がお悪いようですからもうお帰りになった方がよいでしょう。さあ、御手をどうぞ」という。

「私は帰りませんの、どうぞ御先へ」とアンナは夫の方をふりかえりもしないでこたえる。こうして三度めにおなじことをくりかえしたあと、カレーニンはアンナを置き去りにして立ちあがる。そのあと、硬直したような、表情一つ動かさないカレーニンの顔や、ほとんど動かない上半身を、彼の脚が運んで行くところがあるだろう。そこで頑丈な、牡牛のような身体をもった醜男といわれているトルストイの筆によれば、カレーニンは、これは体面の問題だと思う。内面のことはとにかくとして体面のことは気をつける義務があるよ、お前は……。

絹子の話では、二人はそれよりもずっと前の場面で立ちあがった。ずうと、ずうっと前でアンナとウーロンスキイの二人がはじめて知り合う頃から、もう山上は、気分が悪くなっていた。

「そういう意味では、あの人にはわるいけど、とてもつまらなかったの」

彼の妻がいった。

「うちの人も貧血というのは、この頃よくあるのよ。この前、霞が関ビルへ夜登って食事をしていたでしょ。私があのハイ・ウエイはどこへ行くのかしら、ときくのに、この人ったら、反対の方を向いて、空返事をしてるじゃない？　あのときくらい私、理解に苦しんだことなかったわ。真相が分るまでね。そのときこの人は一生懸命になって、ひとりで堪えていたらしかったのよ。でも大したことないといわれて安心したけど」

彼はいっしょに笑いだした。

「堪えていたのは、よかったね。あれは堪えて、努力すると、そのうち治まるらしいんです」

「きっとそれよ。一番いい理解者だわ、帰ったらそう申し伝えましょう」

と絹子がいった。

「私は何もしらないから夢中になってスクリーンの方を見てたわ。そしたら、外へ出てからあなたは、ずいぶんああいうのが好きのようだね、だって。だから私はいったわ、わたし達、わたしに限らず、若い頃から熱読したわって」

「そう熱読したわね」

と妻がいうのがきこえた。

「このごろ、私って、いつも、『私に限らず』っていうことにしたのよ」

彼は山上に会ったことが一度もない。彼が思いうかべる山上は、寸分の隙もないように金目の紳士ふうな服装に身をかためた、おそらく少し面長の、ロマンス・グレイの大またで歩く、痩せ形の男にちがいない。彼は自分に敬意をもたれることに慣れていて、そのためにいくらかおこりっぽくて、そして女には自分の方から大きなダイヤをあたえたりする。……絹子の指に百万円のダイヤが光っている。あとになって妻が彼の目の前で誰かほかのものに向ってこういうだろう。

「彼女って例の大きなダイヤをつけていたわ。山上さんといっしょになるとき、あれをもらったんだけど、アパートにいたもんだから、留守に泥棒に入られたらどうしようと思って、なやんじゃったんだって。私、ダイヤなら、それや安くとも百万円以上はするものほしいけど、それや装飾品はほしいわよ。ほしくないどころか、ほしいわよ、私は好きよ。だけど、ひとの指に光っているのを見て、チラッ、チラッと眼を光らせて（ここで彼女は夫から少し顔をそむけるだろうと思う。こういうとき夫はたいてい笑っている。もし、きみがどこかで借金して三百万円のダイヤを買ってきても、ぼくは何も文句をいわずにきみの顔を見て、もちろん、ダイヤの方はあんまり見ないで、いや、なかなかいいねぐらいのことは口にするだろうが……その場合だって、そのダイヤをとくに見たくないのではなくて、たぶん彼には、指を拡げ、そらせて、「どう」といわれるのが、テレくさいのだろう、と思う。……そしてその金を返すために、いつもより精出して新しい内職をさがすか、それとも別のところで借金をしてきて、何とか埋合わせをするかもしれない。そのことで、彼はそのとき不平をいわない以上、生涯不平をいわないでいるだろう。そうして、気にかけて、彼の妻が何かいうようなことがあれば、何でもないというし、もし万一不平の言葉が口から思わず何かの拍子に出かかるとしても、しばらくして、あれは自分の本心ではない、と早速とり消すにちがいない。それは間違いなく、そうなのだ）旦那の較べっこをするのは、とてもいやだわね。それがいやなのよ。だからこのごろは考えちゃってるのよ。……」

彼は山上が「アンナ・カレーニナ」を読んだら、どんなふうに思うか考える。山上にはアンナのようなことのあった妻がいて、もう二十数年一度もあっていない。そういうことを、彼の妻は、絹子からきいてよく知っているし、山上にも会ったことがある。二年前の夏のある日、彼の妻と山上と絹子たちが軽井沢にあそんだとき、ある見晴しのいい奥まった部屋のある料理店で食事をしたあと休んでいると、窓の外を見なれぬ男が行ったり来たりして、ときどきこの男女の一行の方を眺めた。そうすると山上は立ちあがって窓のところにたちはだかるようにして女たちをかくしたことがある。彼はこの話を妻からきいて山上のことを思いうかべているわけだ。そのとき、彼はほんのかすかだが山上に嫉妬心をおこした。なぜであろうか。山上カレーニンは彼より一まわり以上も年上だ。その彼が男として騎士の精神を発揮して、女たちをかくしたことそのことが、どちらかというと無器用なしぐさなのに、なぜ嫉妬心をおこさせるのだろうか。その山上氏の腰つきや、バンドや、その高価な鼈甲のふちの眼鏡や、イタリア製のネクタイやカフス・ボタンや、イタリア製の靴下などや、そういう品物をすかして、身体や静脈のぐあいまで眼の前にうかんでくるようには、分らない。

「絹子さん、あれは別の日だった?」

と彼の妻が話しかけた。

「別の日よ、『アンナ・カレーニナ』を見た日じゃないわよ。あの日は、やっぱり気分が悪くて映画館のそばのお医者で注射をうってもらったんですもの。大へんだったのよ、『アンナ』は」

と絹子はいった。彼がそこにくる前に絹子が話していたことを、妻は彼にこう伝えた。

「駅を降りて、暗い道を二人で歩いてきたのね。そうしたら、あれですって、酔払いが寄ってきて、おい、といって彼女の方へつかみかかろうとしたんですって。それで、山上さんが、酔払いに向っていったのよ。それで眼のところなぐられて、眼鏡がこわれて眼のふちに怪我をなさったのよ。それで彼女が助けを求めたら、こんど彼女の方へ向ってきたんですって。だから彼女はもっていたコウモリ傘を、こうしてつっつくような恰好で抵抗していた隙に、山上さんは赤電話で一一〇番を呼んだんですって。あくる日会社へ男はあやまりにきたんですって。それがとってもおとなしい男で、眼鏡代三万六千円をもってきたそうよ」

「でもタマ代の六千円はまる損よ」

「通行人はいたのに誰も助けにきてくれないんですってよ、あなた」

「そういうタチの悪い酔っぱらいというのは、あとでケロッとしているもんなんですよ。したことをおぼえちゃいないんですから、始末におえないんですね」

「私、山上が怪我したとき、あの方のことはハッキリさせとかなきゃあ、いけない、とあせったわ。そのあと、すぐ持ち出すのもわるいから、近いうちにもう一度たしかめておこうとは思ってるのよ」

「五十にもなったときのことを考えたら、女は心細いもんよ。とくべつの人は別として、ちゃんとしておかなくっちゃ。うちなんかも、財産があるわけじゃなしさあ」

彼はよく似た身の上の二人の女友達連中を眺めていた。彼の高校生の娘がそこに腰かけて話に耳をかたむけていた。彼の妻も、彼に釘をさしているな。遺言だけは早く弁護士に頼んで始末しておかなければならないが、まだ何もそのことには手をつけていなかった。

「絹子さんは、ね」と妻が彼の方を向いて話しかけた。

「絹子さんはね、自分が働いている分を全部これから貯金して、五十になるまでに千万円はためるんですって。その千万円の分は、自分が楽しいことをして暮すための金ですって、そのほかにこの人の分は、二、三千万の分は確保してもらうようにするんですって」

「だって私、いつだって逃げ出さないとも限らないもの。私に限らず、私の立場にあれば、自分の子供のでもない坊やのことで不和になれば、いつとび出さないともしれたものじゃないもの。私なんか今まで何一つこれはといって楽しいこととしてきたわけじゃなし、これからだって、それや話相手にはなるわよ、だけど、何といったって、奥さんが生きていて、山上の方が先きに亡くなるとなると、これからだって、それや私は坊やについては、十年間、私でない人が生んで育ててきたんだから、駄目なところがあっても、私の責任ではないというところはあるわよ。だけど、それが淋しいとこじゃない？」

「山上さんは、坊やとよりも、絹子さんと芝居を見たり、食事をしたりするのがいいんですってよ、あなた」

「そう」

と彼はいって、絹子の方にうなずいた。

「千万円ためて、外国旅行でもなさるんですか」

絹子は緊張した用心ぶかい顔をした。この顔を見るときの山上のことを考えそうになった。

「それも計画の一つね」

「ほんとに羨ましいことだわ」

と彼の妻がいうのがきこえた。

世の中には、夫の前で羨ましがって見せない女もいるが、彼女はそう表現できない方の女だ、と彼は思った。

「絹子さんは、前アメリカへ行こうかと思ったことがあるんですって。だけどお母さんがいらっしゃるでしょ」

「あの『重箱さん』が私のことはいいよ、といったって、行けるもんじゃないわよ。わたしゃ、お前と別れて暮したっていいわよ。その方がせいせいするっていうのよ。あたしには何でもいえるのね」

それまでそばでじいっと話をきいていた娘が席を立った。

七十四になるその老婆にも、彼は会ったことはなかった。山上の家で、四十になる娘と同じ寝室で寝ている老婆のアダ名が「重箱さん」。アダ名は誰がつけたのか知らん。女学生ふうのそのアダ名は、絹子が小学生の頃からひそかに頭の中に巣くっていて、女学校へ行くようになって、思いついたのだろう。彼は自分が若くて女学校の教師をしていた頃に、「アンコロ餅」だったか、「大福餅」だったか、「ボタ餅」だったか、アダ名をもらった。彼の妻の京子も、絹子も、女学校の教師をしていた頃の生徒の年齢である。眼の前にいる二人は、自分のことをこういう名で呼びたがっているように思えた。

上級生になって五人ばかり一緒にうつった写真では、みんなセーラー服の上衣にモンペをはいてこちらを眺めている。

大きな肩をして、眼をむくようにして美しい眼を見はっているのが京子で、お月さまのように丸い顔をして、眼も口も同心円をえがくようなぐあいになり、コケシのようにおさまりかえりながら、こっちを見ているのが絹子である。

「アンコロ餅さん、私を幸せにして下さいな。よう、私は幸せであるという保証がないと、がまんがならないんです」

あの頃よりも、成熟した女となった今の方が、そういいそうに見える。

このアダ名は、何を意味しているか、彼は時々考えてきたが、自分で「それはこういうことだ」とハッキリいってきかせたことがないのじゃないかな。彼がそうする前に、手をあげて「さあ、もういいから、あっちへ行ってくれ」というものだから。

絹子はどのあたりか知らぬが、アメリカでうまれた。子供のとき母親や弟たちと日本へやってきて、母親に死なれた。彼女の親類である未亡人が、彼女たちの母親になった。そのとき父親はアメリカにいて、この新しい母親とは暮すことがなかった。そのうち戦争になり、向うで別の女と暮して父親は亡くなった。これが、彼の知っている絹子の経歴である。その経歴を辿っていると、彼女が孤児になってトボトボと歩きつづけているように思える。

彼はこの夏、京子と娘とを連れて軽井沢の宿へ行き、そこが思ったより騒々しいので、京子たちの女学校の友達の恵子の別荘へ泊めてもらった。京子は、山上と絹子の泊るホテルをこの避暑地でさがしてやることになっていた。八月の初めだからどこのホテルも予約で一杯で普通では空き部屋を提供してもらうことは難かしいことが分っていた。

この山上たちが昨年この避暑地へきたとき、男の子を連れてきた。恵子の別荘で、恵子の家族や京子たちが借りてきた猫みたいだった男の子の面倒を見ている間に、ホテルへ一泊した。

彼は微笑をうかべてその時の話をきいたことをおぼえている。軽井沢から京子が電話をかけてきて、今、山上さんにホテルで御馳走になっているの、とハズんだ声がきこえてきた。「あなたからも御礼をいっている、と伝えておきますよ」といった。

「ひとりで淋しい?」

と京子の電話の声はいった。

「そうね、淋しいのだろうね」

と彼は考えながらいった。彼女がそういう問いをかけてくることは分っていながら、淋しいくせにその返事の用意がまったくなかった。

「きみは?」

彼はそういってから、珍らしい自分のいい方におどろいた。

「淋しいといえば、娘だって淋しいだろう」

彼は娘のことを特に考えたり、妻以上に考えているわけではないが、忘れかかると、申訳ない気がしただけのことだ。一人立ちして恋人が出来て父親のことなど忘れてしまうようになれば、そのときにこちらも忘れても許されるだろう。それはこの娘の母親にすまないというようなこととは、ほんとうは、かんけいのないことで、その気持を妻に伝えようとすると、かえって誤解のもとになることは、分っていた。その点ではこれから何年暮したとしても、分りあえるという性質のものじゃない。分りあう必要もなければ、そのことを取り立てて気にするにも当らない。

京子が一日かかって探した日本式の宿へ案内されたが、山上カレーニンは昔名のある人の別荘だったその古い建物の広い畳を敷いた便所のついたとてつもなく広い部屋が気にくわないといってそこをキャンセルして、それから自分でうまく見つけたホテルへ泊った。今年は山上は子供と絹子を連れて草津へ行く予定になっていた。ところが急に中学生の息子は学校から旅行に行くことになった。山上は不意にこの機会に絹子と二人だけでまた軽井沢のホテルに一泊したいと思い立った。

この話をきいたとき、彼は微笑した。ホテルへ二人きりで泊りたいと思っているこの老人と若い妻は、少し二人の中へ入りこんで考えると、彼の想像のいくつかの箱の中の、隅の方にある一つに当てはまるようなものに思われる。やがて十年たてば、彼の上にもめぐってくる世界であるが……

彼は恵子の別荘でぼんやりしている間に、京子は恵子と今年も、もう手おくれと知りながら半日かけて車でホテルをきいてまわったが、どこも相手にしてくれなかった。二人がフロントで話しかけるのが、部屋のことらしいと分ると、もう横を向いて返事もしない。

そのあげく、恵子のこの避暑地での女友達に頼み、収穫なしでもどってきた。受付けでプンと横を向かれた口惜しさを二人が大きな声でくりかえしているのを、彼はきくともなくきいていた。

その夕刻その女友達から電話があった。「ああ、よかったわ。ほんとにすみませんでした」と、こたえる恵子の声が奥の部屋まできこえた。恵子京子の二人は、そのことでよかったわ、よかったわといっているのが、ホテルが見つかったということであった。女友達の主人の顔で支配人に話をつけ、特別に保留してある部屋をまわしてくれたと分った。

「そういう部屋がとってあるのよ。そうしたものよ、きっと。だから、私たちが行ったたって問題にしてくれないのよ。やっぱり道のあるところ歩かなくっちゃあ駄目なのよ」

「そうよ、私たちはそのあたりのタンボか沼へ落っこっちゃう口なのよ」

と京子が合槌を打った。誰にも京子は合槌を打つが、夫の自分には時々やりこめてくる、と彼は思った。自分が出かけて行けば、それこそ沼へおちたところだ、少々京子がやりこめてきたところで、彼はそしらぬ顔をしている。その代り、いつかまとめて彼の方で一言で何かタト工話にして、ぐさっとやらないとも限らない。今日のことも、彼は何とも思っているどころではない。面白い話としてきいているが、五年先きには、一つの材料となって姿を変えてあらわれてこないとも限らない。

その夜、恵子は東京の絹子のところへ電話をかけた。そのとき彼はトイレに入っていたので、はしゃぎ屋の恵子の声が尻すぼみになってくるのを否応なしに、耳にした。

恵子は京子の枕もとへやってきて、小さい声だが、怒りを押えた調子でいった。そのとき彼はキチンで外を見ていた。落雷のあと、まだ電気が消えたままで、落葉樹の葉のシズクが月の光をうけて光っているのを見ていた。

「あなたも別荘建てなさいよ」と恵子が京子にいっていたのを考えていた。

「どうですか、あなた」

友達の前で、大胆に京子はいった。

「さあ、どうですかねえ」

と彼はこたえた。

2

軽井沢から帰ってくる途中、車の中で京子は夫にいった。「山上は自分の会社の社長を通してホテルを特別に世話してもらったから、あなたの方のを断わってちょうだい、と、絹子さんがいうのよ」

「それは、どっちを断わっても、ぐあいがわるいなあ。そういうときには本当なら絹子さんは、山上さんの方を断わるところだろうな」

「あなたなら私にそうして貰いたい？」

京子は考えながらいった。

「たぶんね」と彼は警戒しながらこたえた。「しかし即座に、そっちの方を断わってくれというのは、おもしろいね」

そういっているうちに夫は少しきつい口調になった。もうそのことに妻が気がついていることが分ったな、と思った、やっぱりそうだった。彼女はいった。「山上さんが愛してくれてるのを、彼女分っているからなのよ」

「そうだね」

と彼はいった。しかし彼は考えていた。

「それで、山上さんは、そのこと、つまりこちらをキャンセルすることを知っているのだろうか。もし知ったとした場合、やっぱり、そっちを断わってくれ、ということだろうか。ということは、そのとき、少しは恵子やお前の奔走のことを考えて、悪いと思うが、しかし自分の方も大いに困るので、申訳ないけれどもキャンセルお願いします、ということだろうか。そうなら、山上さんが自分で直接そのことをわびてくるか、または絹子さんにわびさせるかどっちかをするべきではないか。そうでなければ、山上氏も絹子さんも両方ともおかしいのじゃないかな」

と彼は自分のことのように考えつづけた。そして、

「そんなにしてまで二人は、軽井沢へ行かなければならないのかね」

とついいったとき、彼はおやおや、これはこんなことを言い出してあとが困るなあ、と思った。

すぐ京子は追求してきた。

「どういう意味ですか」

「東京のホテルでもいいんじゃないのかな。ただの一晩じゃないか」

「でも、ただの一晩だからこそ、そうなのよ」

そこからあとは彼は目立たぬように黙ると、外を見た。彼の声はこう呟いた。

「いや、ぼくのいうのはね、ハタから見ると、こういうことは見っともいいことではないということだ」

「私たちが見っともないというんなら、そんなの、私、いやあよ」

京子の声は、このときとばかり、そうはねかえってきそうに思えた。

東京にもどってからしばらくして、恵子から京子に電話がかかってきた。ああ、電話がかかってきたな、と彼は別の部屋にいて、思った。

「どうしても腹が立って仕方がないのよう。私やあなたが、あんなにして人に頼んでせっかく探してあげたのに、あとで金をお払いしますから、いいだけ払ってキャンセルして下さいって、いうのは、ちょっと馬鹿にしてない？　金を払えばいいというもんじゃないわよ。もう沢山よ、あの人達の世話をするのは、といいたくなるわよ。あなたにも頼み先の家にも申訳ないわよ。だから私、先日半日留守番をしてケーキをこさえてやったりして、サービスしたのよ」

京子はいった。

「お前は何とも思っていないんだろう」

「そうよ。それではいけない？」

「そんなことないさ。恵子さんだって、口でいうほどには思ってはいないんだ」

彼にしても、山上夫妻のことは、大して気にかけているわけではなかった。

「それで、山上夫妻はホテルへ泊ったあと、どうするのかね」

「山上さんが帰京して、入れ違いに坊やがやってきて、恵子さんとこで過すのよ」

「それでまた恵子さんの息子さんに遊んでもらうのか」

「あそこで遊んでもらわなきゃ、友達というものが、ないんだから」

「うちの子がよくなったように、あそこだって、もう遊び相手をあてがってやるようなことは、いらないんじゃないのか」

「大分よくはなったでしょうよ。でも絹子さんにしてみたら、たえず不安なのよ」

と京子はいった。それから、

「あなたがいってたように、恵子さんには、あなたがほんとうに楽しかったといっている、と伝えておいたわ。恵子さん、とっても喜んでいたようよ。あなたの旦那さんにも、くれぐれもうちから宜しくって、といったら、嬉しそうに笑ってたわ。われわれ夫婦も、だんだんウソをつくようになったと思って、とてもヘンなかんじよ」

といった。

「ウソというわけではないさ。どこの家でもそれを礼儀と思っているのだから。ぼくはいい気になって親切に甘えていたような気がしたのだ。いい気になっていて、気がつかないというのは恐しいからね」

「いずれにしても、私はあなたの家風に染ってきたのね」

と京子は笑った。

彼は、われわれ夫婦というときに、京子が最初は少し気がねをしていたことを思いうかべた。彼は京子はいやがるかもしれないが、前の妻と今度の妻とは、同じものだ、とひそかに思いはじめていた。夢の中で重なるのが、一番正直なあらわれだ、と思った。そう思うと、何かと彼としては具合がよかったが、一応は京子には知らぬ顔をしていなければならなかった。もっとも京子の方が自分の方から、さきに一心同体（？）になろうとしている気配があった。彼女が着ているガウンは彼の前の妻のものを仕立直したものなのだから。

「こんなにダブダブよ」

と彼に両手をヒラヒラさせて京子はいった。

「ずいぶん肥ってらしったのね」

「最後のころはね」

そういうとき、彼は娘がそばにいないことを願った。はるかに彼よりきびしい眼をはなつにきまっているからだ。

「わたし可愛く見えて？」

彼はこたえようがないことを知っていて、そう問いかけてくる京子を見て、ほんとうに可愛いかどうか、しらべて見るようにじっと見ている不器用な自分にあきれた。

彼はよくあとで、ハデな、「わたし可愛く見えて?」というようなことを、前の妻は全然いわなかったか、どうか、考えることがあった。ふいにおちこむように、食事の最中とか、妻を愛撫しているときに考えることがあって、困った。もう考えなければ分らなかった。おかしなものだ。前の妻と思えば、そういう気がしてならないのだ。その情景さえうかんできそうだが、それを彼はそれ以上追求しないことにしていた。しかし、そういう映像が恨みがましくつもりにつもって行くようにも思える。

「可愛く見えて?」

とは一度もいわなかったとしても、それとおなじようなことを何度もいいつづけてきたのだろうか。いや、彼女の全生活はそれをいいつづけていたのに、こっちはうっかりしていたのかもしれない。

ある日京子は、前の妻とよく似た表情をして、睨むマネをしたことがあった。おこりっぽかった前の妻のことを、娘からきいていた京子は、写真をひきずり出してひそかに見たらしく、そっくりの表情をした。そのとき彼は、前の妻が人のマネが好きで、この京子を知っていたら、そしてこの家にこうして彼や娘らと一緒に住んでいるのを見つけたら、皮肉っぽく、京子のマネを巧みにやって見せ、

「可愛く見えて?」

などと、シナを作って見せるかも分らないと思ったりした。京子にとって、それが一番いた

いところにちがいないし、それを眺めている彼も第三者から見たら、どやしつけてやりたく見えるはずだったから。

しかし自分が死んでいても同じことだ。自分が死んでいたら、出来ることなら、別の男をもって、それはそれなりに苦労をし、その新しい男といっしょに暮すうちに、この自分のことは忘れてしまうなら、それもどんなに面白いことだろう、と思う。そうは簡単に行くまい。子供の眼というものが、前の夫のことを思いださせるかもしれない。そうでなくとも、自分に対する一種の肌恋しさといったものは、ヘンなぐあいに忍びよってくるものだろうから……。

すると京子はニヤニヤ笑っている彼に、

「あなたって方は不潔よ、何といってもちょっと不潔だわよ」

とささやくようにいった。彼女は身をひるがえしてキチンへ入ってしまうが、その、ささやき方からすると、

「しかし、そういってしまえば、損をするのは、こっちなんだからな。まあ、私は黙っていてあげるわよ」

というつもりだと思う。それから思案するようにして、

「しかし、私の口からいっては何だけど、あなたは一番分がいいなあ」

といっていそうに見える。料理の本を見ながら。

「私が分がいいと思っている人があるかもしれないから、そうじゃないって、世間さまに宣伝

しなきゃあね」

と。

彼の前で京子が絹子にいっているのが、きこえた。

「あなたが『重箱』さんのことをそうして口に出来るのは、あなたと『重箱』さんとの間が、とっても、うまく行っているしょうこなのよ。あなたを産んだ親でもないし、あなたのパパとも実質的には何も結ばれていなかったのに、あなたを育ててきたというのは、ほんとうに美談よ」

「それはそうよ。そりゃ、たいへんなことよ。その点、私たちなんか遠く及ばないわよ」

そう切口上でいうときの絹子がひきつったように、口をゆがめる瞬間は、この美しい女の中でたった一つ美しくないときだ、と彼は思った。

この顔つきについて山上が文句をいいたくなるときが、もう来ているのかもしれないが、それを黙っているにちがいない。

「その遠く及ばないのが、山上のところへ二人でやってくるようになるときから、そろそろうるさくなってきたわね。籍が入らないのは、私だって考えつづけてきたことだわよ。そのことは母にも相談しないわけには行かないから、相談したわよ。ところが母は、この自分のように籍だけは入れてもらわなきゃあ、といってきかないでしょ。私は山上との間に立って、山上には手を合せんばかりに頼まれるし、ほんとにあの人、私に手を合わせたのよ。母は、『私は何一つ恥かしいことはしてきていない、それは籍だけは入っていたからだ』というわけなのよ。しかし私は、どうせ子供をうめないし私一代なのだから、私さえそれで納得できるなら、いいじゃないかという考えをもっていたわよ。私、それは京子さんも知ってるように、そのことは山上にも母の意見でもあり、自分の意見でもあるとも、話したわよ。だからこそ山上は、奥さんに話をつけに出かけたじゃないのよ。奥さんがせせら笑う気持も分るわよ。『また若い人？いいわね。その新しい女の人に死なれないようになさいよ。子供だけ残ったら、また貰わなきゃならないでしょう。でもその方がいいかもしれないわね』こういわれたって仕方がないじゃない。だって、私が奥さんなら、やっぱりそういうわよ。二度めの奥さんをもらうときに、最初の奥さんのところへ頼みに行って失敗したのよ。『あなたは何をなさってもいいけど、私はあなたの妻ですよ。子供たちはあなたと私たちの子供ですよ。その代り、私はあなたの邪魔をしませんから。どうか御自由に』といわれて帰ってきたのよ。そのとき一度失敗して、こんど二度めということになったら、どうして奥さんが……」

「その人、奥さんという代りアンナさんということにしましょう」

と京子がいった。彼は京子の方を見た。彼は山上を、山上カレーニンとひそかに心の中で呼んでいたが、山上の妻をアンナとは……。

「そう、アンナさんが」

と絹子は、どぎまぎしながら続けた。

「二度めとなったら、おかしいわよね。せせら笑われた山上に、私はそれ以上いうことはできないところへ、この指輪をもらったでしょう。私はそんなもの貰ったって何ということないと思ったけど、母に見せておこられたとき、心が決っちゃったのよ。母のときとは時代がちがうっていったのよ」

「そうだわね。たしかに時代が違うってことなのね、あなた」

と京子が彼の方を向いて同意を求めるようにいった。

「時代、ということかもしれないね」

と彼は合槌を打った。彼は絹子の指のダイヤを京子がチラっと見たと思った。

最近彼女は、指輪を有利に買いかえようとしてその相手に質屋へ入れられてしまい、そのことで、何度となく電話をかけているのを知っていた。前の妻は時々そう大して高くない指輪を勝手に買ってはめていたし、そのことについて彼は一度も口をきいたことがなかったのを、彼はこの頃不思議に思いだしていた。

「ほんとうに、その『アンナ』はせせら笑ったの？」

そうかもしれない。おそらくそうだろう。いや、そうではないかもしれないなあ、と彼は思った。山上と二十数年別居して、再婚もせずにじっとしている女が、せせら笑うのだろうか。

「私、山上のところへうつってきてから、私が山上の奥さんでもないのに、母は私が横暴だ、というんだから、おかしいわよ。ちょっと感覚が狂ってるのね」

絹子の声は黄色いくせに、ザラザラしているのだ、と彼は思った。ザラザラしているというのに気がつかなかった。絹子と話していて、そのことが気になっていたのに。彼はいろいろの女の声を、そのとき生々しく手にうけて眺めるように感じた。いや、身体をふれあわせたとき、身体の奥から発してくる声のない声のようにかんじた。その声は、これからさきざきの出来事を、過去のさまざまの出来事と結びつける糸の役目をになうような、何もかも暗示するような、妙に責任をおびた、それでいてきわめて無責任なもののように、きこえていた。

かん高い京子の声。恵子の太い声。

太くて低いはずだった彼の前の妻の声。その声があるときから、徐々にきこえなくなった。

そのとき彼は一つの考えにおちこんだ。

妻がほかの男を恋するようになったとき、妻は夫にそのことを告げるのをおそれるが、じっさいは夫に一番話したいのではないか。もし、その妻の話を「よし、よし、そうだったか、そうだったか」といって、妻の気持になってきいてやることが出来るとしたら……ちょうど夫たちが外で女とそうしたかんけいになったとき、彼はふくれあがってくる喜びをわざと抑えて家へもどってくる。男は妻に話したいと思っている。それと同じではないか。しかしそのくらいつまらぬことはないであろう、と彼は一方で考える。そのくらい無意味なことはない、のだと。

……

それなのに彼は胸がやきつくように、そういう女を許してやる立場にあれば、どんなに自分は心が煮えくりかえろうとも、幸福であろうか、と考える。うち沈んだ女。胸をはずませて、顔をあげることの出来ない女。思いがけなく自分と夫との間に世間によくある物語が現実となって降ってきた、そのおかしさに、唇のあたりにうかべている微笑。

「おかしいね」

「ほんとに、おかしいわね」

こうした会話が出来たらどうだろうか、と考える。

それが出来ないのは、そのわけは色々あるのだ、と考える。そう。子供。それまでの不和の日々。そう、不和の毎日。これだ。そのために、

「おかしいね」

「ほんとに、おかしいわね」

といったふうには行かない。許すも許さぬもない、という、こういうやり方が出来ない……

山上カレーニンは、彼の「アンナ」と不和であった。彼は「アンナ」の前で一番わるい面をさらけ出し「アンナ」は罵倒をうけるにふさわしいようなことを夫の前でいったりしたりしてきた。

そこで、彼はまた考える。そういうときに祈るようにして、「ただ、おかしいだけのことだ。

これはお前のせいではない」

するとと、

「あなたのせいよ」

と彼女はいう。「アンナ」は。

「私のせいでいいんだよ。その通りだろう」

そこで祈るようにして……彼は夢心地になっている。そんな具合ではまるで駄目なのさ、といいきかせながら。

絹子が京子にこう話しているのがきこえていた。

「坊やってパパと二人では話をしないのよ。だからパパには私がいると都合がいいのよ。ところが、坊やはパパと私といっしょに外へ出ると分ると部屋へとじこもってしまって出てこないのよ。分るでしょ。そんなふうだから、お食事のときだって、坊やは、わざとぼくの好きなものと嫌いなものを、わざとテーブルについてから、より分けるのよ。だから私は『何をしてるのよ。何でもかんでも、そこにあるものお食べなさい。これは初子おばさまが吟味してこさえたものだから、文句をいわずに食べればいいの』とこういうのよ、(彼女たちは、母、娘二人とも、おばさまで、その上に名前がつくので、つまり、絹子は、絹子おばさまと呼ばれていることを、彼は思い出した)そうすると、『嫌いなやつから食べることにするか、好きなやつから食べることにするかな』というのよ。それで私が、『これから食べなさい。もうそれ以上ぶつぶついったって、絹子おばさまは、返事をしませんからね』とこんなふうにいうのよ。そのとき、母は私の袖をひっぱるんです。なんて『重箱』さんなんでしょう。私は山上の前であっても、もう構ってはいられないんですよ。どうせ、そんな子はあとでもてあますに決っているんですからね。それに頼るものは、私じゃないの、この子は。私はそんなとき、カッカッしながら、とてもいい気持なのよ。いつでも出て行ってやるんだから。もう頼んだっていてあげないから。『重箱』さんを連れて荷物をまとめて、どこかのアパートへ引越をするときのことを考えると、いい気持になって、こんなに疲れているのに、何だって私はこんな役を背負わなければならないか、とヒステリイをおこしちゃうのよ」

「たいへんだわね。でもあなた、えらいわよ」

と京子はいって、何か考えこんでいる。

京子にも何か話の種を提供してやらないといけないなあ、と彼も思った。

京子はこれからも自分がヒステリイをおこすことが度々あるかもしれない、と思っているのかもしれない。山上からいつでも逃出してやると絹子がいうように、京子もとび出そうと思うと、とたんに夫に未練も何もなくなってしまい、この家で何年かを過したことが、まる損になってしまうみたいにバカらしいことになる。あまりにバカらしいことじゃないか。そうしたことを京子は今、考えているのだな。「別れる理由があります。いつだって別れます」というのは、絹子の不幸である。そのことは絹子は十分に知っている。自分の不幸だから自分が思うように処理していいじゃないか。特権じゃないか。絹子はそういいたいのだわ、と京子は考えているにちがいない。

「私は貧しくなったり、みじめになったりするのなら、そんな世の中には未練はないわよ」

と京子が彼にいったことがある。

「貧しいといったって、みじめだといったって、それはきみ、人によってさまざまだからな。基準はないのだよ。それに、どんなことがあったって、何か人はそこから光をみつけるものだからな」

と彼がいった。

「私はちがうわ。私には自分の基準があるのよ。私には見えるもの。あれだ、これだ、と口に出してすぐにでもいえるもの」

彼女は彼の指をもてあそびながらいう。そういうとき彼は、決して油断をしない。指は自分のほんの一部であって、本体は別のとこにあるという恰好をくずさない。ひそかに彼は思っている。

未練を作るのは、これからさ。今こうして暮していることが、それにつながるのさと。

娘がそこにおれば、すぐにも京子に向って、いうだろう。

「私はまだまだ未練があるわ。わかいんだもの。いろいろのことをしなくっちゃあ。お母さんは若いときからそうなの？」

「そうよ」

「考えられないなあ」

味方を失った京子は、きつい顔になるだろう。京子には家までが自分のくる前の他人の家に見えてくる。京子は、いらだたしいほど、自分のかねてから抱いているこの大事な懐剣というものが、そう簡単に曝け出して見せたくもないし、分ってもらいたくない。それに、彼女にとっては、身についたものになっているので、彼女自身もその正体をよく見たことがないくらいなのだ。

「お父ちゃまとあなたは、同じ意見なのね。親子だから当り前でしょう」

「親子だからというのは、おかしいわよ。親子という問題ではなくて、ただ考え方の違いよ。それに年齢の問題かもしれないわ」

こんなふうに娘はいうかもしれない。

どうして自分のことを、京子は、小さい子供が呼ぶように「お父ちゃま」と呼ぶのだろう。

「お父ちゃま、といえば、お母さんは、公然と甘えられるからなのよ」

と娘がいいそうに見える。もしそういわれれば、

「甘えられるって、このぼくにかい？」

と彼はこたえるだろう。

「そうだわ」

「そうであるとしても、そうばかりではないな」

京子は彼女の抱いている基準から上に出ようとして、自分の出来る範囲のところで、そのための分りいい「努力」をしているのだな。

「しかし、お父ちゃま、あの旅行のときといって、お母さんが新婚旅行のことをお父さんに思い出させようとするときには、お父ちゃま、というのは、とても感じが出てるわよ」

娘は彼にいいそうに見える。そういうときは彼女は彼女の実の母のように下を向いておなじような声を出すはずである。

娘は、おおっぴらに、浮き浮きして見せる母親を見て笑っていよう。そういうときに大っぴらで屈托のなさそうにうつるのを見て、途方にくれて、かえって素直そうに笑っていよう。

「お父さんのいうように、大っぴらに屈托なく暮せるようにしなければ、あの人も病気になるし、お前も病気になる。ひいてはこのぼくも病気になる。家中が病気になる。そういう家は外から見てすぐ分るくらいなのさ」

これが父親の、思いつめた、理にかなった、そしてどこかヒステリックな教えであった。

「なる」「なる」と脅迫めいた言葉をこの父親は口にしたがるようだ。ぼくには分っているのだ、と。

「アンコロ餅さん。お父さんのアンコロ餅さん。お父さんは、きっと女学生には、大甘だったのよ。何かいわれると、ドギマギして、いう通りになっちゃったのよ。そしてモソモソ、ボタボタしゃべるものだから、ボタ餅ていうのよ、それなのに、ママとはどうしてあんなに争ったの?」

彼は絹子と京子とが、話をしている声をきいている。声がそこにきこえている片端から消えて行くのを、彼はきいている。その声を言葉が、向うへ押しやり、新しいものを迎えるように、いつも爪先立っているように見える。その可憐なこと。さまざまの声の心意気の雄々しいこと!

三年前、娘は恵子のところへ預けて、彼と京子とは旅行に出かけた。彼の親戚も東京には一人もいない。京子は親戚よりも恵子をえらんで頼むことにした。娘は実母のかんけいの知人の家より、かえって京子の知人の方がいいかもしれないといった。

「そうでないと、新しいママが旅にいて落着かないから」

といった。

「でも、そうでなくたっていいのよ。私のお友達のところでなくたって」

「この子がそういうのなら、いう通りにした方がいいよ」

と彼はいった。

「この子のいおうとするところは、もっとほかのことかもしれないがね」

と彼は二人の目の前でいった。まったくもって見識のないことだ。何しろ新しい生活が日も浅く、彼は沈黙することを、まだおぼえていなかった。

「何も私はほかのことを考えているわけではないわ」

と娘がいった。

「そうではないのだ。ぼくにはちゃんと分ってるんだ。しかし、別にお前がそれをいう必要はないよ」

「それは何よ、私もきかなくちゃ」

と京子はいった。お粗末な話だ。

「お前まで、そういうことはないよ」

と彼は京子にいった。

「ムリをしてまで私たち、行かなくてもいいのよ」

「ああ、ああ、二人ともどうかしているわよ。私が何をいったの？　私がどういえば、二人は気がすむの」

「二人ではなくて、たぶん、私がいけなかったのだわ」

と京子がいった。

娘は笑いだした。笑っているが、もう少ししたら、すぐ泣き顔に変るだろう、と思った。

「どうして、いけないの。そういういい方はおかしいと思うわ」

彼は娘が何を考えているか、分っているつもりだった。娘を預けて京子と彼と二人が車で「ハイ、サヨーナラ」とその家を去ってくるとき、京子が悪者にされることが、最初から分っている。そういうことを京子は気がつかないでいる。気がつかないでいることが先方にはよく分る。京子をダシに気の毒がられるのは沢山だ、と娘は思っている。気の毒がる資格のある者が、この世にいるものか。

京子が娘と競争するように、とつぜん声をあげて泣きだした。

娘は彼の方を見て、出かかった涙を一滴二滴おとしてニヤリと笑った。

「やっぱり、私たちって駄目なのね」

「駄目なこと一つもありはしない」

「駄目なこと、一つもないわよ」

と父と娘がなだめた。

「いいえ、駄目。すくなくとも、私は駄目。私、あなたぐらいの年の女の子にとっちめられると、腹が立ってくやしくて、死にそうになるもん。私って昔からそうなの。度量というものがないのか、なくなってしまうのか、自分を抑えることが出来なくなるの。きっと我儘なの」

京子はしゃくりあげた。娘がいった。

「もうよしましょうよ。くやしいのも、分らないことないわ。そんなことに年齢というものはないはずだもの。それに私だって、そう黙っていることは出来ないし、黙っていていいのなら、何も学校で物を習ったり勉強したりする必要もないもの」

「じゃあ、ほんとに恵子さんところでいいのね。ちゃんと話してあるし、よくしてくれるわ。

あの人、とても親切で、親分肌なのよ。私なんかとはちがうのよ」

「私自身はよその家でつらいことが少しぐらいあった方がいいのよ。気がまぎれるし、私ってこのままでは、どうせこれからもこまるでしょう。私だってプライドばかりつよくて困るんじゃない」

旅行の電車が走りだして、シートに坐り直したとき、

「やっと二人になれたわね」

と京子がさきにいった。

「そうだね」

と彼はにこにこした。しかし京子は、彼が恵子のところにおいてきた娘のことをまだ考えていて、二人きりになったことを必ずしもよろこんでいないのを、知っていた。旅にいる間、京子と彼とは同じペースにのった。彼女と並んでうつった写真を見ると、彼がニヤニヤしていた。寝室にはその写真と、そのときにまわった寺の仏像の写真がかざってあった。彼は妻のことでシットするということはないが、自分よりほかのものが、その妻に対して愛情をもっているといわれると、その男に対してシットに近い感情を抱いた。彼が山上カレーニンに対してもっている感情の中には、そんなものが入っている。

3

絹子は京子の方を向いていった。

「ところがよ」と呼吸をととのえるようにして、一息ついた。「ところが、私、あんたのところから出て行きますからね、と母にいわれちゃったのよ。着物をきかえると小さいフロシキ包み一つもって、出かけようとしたのよ。小さな包みなのよ。そんな小さな包み一つさげて出て行くといわれて、どうして私が放っておくわけに行きますか」

京子はうなずいた。

「小さいフロシキ包み一つというのは、とてもつらいですね」

と彼はいった。彼はその情景を思いうかべ、それから考えはじめた。

「母の行くところは、私のところしかないのよ。あの人ってお友達のところへ行ったたって自分の方もきゅうくつだし、相手の人もタイクツで仕方がないのよ。この前も母の友達のおばあちゃんが、いっしょに食事をして、あきれたけど、初子さんて昔からああだったかい。冗談一つ通じない人だし、ほんとに何も趣味がないのだね。気の毒な人だね、あの人は、っていうんですからね」

彼は、絹子が京子の誕生日祝いのプレゼントをもってやってきたのは、先だっての軽井沢の一件のことを、あからさまにではなく詫びるつもりもあるのかもしれない、と思いはじめていた。智恵をつけたのは、恵子であろう。「私なんかいいけど、京子さんにはちゃんとしといた方がいいわよ」といったのであろう。彫りの深い外人のような恵子の顔を彼がじっと眺めていることが度々あるのは、彼女が着々と家の中を整備し、安い土地を買い、その土地の一つに格安で別荘を建て住心地のよいように丹精こめているのに、口を開けば、うちの旦那は玄関をあけて、こうして手を差し出して給料袋だけもらって、もう用はない。どこへなりと御勝手に、というんだから、あの袋さえありゃいいんだから、と威勢のいいことをいうからである。なぜそうくりかえし、くりかえし同じことを、恵子は同じ威勢のよさでいうんだろう、と思うからである。彼女のスカートのチャックが外してあるのは、お腹が出てきて運転をするのにきゅうくつだからだ。恵子の別荘でのこと、昔の女学校のときのウエストの大きさが一にぎりしかなかったので、スカートをこさえて先生に見せたら、あなた寸法をまちがえているんじゃない、といわれたのよ、と恵子は、京子と彼の前でいった。そのとき湯上りの恵子の着ているガウンの下に、首のあたりに房のついたネグリジェが見えた。

「そんなに昔と変っているように見えませんよ、恵子さんは。家内とこの前もそんなことを話していたんですよ」

と彼はいった。そのうち恵子の顔に変化がおきる、おきる、と思いながら、少し視線を外して襖の手かけのところを見ていた。

恵子の顔がぼうっと赤らんできた。

「そんなことないのよ。恥かしくってどうかしちゃうわよ」

と口をとがらせて、わざと蓮っぱに肩をすぼめて首をふりながら、アゴをつき出して、ちょうどくわえていたタバコの煙を上へ向ってはいた。

京子のいい方は彼がいったのと少し違っていた。京子はこういっていたのだ。

「恵子さんは、あれで肥っているんだけど目立たないのよ。何といっても脚が長くてきれいだから、とくをしているわ」

チャックが外してあるままで車のまわりを動いている恵子に、彼が、

「ちょっと外れていますよ」

というと、

「いいのよ、いいのよ」

と即座にいったことがあった。「いいのよ、いいのよ」という言葉が、彼の中に残った。彼は、

「外してあることは分っているけれど、少しずりおちてきそうですよ」

というつもりだった。京子もそんなふうに外していることがあって、何かの拍子にとめてある安全ピンがつきささって、

「イタタタ」

ということがある。だから恵子のチャックが外してあるのはよく分っていた。一日二日と同じ家の中で暮すうちに、彼は京子にいうようなことを口にしたのだ。

恵子は肥っているようには見えなかったので、彼女がチャックをかけ忘れたように見えた。それだからああいうことをいったのであろう、と彼はあとになると思った。彼がガウンを着て長い脚を折りまげている恵子にいったことは、恵子の腰のチャックがはずれていたことを、ほおかぶりしたり、心にもないことを、ぬけぬけといったわけではなかった、と思った。

恵子は彼と京子が車でもどったとき、別荘の屋根にあがっていた。

「手伝おうかね」

と彼は妻の京子にいった。

「いいのよ、いいのよ。ちょっと思いついてあがって見たら、落葉がいっぱいでしょう。樋にはつまっているし……もう終るのよ。この家を建てるとき、梯子をこさえておいてよかったわ。やっぱり梯子は必要なもんよ。あとになって急にほしいといったって、大変じゃない?」

彼は梯子に手をふれながら、京子を迎え入れたとき、しばらくして自分で梯子をこさえたことがあったことや、今、もうくさりかけていることを思った。

「ほんとによくなさるわ」

と京子がいっていた。

「私は動いていれば、いいのよ。子供や旦那にやってもらうとなると、腹が立ってくるだけよ。あてになんかしない方がいいのよ」

彼はアイス・スケート場のスタンドにがんばってフィギュアのインター・ハイに出場する息子の動きを見つめている、着物を着て、カツラをかぶった大柄に見える恵子の姿を思いうかべた。「だって裾が寒いでしょう」といっている姿まで浮んだ。

彼は京子に心の中でこうささやいた。

「ぼくの前の女房をアタマをよくすると、恵子さんみたいになるよ」

「あの人、夜の生活はどうなんでしょう」

と京子が不意に話しかけてきたように思えた。

「どんなふうだか、私、考えられないわ、あの人」

笑っているらしい京子の方を彼は眺めながら、考えられないことはない、と彼はひとり呟いた。

「私、肩がこるということは知らないのよ。不思議にそうなのよ」

「あら、いいわねえ、恵子さん」

「やわらかいんだな、筋肉が、それに身体の中身がほんとうに健康に出来ているんですよ」

「私、堅くなったのは、ここの家へきてからよ。それまでは第一、こんなに肥ってはいなかったわよ」

と京子が対抗した。

京子がある日キチンからもどってきて彼にきいた。

「いろいろの男の人がいるというふうに書いてあるけど、針金のように細い身体をした男というのは、どうなの」

京子は数日前、ケッセルの「昼顔」を見てきた。よく分らないところがあるが、やっぱり映画のせいで、小説の方を読むと、夫に対して妻が何を考えていたか分るようだわ、と前の夜彼女は寝室で仰向きになって小説を読んでいていった。

「どうなのって、そういう人を普通、女性は好む、ということ、おそらくその男はさわってみると柔かい身体をしているということなのだよ」

「妻や子供のある方や、夫、子供のある妻が、家をとび出して、どんなにしてももどってこないというのは、そういう相手とめぐりあったときのことなのかもしれないわね」

「そうかもしれないね。なるほど、それは、よく考えたものだね」

と彼は笑った。

「笑っていては、いけませんよ」

と京子はいった。

「お互いさまさ」

「ちがう、ちがう、ただいってみただけのこと、あなたも、そういいなさい」

と京子はいった。

「そのときから、私、母と争うことはしまいと思ったの。もともとが些細なことから始ったのよ。台所のあとかたづけの仕方が悪いだの、私が坊やとの応対の仕方がまずいだの、ということからはじまったのよ。坊やは私に、レコードをきかせて貰いたがっていたのよ。さあどっちでもいいわ、といったら、じゃあ、ききたくないんだねというものだから、そう今夜はもうききたくないのよ、外でいろんなことがあって疲れていますからね、パパが怪我なさったこと御存知なんでしょうというと、ぼくがきいているのは、ききたくないか、どうかだけなんだ、というのよ。それじゃ、まあ、きかせてもらいますよ。私がこういうと、坊やは、そう、きかせてもらいたいのだね。きかせてあげよう。いらっしゃい。私は部屋へもどる前に山上の部屋ものぞき、いそいで母の部屋へもどると、母はお台所のことで、私に叱言をいうのよ。もう止してちょうだい。私の友人たちは、けっこう自分ふうに台所のあとかたづけをやったり、勝手なことをいったりして、人生を渡っているので、何も私だけが特別例外な不心得な人間じゃないのよ。分りましたよ。私が出て行きますよ。さきざき私のようにならないようによくお気をつけなさい、絹子さん。あなたはマトモな生活ではないことをしてるのよ。どうしてお母さんがマトモなものですか、と私はいったの。私がマトモじゃない？　母はほんとにびっくりした顔をしたわよ。誰からもそんなことといわれたことはただの一度もありませんよ。そんなことをいったのは、絹子さんお前さんたったひとりだよ。私はいつもいうように籍が入っていたのよ。お前さんはそうじゃないでしょう。だから、私よりもちゃんとして後指をさされないようにするのが当り前でしょう。一人前ではないからといって、ふしだらでいいというのだったら、どういうことになりますか。私のようにちゃんと育ててきても、あなたは、私に反抗するような女になったじゃありませんか。あなたの将来は、分っていますよ。それは、お母さんにいわれなくとも分っていますよ。親の運のうすいものは、自分も運がうすいことぐらい分っていますからね、といったのよ」

京子はこういっているように見えた。だから、あなたは一世の日系アメリカ人が後添いをさがしに日本へやってきたとき、絹子は旅行の案内役をつとめているうちに、求婚されて、大いに考えたのよねえ、と。その老人は小柄だが、上を向きアメリカ人ふうな歩き方をしてツバの小さい、帯に模様のあるソフトをかぶって絹子たちの前に現われた。老人は絹子の兄の妻の父親にあたっていた。京子は夫に話した。

「その人は帰国の日が迫ってくるものだから、急いでいたのよ。とうとう鹿児島の親類を訪ねたとき、五十ぐらいの女の人を見つけて二日目に話がつき、三日目にその人の一族と別れのパーティを開いて連れて行ったそうよ。絹子さんは、その鹿児島へ連れて行ったあと、ひとりで引返し、老人とのことはもう少し考えて見ようと思って、帰りの列車の中でアメリカへ行ったときに、お母さんはどうするか、ということなどあれこれ考えて、私とあなたと行ったあの寺へも訪ねたそうよ。予定より二日ばかりおくれて大まわりして東京のアパートへもどってきて二、三日して、その老人から連絡がきたんですって。絹子さん、気の毒だと思わない？」

京子は、彼と結婚してから、急に出席しはじめた同窓会の帰りにこの話をきいてきたのだ。

「それは、そうだね」

「でも仕方ないわ。何といったって若い人がいいわよ」

「そうだろうか」

「それは、そうよ」

と京子はハッキリいった。絹子とは京子は大分前からつきあっていた。恵子は同窓会に出て急に話題にうかび出た友人であった。スポーツ・カーにのってさっそうと帰って行った話が食卓を賑した。

「その彼女というのは、主人は何をしている人かね」

と夫はきいた。

「工場長なのよ。この家のほらこの建材を作っているところなのよ。彼女、女学院にいる間におなかが大きくなった。遣手できれいで、運動神経はあるし、あかるくて、先生によく好かれたわ」

「京子はどうだったのかね」

「私？　私はキマジメで、負けずぎらいだったけど、きさくじゃないもの」

「絹子さんは、どうだったの」

「あの人は、よく出来たわよ、文学少女よ。今だってそうだけど」

「同窓会で、あんまり調子のいいことは、いわない方がいいよ」

彼は泡のように口のあたりへ浮きあがってきたその言葉を眺めた。そんなふうにいったら彼女に冷水をかけることになり、冷たい人間にうつるだろう。「同窓会にかぎらず、ぐあいいいことをいって、あとで困るようなことはしない方がいいよ」

そんなふうにも優しくいかにも物の分った人間のようにいうことも出来ると思った。

彼はしたがって京子のしゃべるのを黙ってきいているだけで、何もいわなかった。

彼がこれからさきいつかこの世を去ったとき、彼女らが集ってきて、なぐさめたり手伝ったり、そして彼女らがそろって引上げて行くと、駅前の喫茶店あたりでコーヒーをのんで、これから京子がどうなるだろう、とか、そのほか自分達の将来のことを話し、そのうち結婚した子供の嫁の話などをするだろう、と思った。

それは彼と京子の結婚の披露に彼の家へ集まってきたときとちょっと似たことになるはずだが、大分彼女らは年をとっている。おしもおされぬ老年になり、……彼女らはこんなおしゃべりをする。

「あの人は外から見ると……のように見えたけれど、ほんとうは△△△だったのよ」

と誰かがいう。たぶん恵子だろうか。

「もう少し早目に、気をつけて××すれば、助かったのかもしれないわ」

というのは、おそらく絹子だろう。

「そういうことをいっても始らないわよ。いつまでもくよくよすることはよすことよ。みんなで助けあって仲よく暮しましょうよ。どうせ一つしか生命はないものよ」

というようなありふれたことをいって元気づけるような、いくぶん無責任なことをいって、自分でもそのことにちょっと気がつき、

「でも仕方がないでしょう、ほんとだもの」

と言葉を足したりするのは、恵子だろう。

夫が死んだとき、自分は、もう、生きてはいない。生きてはいたくない、と、口ぐせのようにいう京子は、幼児が泣くときのように八の字に手を拡げて眼をかくして、誰かが助けてくれるのをアテにしながら、泣きじゃくっていると思うが、友人の前ではそんなところは見せるはずはない。

「母は私と二人っきりの部屋の中で、小さい包みを横において、きちんと壁の方を向いて坐っているのよ。私だって行くところはありますよ、というのよ。私はきっと母は、前のアパートにでも訪ねて行くんだと思ったわ。訪ねて行ったって置いてくれるはずもないから、あのアパートの前でしょんぼり立っているのがおちよ。それを連れ戻しに行くくらいなら、出て行かないでいただきたいわ、といったら、よくお分りだね、あそこへ行くことが。けれども、そのあとが違うよ。私はアパートの前で立ってなんかいませんよ。私はあそこの人の口添えで家政婦の世話をしてもらうわよ、というのよ。それとも、ことによったら、私は、山上さんの奥さんのところへ行って、置いてもらうかもしれない。

『山上さんの奥さんですって？』

『そうさ』

『おいてくれるもんですか』

私はびっくりしちゃったわ」

「ほんとに、それは、あんた、びっくらこいたというところだわね。びっくらよ」

と恵子がきいていたら、いうところだ。

京子がいった。

「はじめから、お宅のお母さんは出るつもりはなかったのね」

「あなたも、そう思う？　そうなのよ」

と絹子ははしゃぐようにいった。

「それから、山上の奥さんの住所を私に書かせたあと、……それあ、私は一応書いたわ。へん？　へんでも仕方ないわ。母はそれを帯の内側にはさんだわよ」と脚をくみなおして女学生のようにすねたような甘えたような口調で、そのときもうキチンにいる京子の方へ向って声を大きくした。京子はオーブンをのぞいたり、冷蔵庫をあけたり、棚から皿をおろしたりしていた。その度に音がして、彼はふりかえりそうになった。

キチンと居間との間にはドアがなかった。

彼はそのうち度々キチンの方をふりかえるようになった。そして「もうそろそろ出来るころらしいね」

と声をかけた。

「話も面白いが、食べることも大事ですからね」

といって、彼ら夫婦がこの頃やっている一種の食餌療法のことに話題を転じた。彼ははじめは、キチンの方に絹子の気を向けさせるだけのつもりだった。京子がいった。

「失敗かもしれませんけど、もうじき出来てよ、こっちの方はかまわないから話をつづけてちょうだい」

そうして彼はそのつもりでもなかった脂肪ぬきの食生活についてくどくどと話をはじめていた。

心を許していいと彼は思った。急に彼の心がゆるやかに羽根をひろげ遂にはダラシがないほどに垂れさがってしまう有様が目に見えるようだった。

「この料理はそうでもないのですよ。これはあなたや、坊やたちに合わせて、普通の洋食です。ぼくらは、平素はまったく別のものを食べているんです」

絹子は、自分に話しかけてはいるが、浮き浮きした調子でひとりしゃべりしているようにしゃべりはじめた彼を、不思議なものを見るように、ちょっとの間眺めていたが、急に立ちあがって京子のそばへ寄って行った。

食後、ミックス・マスターが鳴りはじめ、またオーブンのあけたてする音がしはじめる。京子と絹子の二人がオーブンの前へピクニックに出かけて草原で岩を背中にして腰を下ろして、女だけの話をしながら、ケーキがふくれはじめ、京子は絹子に土産に暖かいケーキをもたせるだろう。

その容器はアメリカ製のものだが、向うの靴や自動車のように堅牢で黄色い地に黒い横文字のついたものだ。京子は格安に基地に住んでいるアメリカ人と結婚している日本人にPXで買ってもらった。その部分品がこわれると直接アメリカへ注文した。

テーブルや調理台の上へ皿を放り出すのは、車のドアをしめるのとどこか似ている。

「また割っちゃった。でもこれは私がもってきたものよ」

といった。京子は彼のところへ来るとき処分しないで残しておいた道具といっしょに皿類は何組も運んできた。珍らしい皿を前にして猜疑心がなくはない古い家族がテーブルについた。

「ママって勇気があるのね」

と娘がいいたそうな顔をした。

「この料理が気に入らない、というのなら、私も考えます。その代り処理した道具や、ムダにつかった費用は返してちょうだい」

京子は、こういうかもしれない、と彼は思った。彼は上首尾にいった夜の生活のことを思いうかべた。今夜も行われるだろう。無難に行くだろう。といって油断はするわけには行かない。

その皿もあらかたなくなりもともと彼の家にあった皿を吟味しながら京子が棚の奥からとり出して使いはじめたとき、彼はなにをするより、かえってそれがなじみのないものに思えた。しばらく皿はちゃんぽんに使われていたが、その皿も大分へってきた。そして新しい皿を少しずつ買いこんでくるようになって、一つの落着きを見せてきたことは、まちがいなかった。

京子はある日から茶と華を習い、はじめにテレビで英会話を習いはじめた。車を十年前に習って、彼の家へくる前から乗っていた。車に乗ることと家政婦を使うこととは、京子の結婚のいくつかの条件の一つでもあるし、もちろん、彼女がすぐ数えあげることの出来る幸福というものでないにしても、不幸でないことのがんこな条件の一つだ。

京子の運転する車の助手席に腰かけていながら、この女は、なかなか強情なしぶとい女だと思った。強情だということは、彼女がくりかえしくりかえしいううちに、もう問題にしてもはじまらないことになっていた。それにそうでなければ、どうして他人の家へ二度めとしてやってくることがあろうか、というふうにさえ、彼女自身がほのめかしていたようにも思える。

「そこの三角窓をあけて」

「三角窓？　ああ、このくらいかい」

「もっと。そう、もっとよ」

「バンドをしめたら」

「バンド？　バンドね」

「しめた方がいいわよ」

「お腹はいたくない？」

「お腹？」

「なんだか、痛そうよ」

京子は前方ばかり見ていた。前方を見つづけるようにと注意したのは彼の方だから、彼女のしていることは、彼に忠実にしたがっていることになるが、彼の心の動きを感じているように思える。

「そうでもないよ」

「それじゃ、きっと煙草のすいすぎだわ」

「そういう気がするかね」

「そう思うわ。ちょっとその窓をふいて見て」

彼は腹を立てれば、もとも子もなくなると思った。彼は前の夫よりずっと物分りのいい、大人であるはずだったから。自分の口からも、彼女にそれに似たことをいったことさえあった。

京子は料理を習いに週二回出かけた。そこで恵子たちに会う。彼女はその日は朝早くから車で出かけ夕方もどってくる。ノートもふえて行くしファイルされたプリントもふえ、ケーキを作ることも、漢方式の支那料理をこさえることもおぼえてきた。テーブルの上にならぶものは、彼女が新しく習ったものばかりで、そのレパートリイも広くなった。はじめはいやがっていたが、そのうちなれてしまい、今では、その蠟のような死んだ色が生きた花と別な趣があると思わぬでもない造花もまぜて家の中には生花や、ゴムの木のようなものまであるようになった。

気がつくと、花模様のついたスリッパをはいた二人の足が眼の前にあった。

テーブルの上には彼のためだけの食事も、客用の鶏肉をつかった料理も何品もあった。ナプキンも二種類あった。何年か前まではアメリカにしかなかったものが四つも五つもあった。

「この方がかえって安あがりなのよ」

京子がいったか、前の妻がいったか、テレビの中のコマーシャルがいったか分らぬ。かつての贅沢品がある。そしてそういうものの一つが妻の京子であり、この友人の絹子である、と彼は不意に思った。

「食事だけは、一生懸命に誠意を尽した方がいいって恵子さんからきいていたわよ。坊やだって、母のこさえてくれたものでは、たとえおいしくったって、私から愛情をもらうというかんじにならないわね」

絹子は家政婦と京子を眺めながら、テーブルのこちら側からいった。絹子は彼に背中を見せ、爪先立つような恰好をした。大事なことを楽しく話しているのが、気持よく、友達というものは、いいものだ、といっているように見えた。

「これだけは、まちがいなく、実質的なものだから、って恵子さん、いうのよ。子供は何といっても食いっ気だからって」

「おばさん、もう帰って下さっていいですわ、どうも、ありがとう」

と京子は自分より年長の家政婦にいった。いい家政婦に当って運のいい人だと京子のことを思った。

「それは、ほんとうにそうですよ」と彼はいった。

「食事の世話というものは、何といったって、心がこもらなくっちゃ、おいしく出来るものじゃないし、おいしくしようと思えば、自分の腕をみがかなくっちゃあ、ならんでしょう。自分がその気になるんじゃなければ、藪蛇ですからね。人のためにするというんでは、何だって長つづきしませんよ」

その「藪蛇」に絹子はこだわらずすぐにこういった。

「その点、京子さんは大丈夫よ。信じるわ」

「ぼくもそう思います。光子はどうしたかな、二階で勉強しているのかな」

と彼は立ちあがった。

「そう、呼んできて」

と京子が即座にいった。呼ばなくとも降りてくるべきよ、というつもりなのだな、と彼は思った。暗い階段の下まで歩いてきて、スウィッチをひねった。そこでしばらく佇んでいた。とめどもなく毎日何品も出る食事は数をへらさせた方がいいか、このままでいいのか。立派すぎて、手がこみすぎていやしないか。その前で油断がならないような気がするのは、ただの思いすごしであろう。思いすごしというものだ。

「食事をつくることに一生懸命すぎる」のが、どうしていけないことがあろうか。そもそも、料理に精出すようにいったのは、これも彼だ。正確には彼がいいだしたとき、京子は何日も考えつづけていて、徹底してやろう、と思いはじめていた。

「私は二人だけになったら、この部屋を料理教室に改造するのよ。ここの窓を向うへのばして、……そうしても大してお金にならないかもしれないけど、そうでもしないと、私はあなたにベタついて、きっと嫌われちゃうわ。その代り、若い人もくるかもしれないから、その当日はあなたは出てこないこと。私、ほんとうは、いずれ外国の料理をのぞいてきたいと思うのよ」

彼女が部屋の中を通りすぎるとき、わざと身体をこすりつけるようにすることがあるのを思いだした。

「それとも、あなた、ここでなく、もっと田舎へひっこみたい？　どうしてもこうだ、という
わけではないのよ。私はとにかく、あなたと一緒にせっかくつかんだ幸福をはなしたくないの
だから。晩年になってお金がないということだけは困るわよ。ある程度の抑制のきいた生活を
しながら、余裕をのこして暮すべきだと思うのよ」
「たいへんに道徳的だね」
と彼はにが笑いをした。
「あなたが浮気をしなくなったり、女の人に色眼をつかう年頃が過ぎた頃には、多少ベタつい
て暮してもいいから、そのときは田舎へ入ってもいいと思っているのよ」
気軽に「浮気」とか「色眼」という言葉をつかうのは、どうかと思う、と彼はひそかに考え
た。
「光子はいないな」
二階からおりてきた彼はいった。
「あら、いないって、どこへ行ったのかしら」
「急に用事を思いだしたか、散歩にでも出かけたんだろう」
「お食事どきなのに、もう坊やがやってくる頃よ。光子さんがいないと、何のためにきたのか
分らなくなるわ。坊やは『お姉さん』をうつした写真をもってきてくれるというのに」
「それを知っているんなら、もうすぐ帰ってくるさ」

「坊やのことなら、いいのよ、京子さん、そんなことといいのよ。今日は四段きりかえの自転車にのってくるのも目的なんだから」

「自転車？　それはいいですね」

と彼はいった。

私とあなただけだったら、すべて何事もなくうまく行くのに、と京子が心の中で溜息をついているのが、分った。それは違うのだよ。お前がそう思えるとしたら、それは不幸というより幸福なくらいなのだけど。彼は胸の中から黒い雲のようなものがむらがりのぼってくるような気がして、しばらく途方にくれた。

4

夫にそういうことを考えさせたら、自分の方が損をするということ。その不利を償うには、わめいたり泣き出したりすればいいのだが、それは、相当にしゃべりまくって、夫との間がつながっていることの保証の上でなくては何にもならない。京子が今、そんなことを考えている、と彼、永造は思った。

「おや、坊やがおいでだよ」

と彼は玄関の方へ行った。少年はカメラを肩からかけて半ズボンから大きな脚をまる出しにし、手でオカッパの髪の毛から耳の上へと伝わってくる汗を指でふきあげた。

「わるいなあ、『お姉さん』ちょっと出かけていないんだよ。すぐ帰ると思うけど。お腹《なか》がすいたでしょう、さあ早く上って食事しよう。待ってたんだよ」

少年は声変りしかかった小さいかすれた声で、「そう」といった。

「ぼくはどうしても、六時までには帰るつもりできたんだ。これを届けたら帰るつもりなんだ」

と絹子の方を向いて、いった。

「一度きめたことは、ぼくが実行するということは、絹子おばさまも知っているだろう」

「だって、坊やはおなかがすいてるでしょう。こちらでも用意して下さったのよ」

と絹子はいった。

「さあ、食べようよ」

と彼は絹子のうしろから声をかけた。

「いらない」

と少年は彼の方から視線をそらせて絹子にそういった。

「そう、それならどうぞおひきとり下さい」

と絹子がいった。

「いいじゃない、さあいらっしゃい」

と京子が出てきた。

「いらない」

「あれでいってることはたぶん本当なのよ。私に自転車の切りかえのぐあいを質問させて話したくて仕方がないのよ。今日も『お姉さん』に質問させたかったのに違いないのよ。そうでしょ」

「いやあ、そうでもないよ」

少年は不満そうにいった。

「坊やは、もう一人前なんだからと、そう思っているんでしょ。だから私もいったでしょ。それはいいことだって。どんどん大人になって、自分の方針でやってちょうだい。その代り、お友達とちゃんと対等で話が出来るようになってちょうだい」

「坊やは、ひとりでスケートに行っているそうじゃないか。『お姉さん』はダメだな。もう坊やに追い越されちまったな」

と彼はいった。

「そうよ、そうよ、『お姉さん』はダメだな、といってるのよね。もうちゃんとしているわよね。先だって軽井沢の恵子さんところへおじゃましたときなんか、恵子さんの坊っちゃんにはうるさいほどくっついて歩くのに、私たちの前で壁の方を向いてじっとしていたけど、今年なんか、私たちとも話をしてくれたものね。もっともおばさまがたは大分メイワクだったらしいけど。さあおヒキトリ下さい。この子のお母さまだって、パパとずいぶん出歩いてばかりいたのだから。そのときからの飢餓状態なのよ。何しろ坊やのママは長唄の御師匠さんで、パパは稽古ごとをしていて知り合ったんだもの。女中任せで、暇さえあれば二人でうたったり、旅行したりだったんだもの、あれだけのことは、私がこれから一生かかったってして貰えるものではないわ。いいわよ坊やがしてくれるわ。おばあちゃんになった絹子おばちゃまを、若いお嫁さんが何といったってテーク・ケアしてくれるものね」

絹子の話し方はイヤ味をいうというのでもなく、物語を語ってきかせているだけだ、という調子があった。

少年の視線は玄関に並んだ大人たちの足もとに落ちっぱなしだった。蝿はいたわけではないが、たとえば耳のあたりを舞っている蝿がいて、それを手を使わないで追い払いたいと思っているか、あるいは蝿はいつまでそこにいようとするのか、と考えているように額をかすかに動かしているだけだ。なぜそこに蝿がいるのかということを考えているのかもしれないし、蝿がそこにいるのは、何もいないよりはいいと思っているのかもしれなかった。それでなかったら、絹子の話が一段落つくまえに、ヒキトってもよいはずだから。そうしたことが絹子をイライラさせ、イライラさせることで、この二人は結びついているようにも見える。

「うちの光子ちゃんはお宅の坊やとはちょっと違うのよ」

と京子が、恵子の別荘で坊やを見ながらいったかもしれない。

「でも、ほんとに何かしらよく似てるじゃない」

と絹子が較べるようにしていったにちがいない。

「そう、似てるところはあるけど、坊やは、絹子さんにいわれても黙っているでしょ。光子ちゃんは、黙っていないわね。主人にも、なくなったママにもその点似ているらしいわ。主人は黙っているよりは、しゃべって反抗する方がいいというのよ」

「そう。坊やは、まだ子供なのよ」

と絹子がいっただろう。

「私がくる前は、冬、便所へストーブをもちこんで、光子ちゃんの降りてくるのを待っていたそうよ。私は何だかありそうなことに思うんだけど、この話をよその人が聞くと、『まあ！』といって、光子ちゃんをジロジロ見たわよ」

京子は自分の家の内情をさらけ出そうとするのではなくて、そういう機会に胸の中のものを吐き出したいのだろう。自分の心の中にあるモヤモヤが、うまく処理できないのは、まだ自分が抑えるものを抑え、ちゃんとした生活を送ることが出来ないのは、まことに残念なことだ、というふうに思っているのだろう。京子、お前はそういう女だ。

「私？　私は自分の子供のことを考えているのよ」

と不意に京子がいいそうな気がした。京子は朝ベッドの中ですすり泣いていることがあった。度々のことであるのに、どうしてか新しく泣いているように思え、その度に彼は自分の心が邪慳になっているのにおびえた。

「どうかしたのかね」

と彼は朝ごとに同じ問いをくりかえした。

「すみません、このわけは、きかないでちょうだい」

と京子はうつぶせになり、眼をいそいでふきながらいった。

二度めからは、彼女は「すみません」というだけであった。それでああそうか、と気がついた。

京子の言葉は、その言葉の内容よりは語調の方がずっときびしくて、柵の中へ寄せつけないようなところが見えた。

彼の前の妻はぜんぜん違った理由で、「だまってちょうだい」といった。

京子が泣いているのは、光子のことで絶望的になっているのかもしれないと彼は最初思った。彼女がそうした気持のとき、眠っている夫につたえるよりは、ひそかに泣く方がいいからだ。ところが京子は光子のことで朝泣くことはなかった。

彼女は、何度も寝返りをうって、しばらく前から寝息をとめて様子をうかがっている夫にとつぜん話しかけてきた。すると光子のことを考えていたというわけだ。

彼は泣いている京子に、

「きかないでくれ、というなら、きかないが、ただ泣かれているのは、いい気持がしないからね」

とでもいっただろうか。そうだ。そして京子に、

「私をよそから迷いこんできた野良犬のような眼で見ないで」

といわせまいとして、とっさに彼は眼をつぶったであろう。

そういうとき、彼の眼に、京子は縁のない女で、あるときやってきてベッドに寝るようにな

った女とうつってしまい、もし彼が眼をあけていれば、忽ち京子も察してしまうからだ。

彼女のすすり泣きがしばらくつづいてから、彼はああ子供のことで泣いているのか、と気がついた。

「どうせ気になるのなら、この家へ連れてくるのがいいかもしれないよ」

と彼は京子の様子をさぐりながらいった。京子との間に水々しい感情をもち続けるのに、その子供が入りこんでくることが望ましいという計算が成立つようだ。その子供のことで、彼に気兼ねしながら、甲斐々々しく動きまわったり、彼にすまなさそうに相談をもちかけてくるに違いない。彼女に愛情をかけるのに、子供を通した方が、ずっとやり易いということもあるのだ、と思った。そのとき子供に憎しみを感じたとしても、それはそれでいい。憎しみを抑えて、まあ出来る限り子供のために骨折ってやるということは、それだけ京子に尽してやったことになって、生甲斐を感じることになろう。もし京子が気がつかなければ、心の中に秘めておくということは、それもまた楽しいことではないか。それを死ぬまで運んで行くというのも悪くはない。

「子供は連れてきません」

と京子はうつむいて考えこみながらいった。

「私はやっぱり自分が幸福になりたいんです」

とあとで京子はベッドの中でいった。「そのためには、子供は邪魔になるわ。子供がくれば、きっとうまく行かない。私が駄目になる。私の毎日が苦しい」

その言い方をきいて、彼は、前の妻の同じような思いをこめた真面目な言い方に似ていると思った。

「やっぱり駄目よ」

と彼の前の妻は、彼といよいよ何度めかの別れ話のあとにいった。

彼女の持物はケース二つにつめられてあった。今からすれば恰好のよくないもので、一つはビニール製で高い割によい品物ではなかった。

「とうとう、どうしても行くことに決めてしまったかね」

というようなことをいったと思うが、(そういうよりほかに仕方がない)

「この家もあげるし生活費も出すから、その代り子供は連れて行ってくれた方がいいよ」

といった。

「それは駄目よ」

彼女はすぐにいい返した。「駄目だわよ」とどうしてそんなことをいうのか、と。眉の間に皺をよせて、情なくて仕方がないというようにいった。

「そんなことしたら、あなたは子供に会いにくるじゃないの。そうしたら、また元へもどってしまうじゃないか」

「元へもどる?」

「きっと、そうなるよ」

子供が恋しくて、ヨリをもどすという意味でいったのだろうか、と彼は考える。ほんとうはそうではなくて、離れればまた一緒に暮したがって会いにきて、彼の方がヨリをもどすようにいいよるという意味に彼は取っていたように思う。

彼女はどこへも行くところがない。「出て行く」というから、出て行くあてがあるような顔を二人ともしていた。「あなたのことは、私が一番よく分っているわよ。二十年も暮してきたのだから」と彼女はいっているように見えた。「もっと早く、若いときに、私と一緒になるか、ならぬかというので、とつおいつしていた頃に、思い切って別れるとはいわなかった。私がもう会わないつもりでいたのに、私のところへきて、もう一度考え直して、いっしょになろう、といいにきたのは、あなただった。あれに私はだまされた。あなたと暮して楽しいことは、ただの一日もなかった」

してみると、二人のあり方の問題らしかった。十分にみとめることが出来る。こうなると、二人のいうことは実に互いに分りよくて、別れる理由なんかどこにもないようだ。

「今では、もうおそいよ」

と彼はいった。

「それは私のいうことよ」

というと彼女はわめき出しそうになった。

「ぜひ別れた方がいい」

と彼はいった。「誰かしらお前に合った人がいるかもしれない。今からでも、お前ならめぐりあえる。そのために子供が邪魔かもしれないというのなら、思いきってぼくが引き取ることにしてもいい」

「何て卑怯な人！　私がめぐりあえる人がそう容易にあると思っているの？　何ていやなことをいう人！」

「そんなことはないさ」

「そんなことないって、何のことよ」

そう正確にきくことはないじゃないか、と彼は思った。正確にきくということは、必ずしも冷静になっているというわけではないけれども、冷静になって行く道がひらけていることにはちがいない。今、冷静になっても困ることは困ると、二人は感じていたのだろうか。

「ただの一日も楽しい日はなかった」という彼女の言葉は、彼のハラワタをひっかきまわした。

「一番いい女盛りの時期にあなたは戦地にいたし、私は苦労した。ミスミス四年間もただで過してしまった。あれは大へんなロスよ。それからあとは……」

と彼女がいいたいのだ。そのときいわなくても何かにつけて彼女はいったことだから。

それに対し、

「それはぼくのせいじゃないよ」

といえば、

「どっちだって、私にとっては同じことじゃないか」

というだろう。

女盛りをムダに過したのは彼のせいではないが、彼のせいと同じことだ。たぶん彼女のいいたい意味とは違うだろうが、彼は彼なりによく分る。そんなグチを彼女は彼にしかいう相手はないということだ。

「ああ、頼りない人！」

彼女は口に出してそうはいわなかった。しかし、もしそういえれば、どんなにさっぱりすると思っていただろう。

もし、「頼りない人！」といえば、彼はカッとなって、

「お前さんでも、頼りがいのある人を求めていたのかね」

といい返しただろう。いくらか年上の彼女に、まるで息子が母親に反抗するように。

こうして次第に冷静になりながら、別れることを話題にしてスーツ・ケースを眺めながら、あれやこれや、と語るうち、彼も彼女も猫撫で声になり、醜い二人の顔にボーッと赤みがさし、眼が充血し、ほとんど恍惚境に入ろうとするのは、どういうわけだろう。

彼は自分が訪ねて行く家に、彼女と新しい夫とが暮していることを想像している。子供のことまで考えると、あまり胸が痛むからたぶん一応はずしているのだろう。おそらく彼女は具体

的には何もそんなこと考えてはいなかったはずだ。ところが彼の方は想像している。彼女は新派の舞台のように、障子の隙間か、玄関の戸をあけて、彼の顔を見ると、バタンとしめてしまう。


「帰ってよ、何しに来たのよ」

「帰る、もうお前の顔を見たし、お前が元気そうに見えるから、もういい。これで帰るが、この庭の草を少し抜いて行ってあげよう。この門の横の木戸の二番目の板がとれそうになっているから、これを直しておいてあげよう」

この終りの方は、口の中で呟くだけで、彼は黙って実行にとりかかるとする。

何十分かのあと、まだ前言をひるがえしてはいない彼女は、靴下をはき、スーツ・ケースの方へ近より、

「あら！」

といった。

「どうしたのかしら」

彼女はほんとうにびっくりしている。

「ぼくが隠した。ちょっとやそっと探したぐらいでは出てこないよ」

けっきょく数ヵ月後に同じスーツ・ケースに同じようなものをつめて彼女は出かけた。そこは病院で、彼もついて行ったし、毎日通った。

「坊や」は四段きりかえの自転車にまたがった。

「乗り易すそうな車だね」

と彼は玄関から身を乗り出していった。

乗物の写真をとるのが好きで、新幹線で大阪との間を往復して、その発着の模様をうつしてきたりしていた少年は、今度は自分で自転車に乗りはじめた。

少年は彼と話をするのを煙たがっていた。

「家へ着いたら、すぐ電話するよ」

「『タイム・トンネル』に間に合うように帰るんだね、坊やは」

どこまで大きくなるかも知れない、脚をまる出しにしたぬうーとした身体つきの少年は黙ってペダルをふんで、チラリと彼の方を見た。光子の父親ではあるが、それほど心を許すわけには行かないし、気味のわるい存在だという眼付きだった。それとも誠意が感じられないというふうに思っている眼付きかもしれなかった。「タイム・トンネル」というのはS・F式の、テレビの子供向きの番組で、過去へも未来へも自分の自由にならず二人の若者が彷徨する話であった。彼等を本部であやつる器械の性能は十分でなく、そのために若者たちが危険にさらされ、そこにスリルがあるしかけになっていた。それは割合に面白い番組であった。

光子が帰らぬままに三人はテーブルにつくと絹子が微笑をうかべながらいった。

「私は山上のところから誰にも出て行けだの、いわないつもりだし、自分も出て行くとはいわない代りに、少し我儘させていただくつもりなのよ。坊やといっしょに帰るべきかもしれないけど、御馳走になって、もう少しゆっくりさせて戴くことにするわ」

「どうせ私たちの年齢のものの我儘といったって、大したことはないのよ」

と京子がいった。

「いいでしょう、たまには。御免なさいね。こんなハシタナイことといって、私たちはハシタナイと思うからいけないのよ、ねえ、京子さん」

彼はその言葉を咀嚼するようにしながら黙ってナプキンを絹子にとってやった。

「ところで、この料理、いつも私が食べているものを、ここに大皿に盛ってありますが、これ何だか分りますか。これ何に見えますか。絹子さんが行ってらっしゃるのは、日曜日のフランス料理の方でしょ」

「これは何だか分らないわ」

「これは麵筋《メエンジー》というんですね。支那豆腐を細くきったので、これは生麩《なまぶ》を揚げたのです。ここに鳥肉は少し入っているけど、これはネギなどのこうした野菜を……とにかくいっしょにしていためたものです。こちらはですね。何とかぼくは名前は思い出せない、大豆を固めにゆでて、それにピーマンや人参、タケノコ、椎タケなどといっしょにこうして揚げたものですね。美容食にもいいですよ」

「これがお豆腐？」

「そうなんですよ、こちらは、スフレです。これは意外にむずかしいものだそうです。例の卵の白身を入れてふくらませたものです」

「ええ、それは分っています。こさえることは出来ないけど、ああ、これはトリのモモの丸焼きだから、これは気が楽だわ」

「メキシコ料理のタコスというのは、あれはほんとうの名は何といったっけね」

「あれ、コンカルネ・モリータよ」

と京子はいった。

「あれもなかなか面白い味ですよ。トウモロコシで出来たうす皮がいい。あれは何といったっけね」

「トルティーヤというのよ」

「話は違う、ということもないが、あなたは、肉を使わないカツというのを御存知ないでしょう。これも今に流行るようになりますよ。きっと近いうちに銀座あたりに料理屋が出来るようになると思いますよ」

「カツって肉を使わなきゃ、カツじゃないじゃありませんか」

「それがカツとそっくりの味なのよ、見た眼が似ているのは、当り前だけど」

「いずれ御馳走したらいいよ、京子。それにこの酒ですがね、これは防腐剤の入っていないもので、これなら文字通り不老長寿の薬だし、百薬の長でしょうね。この方がお高いですがね」

「あら、そうですか。こんなお酒があるんですか。それなら、どうして皆さん、こういうのをお飲みにならないんですか。お高いからですの」

「腐るからです」

「からかわれちゃった！」

と絹子は、はしゃいだいい方をした。

「ほんとのことなんですよ」

と彼は苦笑した。絹子が夢中になってしゃべっていると、彼はじっと眺めていた。が、絹子はそれからハンカチを口にあてて女学生のように笑いつづけた。

「私って、笑上戸かしら、笑うといえば、恵子さんにかかっちゃ、笑わせられるわね。矢継早やに漫才みたいなことをいうんだものね。あの方の御主人にもあんなふうのことというのかしら」

「じゃますようだけどついでにいっておきますがね」と、彼はいった。

「あら、どうぞ、いいですわよ」

と絹子はまだいつでも笑う用意があるような表情をくずさないで、ふりむいた。京子の眼は彼を咎めてないどころか、こうした話のやりとりを、かえって楽しんでいるように見えるので、彼は安心した。

「私って、お客さんを呼んで、みんなで話し合って騒ぐの、とっても好きよ」

と京子がいったことがあり、それを実行しているようにも見えた。この人はだまされ易い人だ、と彼は思った。何か物悲しいような流れが胸の中を流れ出しているように感じた。その正体は何なのか、よく分らなかった。鼻の横のところがかゆくなったので、彼は小指をもちあげてそっと二度三度かいた。「好き」といういい方は、いつごろからこの国に流行り出したのだろう。それとも長い間自分たち夫婦には会話がなかったのだろうか。彼女がこの家にくる前、彼女の部屋で十冊にもなる彼女のアルバムをそっと拡げて見た。先ずドンチャン騒ぎといった方がいいような場面のスナップ写真が沢山あった。その中で一番いい位置に京子は陣取っており、彼女の夫と小さい男の子は三角帽子をかぶり、子供の方は、当節なら誰の子供でもよそ行きの半ズボンに背広姿で、人の好さそうな、幸福そうな顔で、そのパパのそばにいた。写真の中には見なれぬ面白いものがあった。京子の夫が、その友人の妻を抱いていた。その女の顔写真と京子の夫の顔写真とを切り抜いて、それに手足をつけたものだ。その女の方は下半身が裸かになっている。京子の夫がいたずらしたものだ。それがアルバムにはりつけてあって、ハートに矢がささる小さい絵がそえてあって、京子の年頃の女はまだみんなそうだったように、ペン描きではあるが、しっかりと習字の御手本をならったことのある文字で、意味ありげな無意味な文句が記してある。その女性は京子の夫と何もあったわけではなくて、その絵と写真と組合せたものは、ただのあそびであった。

そういうふざけたものは、彼の家のアルバムにはぜんぜんなかっただけではなく、アルバムに妻が写真をはりつけようとしたことも、勿論自分の手で添書きをするようなことも、まったくなかったのは、どういうわけだったのか。そういうことを軽蔑したのか、物ぐさだったのだろうか。いったい彼のせいなのか、妻の方のせいなのか。二人ともそれを恥しがり、恥しがることに腹を立てていたのに、そのままずっと打過ぎて、子供のアルバムはあるが、そのほかの写真は箱の中に放りこんだままであった。

その中の一番新しい写真にうつっている京子の子供は幼稚園へ行くか行かぬかの年頃のものだが、今は、山上氏の子供より二つ三つしか違わぬはずである。永造は二、三年ばかり前その子にあったことがあるが、彼におじぎをしながら恥しそうな顔をして自転車にまたがって遊びに出かけた。彼とうちわったことをゆっくり話すために子供がいては具合がわるかった。少年は彼のことをあとで思いだすとしても、彼の顔を思い出すことはあるまいと彼は思った。

永造はもともとその少年に将来いつか会うつもりでいた。京子の結婚の条件の一つとして、京子にいつか親子の名のりあいをしたいから許してくれるか、といわれて一も二もなく承諾したことがあったから。

「あなたと結婚するについて久ちゃんとの約束なのよ」

と京子はいった。久ちゃんというのは、京子の前の夫の名だ。彼も話題にするときは、「久ちゃん」というふうに呼ぶことにした。そう呼ぶと、前からの仲間で和かなフンイキになり、京子の息子もあまりみじめではないような気がしてきた。

「あら、どうぞ、いいですわよ、話してちょうだい」

と絹子は彼を促していた。彼がいうつもりだったのは、つまりこういうことだった。

「普通の日本酒というのは、一升の酒の中に、犬が一匹死ぬだけの防腐剤が入っているのですよ」

「犬はとくに防腐剤に弱いんじゃないですか」

こういうところのある人だなこの絹子という人は、と彼は思った。それから社交的な物のい い方を身につけているのかもしれない、とも思いかえした。もし後者なら、そのつもりの話の仕様をしなければ気の毒であろう。それにしても西洋人の調子とも違うものだ。

自分の話はもちろん、たわいもないものであるが、そうでもない。というつもりが彼にはあった。

「とくに犬が弱いとすれば、犬が肝臓がわるいか、それともその犬が肝臓がわるいかですね」

といった。そしてすぐ続いて、

「さっきの、あの恵子さんのご主人のことはどうでしょうか。ぼくがすっかり横道へそらしてしまいましたが。いやその前に一つその食物の感想を家内にきかせてやって下さい。これも、それからあれも一つ試してみて下さい。昨年、私の勧めている大学の仲間のクリスマスのパーティを、こういう食物ばかりでやったんですよ。ところが中には肉食をしたい人がいましてね、そのうち一種類ぐらいは、本物の肉類が出るものと思って待っていたんですが、とうとう出ないんです。それでがっかりしたという話もありましてね」

「おいしいわ。京子さん、ほんとにこれは肉のような歯ごたえだし、味もなかなかいけるわ。ちょっと奥床しい味じゃない？ いいと思うわよ」

と絹子は眼をまるくして辿るようにいった。考えながら物をいうときの絹子の表情だった。

「ありがとうございます」

と京子はおじぎをするようにいった。

「食物の説明はタイクツかもしれないけど、味の方はまちがいのない、正直なものですから」

「やっかい？ これ」

「こさえるの？ 手間？ たとえば、これなど、コショーを油の中に入れて、においを出させ取り出した油をつかうというわけね、揚げるのに。といった、ぐあいね。よかったらお教えするわ。山上さんには如何かと思うのよ、ねえ、あなた」

「そうだ、ぼくも山上さんにおすすめしたらいい、とさっきから思っていたのだ。山上さんは、美食家でしょうが、どっちかというと洋食がお好きでしょう」

「ええ、まあ、そうね」

「それなら、それで、これまた宣伝の価値がありますね」

と彼はいった。ダイヤの指輪が絹子の指で光っていたようだった。

オン・ザ・ロックにしたグラスの中へ、ウイスキーをつぎ足そうか、あるいはこのまま飲みつづけようか、いっそのこと、これでウイスキーはやめにしようか、と彼は考えた。その小さなことは、京子を扱うときのように重大なことで、五、六年前には思いもよらぬことであった。

一年かもっと前か、もう少しあとか、もう忘れてしまったが、永造はタバコを吸うのをやめた。それも思いもよらぬことであった。二、三度思いたった。三度めだったのか、思い出すのがめんどくさいくらい、はるかなこととして、タバコを吸っていたときのことを忘れてしまっていた。肉食をやめることを思いたって四、五日たつと、肉を食べていたということが分らなくなり、肉を食べるようになる以前の世の中へ一度に舞いおりたような気がした。そのあと大分たってからタバコをやめたのだ。

タバコをやめると、よく夢で吸ったりするということをきいていたが、彼はそれに類した夢も見なかった。夢を見るようになったのは、タバコをやめたことを忘れてしまってからのことであった。彼はよく他人にタバコをすすめられて口をもって行き、火をつける。どうしても、いやだというのに無理強いさせられたのだ。

5

夢の中で、永造はいつのまにか巻タバコを口にくわえてふかしていた。思うつぼにはまりこんでしまったことは分っている。タバコをこうして口にくわえていた以上、もう何もかもおしまいだ、と思った。いいのがれは出来ない。レッキとした証拠がこうしてあがっている、自分はどうしても吸うまいとする意志の力を失ってしまったのか。説明をしても認めるものはいないし、また、そのことが分っているから、説明をする気もおこらない。彼はその夢の中で京子が糾弾することを想定していたと見える。味もなにもないタバコを彼はすててしまうけれども、それでも吸ったことや口にくわえたことは間違いのないことなのである。とても厄介なことだ。眼がさめるときには、すっかりイヤになっていて、その果てに糸が切れるように眼が開いたのだ。

やめているはずだったタバコを、いつのまにか口にくわえているものだからそのために京子が自殺をするかもしれない。夢の中だから、そのイヤな感情や、その感情を強いる力は、古墳の一枚岩の天井のように重かった。夢の終りの方では、その重い感情だけが残って、タバコを口にくわえたことは、大分うすれていた。

永造は、となりのベッドにフトンを額のあたりまでかぶって寝ている京子の方を盗み見ながら、思った。

「それにしても、どうしてああ簡単にタバコをやめてしまうことができるんだろうか」

ある夢では、彼は他人にタバコをすすめていた。彼はタバコのことを忘れかかっていたので、記憶の中からタバコのことを思い出し、抽出に買っておいてあったタバコを取り出して客にすすめていた。すると客にすすめているはずのタバコの箱からのぞいて白い柔かい細長い円筒状のものが、いつのまにか自分の口の中に入り、自分の手はマッチを擦っていて、ケムリまで吐き出している。そうして味は、ない。味は、ない、だからやはり問題ではないのだ、自分は吸ってはいなかったのだ、といいきかせている。その時の空の一劃から京子の泣き声がきこえてきた。それはタイミングがいいというかんじだった。彼が京子を見かけた。そばへ近よってその肩を押えて、涙が流れている顔をこっちの方へ向かせようとして、廻転させた。すると彼女はとつぜん走り出して、彼の前から姿を消してしまった。

永造は京子をこうしてふりむかせたことは、一度もないし、これからもたぶんしないだろうという気がしていた。それが夢の中に現われるのは、前の妻に対してくりかえしたことの名残りだろうか。それとも、そんなことを生じさせてはいけないと思っていることが、そんなふうに行動となってあらわれ、前の妻の場合とダブルのだろうか。

「タバコをほんとにやめてるの、うそだ、うそだ」

と京子は光子と食事のあとなど、ヤユするようにいった。

「お父ちゃま、蔭でそっと吸っているのよ」

と京子は光子にも誘いかけるようにいった。

「ふん。なかなかの狸だから、分らないわよ、お母さん、用心にこしたことはないわよ。書斎の机の抽出の中に吸殻入をかくしているかもしれないわよ。おばさんにきけば分るわよ。部屋のにおいで分るかもしれないわよ」

と光子はいった。光子は自分の母親の言葉をおぼえていて京子に調子を合わせると、結果はまったく別のものになった。永造はいった。

「そんなことなら、一番分るのは、京子じゃないか。前に口がくさいの、シャツがくさいの、いっていたじゃないか」

それをきいて、

「ああ、そうか、そうなのね」

と光子はいった。

「これだから、ヘンなぐあいに、私は大人になってしまうのよ。だからかえって子供にならなくっちゃいけないと思って警戒するでしょ。それでまたひとより子供っぽくなってしまうんだ」

と光子はいった。京子はうれしそうに笑っていた。

二人が機嫌のいい証拠で、そういうときに、永造は、いくぶん危険なことをいった。そういうような危険なことには、京子はほとんど盲目であるか、あるいは時に、盲目になってしまうことがあった。つまり自分の方からずるずると誘いこまれるように、アッと思うことをいった。永造はそういうのを見ると、その方がこの人には自然なのだ、と思うが、永造の方もけっこう危険なことをいった。彼はどこか外で女たちをからかっているような錯覚に陥った。しかし光子はそういう状態の中に鋭くつきこんでくることがあった。たとえば光子はこんなふうにいうことだってあるかも分らない。

「いろいろのことをやって、おタノシミを作っているのね。夫婦ってこういうものかしらね」

「光子ちゃんも、結婚すれば分るわよ」

と京子はいうだろう。

「ほんとうに、吸わなくともすむの。えらいわね」

と京子はすぐ夫の方へ関心を向けてしまう。

恵子の夫の会沢は、このところ何年越し成人病院で検査をうけていた。軽井沢へ永造夫婦が出かけたとき、そのことを恵子が京子に話しているのをきいた。恵子の軽井沢の別荘地での女友達の夫がその病院へつとめていた。そのことを耳にしながら、細かいことは、忘れてしまっていた。自動的に病院から通知がきて、会沢は年に何回と身体を運んで行くらしい。ある日恵子から京子に電話がかかってきた。

「うちの旦那が入院しているのよ。みんなしてオヤジ死ぬぞ、死ぬぞって、息子なんか、ヒドイもんよ。遺産の方はなるべくちゃんとしといてよ、といった調子よ。本人も少ししょげてたけど、私なんかも、覚悟を決めるんだわね。もう五十年生きてきたからいいじゃない？　昔の人は人生五十といったんだから、何も今の平均年齢まで生きることはないわよ、だとか、そう長生きしたからといって、そうあなたのためにはならないわよ、タイクツな日を送るだけよ、とか、今なら私なんかも再婚できるから、奥さん孝行できるじゃない？　とか、さんざんおどかしてやったのよ。大分こたえたらしいわよ」

「あら、そんなことといって。でもそれは御心配だわね」

と京子が、いかにも京子らしい四角四面の返答をした。

「でも、どっちにしたって、早目に分るからよしんば本物が出来ていてもそれだけでいいからね。とにかく本人は殊勝にも、いつも朝は早く起きて冷蔵庫からとり出してきまったコースでひとり食べるんだけど、その日の朝は、病院の指示通りに何も食べずに出かけたわよ。その日は私も起きてきて寝巻きのままキチンへ入ったら、てれくさい顔しているのよ。テーブルを前にして、じっと時間のくるのを待っているんだから、ちょっと可哀想になるじゃない。だってママ子みたいじゃない」

恵子はたぶん、一種独特な茶化すような笑いを電話の向うでひびかせていたのだろう。

それから何日かたって、京子が電話で会沢の様子をきくと、

「ああ、あれ、何でもなかったって。ありがとう。胃の中をカラーでとると、とてもきれいなもんだそうよ。一つ残らずきれいに胃のまわりがうつるんだそうよ。病気でなければ、人間の身体って、きれいなんだって。その代りガンでもあれば、毒々しい色で、見るもムザンなふうにうつし出されるそうよ。そのあとはサバサバしたような顔をしてたわ。こっちは、ちょいと可哀想に思っているうちが花で、元気だと分ると、もう亭主なんかいるのか、いないのか、忘れちゃって、今もあなたにいわれなきゃ、その存在を忘れていたくらいなのよ」

恵子はまたけたたましく笑ったが、ぴたりと笑いをとめたのだろう。そして料理の日の打合せや、そのとき京子が恵子を誘う約束などをしていた。

「だって夜はどうしているのよ。同じ部屋で寝ているくせに、忘れていたということはないでしょうに」

京子は疑問に思っているのだろう、と彼は思った。

永造がタバコをやめるようになったのは、ゴルフの真似事を家の庭でやっているとき、ドライバーをつよくふった拍子に腰を痛めて動けなくなり、治療に都心の漢方医にかかりに出かけたとき、タバコや酒をやめて食餌療法をするようにいわれたことがきっかけになっていた。

新しいハイ・ウエイを京子が運転して車を走らせた。その車の中に永造は座席に身体をくく

りつけるようにして、腰かけていた。永造が前の妻の陽子を都心の病院に連れて行く頃は、至るところ道が悪くて、こうしたハイ・ウエイなどはまだ出来ていなかった。反動があればいつでも、両手で身体をもちあげるように、待ちかまえている、顔をしかめた夫を助手席において、近道を人をかきわけながらハイ・ウエイに辿りつき、シートの上で尻を動かして坐りなおし、気合いをかけるようにして一直線の広い道を走る京子を、彼は、これが京子のいちばん幸福なときで、あとになって、きっとそんなふうに思うかもしれない、と思った。事実確かに今がいちばんそうなのだ。それは、彼にとっては、そうありがたいことではないが、もし自分が妻であるなら、そうであるに違いないのだ。腰はおちついた。彼はタバコもやめかかって、また吸いはじめたし、毎夕食のときにいつも酒をのむようになった。その代り外へ出ることは少くなり、夜は家で過した。

ある日また永造は同じようにして、ドライバーを一ふり振ったとたんにしゃがみこんで、這うようにして家の中へもどってきた。それから京子は助手席にくくりつけられたようになった夫を運んで治療に連れて行った。誰が見ても甘ったれていることは歴然たるものだが、この二人をのせた車がハイ・ウエイを走って行くと、道路の片側から大きなパン工場のいいにおいが、どんなに窓をしめておいても、忍びこんできて、工場が見えなくなってからもしばらく漂っていた。道路の反対側に大きな都の墓地があって、そこの小さい西洋墓地がようやく五回めにクジで当って、陽子の骨をうつすことになっていた。

そこをしばらく行くと、明治の鹿鳴館時代のようなレンガ造りの建物が、ガス灯を伴ってポツンと建っていた。車の速力をおとして近づいてみると、ガス資料館と書いた標札がやはりレンガ造りの門に出ていた。そのハイ・ウエイから青梅街道へいつ出るのが、その時間として最も有効かということを、いろいろと京子はためしてみた。腰のぐあいが少しよくなると、それが二人の楽しみのようになってきた。地図を見ながら、指図をしている老眼の夫の眼は、なかなか文字がうまくつかまらぬうちに車の方はもう考えている余裕がなくて、カーブをまがった。こういうとき、もし相手が陽子であれば、たちまち言い争いになり、たちまち不快な気持になり、陽子の方はなぜ不快になるのか分らないという顔をして、こんどは陽子の方が怒りはじめることになるだろう、と思った。

「光子ちゃん、お父ちゃまを連れて行ってくるから、お願いね」

と京子は出がけによくそういった。

永造は京子と、京子の夫であった「久ちゃん」との生活のことを思いうかべた。

「私たちのように年が違うということと、あなただって私ならどうせ世間の経験のない女だしと、笑ってすますことができるし、私だって、ムキになって争おうとは思わないし」

と京子はいった。

「それに二度めだということがあるしね」

「それはあるわ。ずいぶん違うわ。お互いに遠慮するし、それに……」

京子は身体を彼の方によせて、彼の手に自分の手を重ねた。

「それに、私はあなたが好きだもの」

夫は黙っていた。それからこういった。

「ぼくときみだって、若い時に知りあっていたら、たとえ一緒に暮したとしたって、どんなことになっていたか、分らないよ」

「私たちって、子供が出来るまでは、うまく行っていたのよ。それが子供が出来たら駄目なのね。私って子供がきらいなのよ、きっと。自己愛がつよいのよ」

自己愛がつよいのだ、といったのは、彼だ。彼は半年ばかりの間、そのことが頭の中から離れなかった。

「世の中には、子供のためなら、どんなことをしたって、という母親だっているでしょう。私には、これはどうしたって二色に別れるというふうに考えた方がいいと思うわ」

「あなたなんか、子供が生まれたとき可愛いかった？　私は、子供と二人きりで暮すようになって、お勤めから帰ってくるのを、女中と二人で待っているのを見るようになって、可愛いいという気がしたのよ。それまで五年も六年もたっていたの」

「ぼくは、赤ん坊がうまれおちて泣き叫んでいるのを見たら、股のあたりがくびれていて、それを見たとき、もう可愛いくてしかたがなかったな。首が定まらぬうちから外へ連れだして他人に見せて歩いた。よその子供を見ると、九十日目だとか九十三日目だということが、すぐ分った。それで狂ったことがなかったのだから、関心はあったんだろうな」

彼は少しむきになった。その股のうしろのあたりがふくれているのは、陽子と同じだと思った。はじめて陽子の裸を見たさいに、彼は彼女の身体のその部分が一つの魅力をそなえているのを発見した。それと同じ様子を赤子がしていた、と思ったが、彼の思い過しで、女の赤子というものは、みんなそうなっていたのだろう。彼はこまかいことを口にして、こんなことはいわなければよかったと後悔した。

「私がこんなに流産するのは」と京子はある夜ヒステリックにいった。「私に何もかもやらせるからよ。光子ちゃんだって、もっと手伝ってくれたらいいのよ、私は分っていたのよ。こんなことでは、私のお腹はもたないって」

「それなら、そうとはっきりいえばよかったのかもしれないね。いわなければ気がつかないことがあるし、ぼくらも、もっと静かに歩くように、頼んでいたからね」

「はっきりいえって、そういうことが、私の口からいえますか。私はとってもおそろしいのよ、あの子。それに夜だって、あなたが、この部屋へなかなかきてくれないときは、ほんとうは、とってもこわいのよ」

「おそろしいときみはいうが、光子はどっちみち、いじめていると思われる立場だよ。つまり、あの子はいつだって加害者になる立場なんだよ。あの子は、どうして私をそんなにいじめるのだって、いうことは先ずないからね。最初から加害者の方に廻るものは、分が悪いということも考えにいれるべきかもしれないよ。きみはいざとなれば出て行きます、というだろう。自分が原因で出て行かれたんでは、あの子は詫びを入れるより仕方がないからね」

「私の方が分がいい？　ほんとうにそう？」

「こだわることはないが、そういういい方も出来るね。これはきみには分りにくいことかもしれないし、ことによったら、ぼくの主観が入りすぎているかも分らない。きみが気に入らなければ、ぼくも取り消すなり、考え直したりする。しかし取り消してどうなるものでもないし、ぼくがいったことに不満なら、取り消せばもっと不満だろうから……」

「私の方が分がいい？」

京子は考えこんでいた。意地悪そうに、彼女の顔は歪んでいて、非常に軽蔑したときの笑い顔になった。ほとんど下品なことを考えて笑っているときのように見えた。

彼は善後策を考えこんで、どのように京子が出てきても、口先きでだますことを考えた。場合によっては、くどくどと同じことをくりかえし、しまいに何をいっているのか分らないようになるだけでもよい、と思っていた。数少い争いの中の一回で、単なる口争いがもとになって別れるの、別れないの、ということになるのは、もう沢山だ、と彼は思った。彼がつい口にしたように、光子も可哀想だった。光子は、

「私のせいかしら、私のせいかしら」

といつまでも思い、けっきょくは、彼女の結婚の相手をさがすときにも、ひびいてくること

になろう。

京子の流産の原因は、家の中で動きすぎたばかりではないことは、本人がよく知っていた。彼女が車に乗っていたこともその一つである。子供が腹にいると思ってからも、しばらくは乗っていた。気がつく前に、もう胎児に影響をあたえていないとはいえない。しかし一番大きいのは、その体質であろう。

二人が結婚の約束をかわしたあと、銀座を歩きまわった。京子はパナマのハンド・バッグなどを買いたいので、ついてきてくれるか、といった。デパートを三つも四つもまわり、永造はナイトの役をつとめた。店員の前で相談にのってやったりしながら、おそらく今日の自分の態度は合格であろう、と値ぶみしていた。陽子も彼をつれだしたことがあったが、彼はいつもしかめつらをしていた。その自分が、今こうしている、と思った。

京子は舗道を歩きながら、

「私は男の人について行ってもらうとき、いやで仕様がなかったのだけど、前田さんとはそうでもないわ」

といった。

「あなたって努力してたの？　それともこういうこと好き？」

「さあ」

それ以上、京子が追究するはずがないような速度で歩いているので、彼はお茶を濁すのに都合がよかった。彼はウインドウをのぞいている京子のウナジのあたり、ビンのあたり、身体ぜんたいを見ていた。京子が移動する度に、彼女を守るようなしぐさで自分も動きまわるが、そのときだって、京子の足さばきを見ている。京子が立止ってのぞきこむと、そ知らぬ顔をして、またあっちこっち眺めまわした。

永造は陽子を失ってこの何ヵ月の間、女の肉体が眼の前にあらわれてくれることを願っていた。彼が求めているものは、肉のカタマリや、ビンやウナジといったもので、表向きは情慾というものとは、あまり関係がないように思えた。その中身を埋めるには、彼の中には勝手にでっちあげた陽子のおもかげがあった。

京子は彼の方を仰いで、

「前田さん、私と歩調を合せて歩いてね」

といった。永造は微笑をうかべてうなずき、手をのばして彼女の買物の包みをもってやった。そのあとも自分では気がつかずにたえず微笑をうかべて足早に歩く京子を眺めていた。

銀座の喫茶店の二階で観葉植物にとりかこまれながら、京子と永造が向いあったとき、彼女はハンド・バッグの中から一枚の紙きれを取り出して見てくれるようにいった。完全に子供を産むことが出来る身体であることが、それをつかさどる器官の名をあげて証明してあった。

「私は大丈夫ですから」

彼は京子が何をいおうとしているのかよく分らないが、うなずいた。そのことについて彼はあとで一度も理由をきいたことがない。

京子が三度流産しそうになり、二度めの入院をしてもどってきてから何日かたったとき、

「あなた方は二人でのんきにしていたのでしょう。私には分っているんだから。二人とも私には愛情がないのよ」

といった。

それをきいて彼はもっともだ、と思った。彼女のいう通り、彼と娘は二人でホッとしたように暮していたことはまちがいない。京子が入院しているということが何故、安心だったのだろう。京子がすみません、すみません、という度に、むしろ不思議な気がした。京子のカンの正しさに驚いたが、なぜホッとしたり安心していたのか、身体の具合のわるい京子が家にいることが不安だったわけではないのだから、その理由はよく分らなかった。

彼女はそういう夫や娘のことが頭にあったものだから、私が流産したのは、私のせいではない、といいたかったのであろう。

しかしどっちにしても心の底では京子は、子供をほしがってはいなかった。ほしくないから流産するのか、流産するからほしくないのか、分らなくなった。

しかし京子が入院している間、ホッとしていたというのは真実でないかもしれない。彼はことによったら、いい年をして強烈な生活をしていたことが、胎児を妨害したかもしれないと医者に冗談でいわれてからも、京子がそういう態度をあらためなかったという事実が、心にひっ

かかっていて、京子としばらく離れていたいと思われたのかもしれない。

ある日、永造は成人病院へ入院することになった。

その後も呼出しをうけて検査に出かけてもう一度バリュームをのんでレントゲン室の前で待っていた。隣に腹を出した彼と同年輩の男がいた。それを見て、これは恵子の夫ではないか、と思った。ヘソの上のおかしいようにふくれているところをなでていた。恵子の夫はもう前にレントゲンでかげがあるというので、胃カメラをとって、何事もなかったということをきいたばかりである。なぜ恵子の夫だと思ったのか。永造はここへきてお互いに憮然とした顔つきで新聞や週刊誌を見たり、バリュームの垂れたあとを口もとにつけたまま応接室に出てきたり、ズボンのチャックを忘れたままで、家へ電話をかける男などを見ていると、誰とも話しあいたいとも思わなかった。四十から五十過ぎの働き盛りの男たちは、ここにきていることが場ちがいのような、理不尽のことをさせられているような顔をしていた。何か話しかければ、すぐ腹を立てていいかえすようにも見えた。だが実際はその反対であったかもしれない。いつか来るかもしれないと思っていた自分が、もうここへきて、検査をうけるようになったのは、彼の場合、恵子から京子へのルートから起ってきたことである。ガンの病院の待合室と少し似たところがある、と永造は思った。

もし恵子の夫がいたら、話しかけようと思った。恵子の夫なら、話しかけることが出来ると思った。腹のふくれた男が看護婦に呼ばれた名は違っていた。若い医者がこっちを向いて永造にあいさつをした。左手に小さい箱のようなものにフィルムを入れてのぞいている中年の医者が、そのままのかがみこむような姿勢でフィルムに呟くようにいった。

「前田さん。あなたは、会沢君の紹介ですね。私の家内と恵子さんとは友達なんですよ。うちのやつのことをきいていませんか。この前咳をしたら助骨を折ったのです。そのあとまた自然にもう二本折れてるんですからね」

「このところ私も休日にゴルフに行くことも出来ないんですよ」

医者は箱を机の上に置き、レントゲン写真をえり出しながらいった。

「会沢君といっしょにやっているんですよ。あなたはおやりになりませんか」

「ぼくは腰をいためてできませんね」

と永造はレントゲンの方を見ながらいった。

「私は冬は鉄砲打ちをやるんで、これにもよかったらいらっしゃいませんか。伊豆あたりまで出かけます。那須の奥へも行きます。これはいいですよ。私なんか下手ですから、射ち損うと犬が私の方を見あげて、バカにしたような、頼りない主人だなあ、といったふうの顔をしますよ。タメイキをつくことだってありますからね。でも昨年はキジを十三羽とりました。今年戦果があったら差しあげますよ」

「私の胃のぐあいは如何ですか」

と永造はきいた。

「ちょっと気に入らないと思っているんです。影というより、粒のようですね。ホラ、見えるでしょう」

「悪いものですか、それは」

「気に入らないんです。出来ているところがね、タバコは如何です」

「タバコは止めました」永造はいつものようについ手を振ってさえぎった。そして、これは大ゲサすぎたと思った。

「もう一年にもなります。酒もこの検査があるというので控えているのですが」

いつかはこういう日がくると思っていたので、じっさいにどういうものであろうとなかろうと、いつかは来るべきものが来たのだ、と彼は思った。医者はいった。

「このことは、もちろんあなたは家へ帰って家族に話しても宜しいわけですが、まあ大したことないから、黙っておられてもいいですよ。それにほかの人にいわない方がいいですね」

「ええ、いいません」

永造はいった。

「どっちにしても、あなたの段階では、大したことはないのですよ。可能性は百に一つですから。それに早いですから」

「私もそのうち鳥打ちに行きたいですね、あなた方とごいっしょに」

と永造はいった。医者を仲間に抱きこもうとしていることに気がついて、彼は早くここを出て、ひとりになろう、と考えた。彼はガンの患者が、ガンと知っているはずなのに、ガンではないと思いつづけたり、治癒できると思いつづけて死んで行くケースをいくつも見てきた。彼はこの病気にかかった人の話をきくと、問いただす一方で、それから心の中で、あと一年半か、とつぶやくことが度々あった。見苦しいことだと自分でも思ったが、その通りになることが多かった。

その通りにならないのは、七十二になる恵子の母親ぐらいで、二度手術したのに、今でもカイヨウと信じこんでいて、ピンピンしている。女学校の同窓会へ出かけていった。若い頃テニスをやった仲間がまだ生きているというのだ。その老人はマージャンをやりに隣近所へ出かけて行って平気で夜ふかしをする。あるときから、真実を見ないようになるとすると、もう自分がこの病気になったとして、いつから自分は自分にウソをつくようになるのだろうか。

「この頃大学は大へんですね。あなたのところは今、最中ですか」

「大学？　ええ、たしかに昨今では、アイサツ代りになりましてね」

「アイサツというと」

「お前のところはどうだい、というのがです」

と永造はいった。もう腰をあげようと思った。

「おもしろいですね。私たちの専門の方もインターンの連中が騒ぎはじめたが、いずれ変ることは変るでしょう。ただ今までの医者は、今までのやり方の中で苦労してきましたからね。簡単に変ってもらってもうれしくないことは事実だし、それに可愛いげというものがなくなりますよ」

「ぼくなんかも、ついいきり立ったりしてあとで後悔します。動悸がおさまらないし、貧血気味になるのです。ぼく今年は学校の改革委員の方をやってきましたが、内輪でまた揉めます。一時は学校の建物を見るのがイヤになりました。中に入れなかったり、中に入ったと思ったら、吊しあげを食わなければならない建物ですからね。ぼくらの中にだって、アナキズムがありますよ」

永造は次第に横道へそれているな、と思った。それはそれでいいだろう。自分のいうことに相手がどういう反応を呈しようとそれもいいし、追払われてもそれもまたそれでよかろうと思った。

永造は誰かにいいたい。それは、自分よりもっと年が多い六十すぎの男に向って話しかけるにふさわしいことだが、そう思うのは、自分の年輩のときで、自分も六十すぎになれば、そんなこと話したくも、聞きたくもないかもしれないとも思っていた。彼の中にこびりついても、知らず知らず顔をあげてくる考えであった。

教授会は毎日、大新聞社の経営になる東京には珍しい広大な遊園地の中にあるスキーの滑走塔の中にあるホールや農協のホールなどをかりて開かれた。ホールから脂の多い肉の入ったランチを食いに食堂へおりてくると、濃いグリーンの弾力のあるゴム吸盤状のものを敷きつめた上を若いものが滑っているのが見えた。ゴムの上へ撒いている水が空中で七色に光りながら教師たちがのぞいている厚いガラス窓のこちら側の鼻先きのところをとんできた。

「おや、おや、眼鏡にかかったかと思って拭きとるところだった」

と一人の五十過ぎの教師がいうのがきこえた。

その教師は、ストライキで封鎖された学校の研究室の中に、爆発すれば何十万人も殺すことができるものがあるのに、どうして生温い手段をとっているのか、と演説をした。そのとき、そうだ、そうだというふうに応援するものは誰もいなかった。いっていることにあるウソと本当について、敏感になっていて、ほんのちょっといかがわしくても、ただいい方がいかがわしく見えるだけでも、誰も返事をしないように見えた。

ある人はこういった。

「私はそんなこと、いやですよ。ぜったいに大衆団交というようなものはいやですよ。私はそういうものに出るべきではないと思います。よしんばそういうものへ出たとしてもですよ、いったい誰がうまく話すことができるというのですか。この前、経験ずみじゃありませんか。五十人も六十人もいて何をいうことができましたか。私はいやですよ。ぜったいにいやですからね」

最初から声がふるえていて、どうなることかと思わせながら、話は先き先きへと続き、「いやです」とくりかえす声がちぎれちぎれになった。

そういうことよりも、ある老教師が急にガンコになり、何をいっても「だからですよ、だからですよ」といい、そのあとは、前の自分の意見をくりかえすのを見ると、質問者である永造は、この人の中には言いたいことがメチャメチャに過去の方から押しよせてきて、その人を妨害し、混乱させ、そしてひそかに絶望しているのかもしれない、と思うようになった。どうしてお前たちに分ろう、と。エネルギーがあったり、忍耐づよいものだから、征服したり説得しようとしているけれども、頭の中にあるものは、言葉にならないものがいっぱいつまっている。

「前田さんは、小犬を枕にのせて、いっしょに寝ておられたそうですね」

永造は笑いだした。

「よく御存知ですね」

「又ぎきであなたの奥さん、恵子さんを通じたのを、家内からききました。中川一政さんの随筆を読んでいましたよ。石井鶴三という人が、ビールをのんでいて縁先にきた日本犬に接吻しようとしても、犬が顔をそむけるというので、日本犬は接吻するところを見ていないから知らないんだ、といったりすることが書いてありました」

医者はいつのまにか、彼と向きあってタバコを吸っていた。タバコのケムリのにおいが彼を刺戟した。

6

京子が時計を眺めたのを、永造は額の左すみのあたりで感じたが、気がつかないようなふりをした。京子に対してというより、自分自身に対してであった。

二人にとって、そこに居合わせている絹子にとっても、ことによったら、そこにいない光子にとってもその方が好都合であるばかりか、人間全般にとって好都合である、と彼は思っているようだった。そこに彼ひとりの心に秘めた些かな、そっと包んでおかないと、忽ち消えてしまいそうな幸福があるようでもあった。

誰に知られてもまずかったかもしれない。大なり小なり他人の不幸や、自分の不幸を足場にしてたてかけている梯子だったからだ。

人間の死というものは、最後に何よりも自分の「不幸」をダシにして演じる、あの出初式のときの、梯子の上の曲芸ともいえる。それは分っているのだから、それまで沢山の材料をたえず吸収し続けて行くより仕方がない。

絹子が、戦後十年間のあいだだったら考えも及ばなかった美しい花模様の印刷した方のナフキンで口をぬぐいながら、いった。

「恵子さんって御主人の前で、いいでしょうあなたは、何だって、といったり、この人ってテンプラさえ食べさせときゃいいのよ、といったりなんかするのは、あれは恥かしいのかしら、それとも二人の仲のいいのを見せびらかしているのかしら、どっちだと思う？　それとも……」

「さあ、どっちか知らないけど、会沢さんて、とても気のつく、おとなしい人よ。ああ、いいよ、とおっしゃるのよ。どういう意味にしても、会沢さんがおかしいせいではないわね」

といそいで京子はいった。

京子が恵子に電話をかけたとき、声が似ているので息子の名を呼んだら、私は親の方です、いま、家内と代ります、といったといって、含み笑いをしたりしていた。含み笑いをしていたので、永造が問いただしたら、そういう事実が分ったといった方が正確だ。

京子はいつか、つい最近、恵子の首すじに赤いキッス・マークがついているのを見たのが、おかしいといって笑って夫に話したことがあった。

「たまにはそういうこともあるかもしれないね。あの人だったら、ぼくならよじ登るという感じだね」

「そんなことというもんじゃないわよ。ひどい人ね」

京子は笑いだした。彼はいい気持がしなかった。それは、おそらく、甘いものだろうからね」

「何日に一回かは、有無相通じることがあって、それは、甘くないの」

「ねえ、そういうのでなければ、甘くないの」

「それはそれで一つのケースというだけのことさ」

「あの人に、色気はあって」

「色気はないだろうね。きれいだし人間としての魅力はあるが色気はないね」

「そう、私もそう思うのよ。なぜかしら」

「なぜ?」

「でも、甘いということは、やっぱり色気があるということなんでしょう」

「どうかな」

彼はとりあえず、そう返事をしておくことにした。

これ以上話していると、彼の中に夫婦はこんなことを話しあっているものではない。せっせと子供を産みおとし、せっぱつまって子供のことを話しあい、たとえば上の学校へやってやりたいが、金の方は何とかならないから、夜学へやるより仕方がないとか、あなたは甲斐性がないので、子供が苦しむといって喧嘩をしたり、仲直りしたりするものだ、という考えが頭をもたげてくる。とはいっても、京子にとっては、この会話は大事なものに違いなかった。どんなことでも、本人にとっては、必要なことであるに違いなかった。すくなくとも、そう考えるほうが、無難だった。京子に限ったことではない。

(よその人には、色気はなくとも、その夫にとっては色気があるのかもしれない)

と永造はあとでひとりになってから、思った。

永造は、会沢夫婦には火花が散るような瞬間があるとかねがね思っていた。そのあらわれがキッス・マークかもしれない。しかし口では彼はあくどい冗談をいっていたが、会沢夫婦にはあるはずのほんとうに甘美なものがキッス・マークなどの形をとって眼の前にあらわれて貰いたくなかった。

会沢夫婦のことにふれると、彼は淵へおちこむように深くおちこんでしまった。

「ぼくは会沢さんには、一度よく礼をいわねばならんと思って、まだその責を果していないんですよ」と彼はいった。

「お互いにきゅうくつで、女性軍の笑い者になるかもしれないわ」

絹子は京子に向っていった。

「ねえ、よくテレビにそういう話、あるじゃない。縁側で旦那さまどうしが坐りこんだまま、ぜんぜん話が進まなくなったりしてさ、あとで、両方の奥さまが旦那さまの肩を叩いたり、もんだりするのが……」

彼は恵子が会沢をもんだりするさまを、ちょっと思いうかべようとしたが、忽ち投げだしてしまった。そこには、どうしても入りこんで行けないものがあった。

「そうそう光子ちゃんを預ってもらったとき、会沢さんは、光子ちゃんを友人のボーイ・スカウトの隊長をしている人のところへ連れて行ってくれたんですってね。隊長の人は偶然前田さんの前の奥さんの知り合いの方だったんですって。そのときの話は恵子さんからきいたわよ」

「恵子さん、そうおっしゃってた?」

と京子はいった。

「そうよ、あなた方の新婚旅行のときの留守のことなのよ。そのとき、光子ちゃんが行方不明になって、隊員のみんなが探すことにしたんだ、といっていたわ。そういうふうにして光子ちゃんにみんなの関心が集まるように仕組んだのだそうよ」

「そう」

「恵子さんにいわれて会沢さんも顔を出したそうよ」

「会沢さんも行かれたって」

「そのキャンプによ。もっとも日帰りらしいけど」

京子はうなずいてみせたが「あなた、そういう話は知っていたの」

と京子はあとで夫にきこうとするだろう。京子はしばらく放心したような顔になった。

中学生の三年だった光子は、箱根の山の中のキャンプ場から大分入ったところで、あらかじめ連れてこられてひとりで木のかげに待っていた。小学生や中学生や高校生のまじった隊員たちが、「光子ちゃん、光子ちゃん、いたら返事をして下さあい」と声をはりあげて寄ってくるしかけになっていた。隊長は永造夫婦の知人であった。とくべつ配慮をしてくれた。光子はまた小学生の世話をする仕事もあてがわれた。ボーイ・スカウトではそういう役のことを「ディーン・マザー」といった。

永造は京子が家へくるようになる前、あるアメリカの映画を見た。題名は男の子の名前がついたものだが、その名をおぼえていない。「エディよ何とか」だったろうか。この親子はニューヨークのマンションみたいなところに妻であり息子にとっては母親である人をなくして幾日もたたぬ落着きの悪い毎日を送っていた。

そこへ隣室の独身の女が手伝いにきて、病気になった子供の看病をしていた。水鉢の中にいた金魚が死んでいるのを見て、子供は急におびえはじめ、それから寝込んだ。熱があるものだから、隣室の女は、風邪だといった。それを耳にしながら、彼はその女のいう言葉はまったく無視したように自分の子供の寝顔をのぞくように見ていた。永造はこのとき、これは神経からきたものだとすぐ思った。作者はそのことを知っていたかどうか分らないが、じっさいあった話をもとに作られているに違いなくて、風邪ではなくて神経病だということを、誰にも一言もいわせていないが、その映画の奥にある事実がそう語りかけているように感じられた。子供は林間学校のキャンプに出かけて行った。そこへ父親とこの若い隣室の女が訪ねて行くと、そのあと、子供は行方不明になり、大さわぎになった。映画はけっきょくハッピイ・エンドに終ることになったようである。その子供より光子は年が多いが、夜中に身体がふるえ出して止らないと訴えていた。

その隊長に彼が直接電話をして礼をいったとき、「私はお嬢さんのもっていた写真で拝見したが、ああいう派手な顔つきの女性はあなたは二度めに貰うのはどうかと思いますよ。ああいう人は自分のことばかり考える人相ですよ。あなたは自分の好みで、こんどああいう人を迎えたい気持をもつのは勝手だが、あなたの家や子供にとっては、迷惑な話ですよ。あなたは前の人よりもっと忍従型の人を貰うべきですね。前の人には、あなたは苦労したようにいいふらしているようですが、実はあなたの奥さんは、私たちのところへ来られて、洗いざらい話して行かれて、細かいことをみんな知っているのですよ。あなたには話されていなかったかもしれないが、あなたがよく女のところへ十一時頃出かけて三時頃帰ってきたりしたことや、あなたとの性生活の実情などをよくきいていたのですよ。つまり、私はあなたよりよく知っているくらいです。あなたが奥さんによくしたのは、病気になってからだけだ、といっていました。あの奥さんは何といっても、あなたのことを考えてきたので、あの人がいなければ、けっきょく、あなたは進歩というものがなかったでしょう。あの人はマザー・タイプか、姉さんタイプか知らないけど、あの人は心からあなたの家のことに尽しておられた。あなたは、奥さん任せで、いろいろ文句をいっておられたようですが、何でも実行してみなけりゃ、いいか悪いか分らないんです。あの人の後にくるのに、今ふうのお嬢さんふうな女は、あなたの家のために、なりませんよ」

といった。当っていないこともなかった。当っているともいえなかった。電話の相手はふしぎなほど関心のつよい人だが、京子にこんなこと分らせる必要はないし、もし話せば、京子は出かけて行って、わざと仰々しく礼をいうだろう。

そのとき、あまり関係のないことが浮んできた。

陽子のベッドへ入るとき、笑いながら、

「お父さんは、いつもさあというときに鼻をかむのね」

といったことだった。

それからつづいて彼女の声がきこえた。聖書から抜き書したパンフレットをパタンと放り出した。

「あの頃は、とてもあんたは大きかったわよ」

時々その頃のことを、彼は思いだすことがあった。陽子がそれから十五年もたってからいったさいに、彼の方も同じことを念頭にうかべることがあった。やるせなくて、疼くような気持のときだが、陽子のその言葉や、そのときの表情がうかんでくる。陽子が彼以外の眼には死ぬことが分っていたときだ。

洗いざらいみんな話したか。二人のうまく行かないことを話し、頭がいたくなっちゃうのよ。戦争と外国旅行と二度も私をほったらかしといて、帰ってきても、パッとしないのよ。そんなら私を外国へ連れて行けばよいのに、チャチな奥さんだってどんどんついて行くのにさ、……

彼は会沢に手紙を書いて、礼をのべておいた。恵子の方からもれてくるものなら、いたしかたがないと思った。それを封じるようなことを会沢にいう必要もないし、そうすべきでもないと思った。その日がいつか来るかもしれない。きっと来る。来ても、それはそのときのことである。彼ら、つまり永造と京子はまだすべり出したばかりのことで、すべては未来にあるはずだったのだから。

「私って、ほんとに、時々、山上をいやっというほど苦しめてやりたくなるのよ」

と絹子は怨むようにいった。今まで会沢のことを話していたかと思うと不意に話題が変ってしまった。ずうっと、彼女は自分の夫のことを考えていたのだったのか、と永造は思った。

「私なんか」京子は彼の顔を盗み見るようにいった。それから、絹子の方を向きなおり、彼女のくせで、手で夫の方へ指さして、「こっちの人を、私、ときどきからかってやりたく思うわ」

永造は、光子と、それから、京子が残してきた子供のことを考えた。

「たぶん、どっちもおんなじことなんだろうな」

といった。

「こんなことが生甲斐だとは情けないわ。山上は、すねてやると、それ、生甲斐かね、とこの頃いうのよ」

「女の生甲斐は、何といったって、幸福ということよ」

と、京子はいった。

「私ね」と絹子は、考えながら呟いた。「山上の奥さんという人は、けっきょく一番しあわせなんじゃないかと思うのよ」

「まさか、山上さんの頭の中をひとり占めしているわけじゃないでしょう。ひとり暮しをしていて幸せなことは、ぜったいないわ。女は自分を理解してくれる夫といっしょにそのそばで暮すことよ。それはあなただって、分ると思うわ」

「でも、うまい仕組みだと思うわよ。ほんとに、うまく出来ていると思うわ。あの人、あの婆さん」

私、同じ部屋で主人とやすむのでなければいやあよ、そうでなければ、夫を愛せなくなる、だって不安にする夫なんか、愛することは出来ないもの。……

彼は心の中で京子の言葉をおぎなっていた。これだけは最後の条件で、どこへでも、とくに夫が外国へ行くのなら、かならず自分もついて行くつもりだ、といっていた。私、一週間とひとりでいるの、もたないわ。と京子の言葉をおぎなった。

永造はそう補いながら、京子が道を歩いているとき、彼が女をよそみしたといって、彼の腕をツネったことを思いうかべた。彼はそのときはわき見をしたわけではなかった。遠くから彼の視野に入ってきたが、彼はほとんどその女を見ていなかった。ツネられた痛みが、予期していたよりもひどいので、腹が立った。不意をつかれた痛さが、許すべからざることを、当然のこととして行っているというかんじをおこさせた。すると彼はその女を当然よく見るべきだったと思った。怒りは忽ち際限もなくふくらみ、こういうことを度々ほかの男にしてきたに違いない。そのくりかえしを、臆面もなく自分にしてみせるのだ、と思った。ところが彼は京子にツネられたとき、すぐおかしそうに笑いだしていた。

永造は京子が同じことをくりかえそうということが、何か光りがさしてくるように、ありがたいことにも思えた。人が生きている意味というものは、ことによったら、そういうことにしか、そういう触れあうくりかえししかないのかも知れない。

あとで京子は、あの女はあなたを見て笑っていた、といって腰のあたりの豊かなことや、脚の線の美しかったことを、いった。あれはきっと見ていたはずだ、あんな美しいのを見ないはずがないもの、といった。彼は知っている何人かの女を何気なく思いだしてみた。

絹子が語りつづけるうち、永造は彼の中にある山上の物語を埋めはじめた。絹子が来る前から、彼が寝物語に京子が語った言葉をもとに描きつづけ、少しずつ出来あがっていたものだ。

主人公は山上カレーニン、としても、前田カレーニンとしても、前田永造としてもいい。ある日ロシアのカレーニンは、病みあがりのアンナと二人で広い食堂で食事をしていた。カレーニンは老人である。アンナは若い。彼女が病床でザンゲをし、カレーニンに許しを乞うたあとのことだ。アンナが食堂で喚き出す。ええ、どうせ私は悪い女であなたは良い人なのです、といってフォークを皿の上に投げ出して部屋を出て行ってしまう。カレーニンはじっと食堂の椅子に腰をかけたまま前のテーブルのクロスを眺めている。トルストイははじめこの作品を書こうとしたとき、夫に浮気をされた妻が腹を立てて列車に身を投げて死んだことからヒントを得たが、この話は「アンナ・カレーニナ」の幕があくと忽ちあらわれる、アンナの兄の家の話によく似ている。（これはアンナの最後の場面とも似ている。アンナはウーロンスキイが浮気をするといって怒るのである）アンナの嫂は自殺したいとアンナに訴えるけれども、アンナに慰められるうち、もう一度夫とやり直すつもりになり、どうやらまああの夫婦としてその生涯をまっとうするようだ。トルストイはアンナに次第に苛酷になり、永造の記憶では、この食堂の場面にくると、もういよいよ駄目だという気持になった。

絹子の声がこんなふうにきこえてきていたようだ。

「山上の話では、なかなか男の人に好かれるひとだったそうですよ。その相手の人は軍人だったらしいわよ。戦争中あそこに何か軍隊があったらしいのよ。彼女は別荘にいたでしょ。Y湖のそばの。山上が彼女に問いつめたときには、そんなことはなかったといっていたというんだけど。そんなことないことはない。二人のことは評判だったんだから、と山上はいったそうよ」

「男に好かれるようなタイプのひとというと、どんな人だろうか」

と自分がいっているのが、きこえた。京子はじっと耳をすませて、夫の様子をうかがっている。

「遊んで面白い人で、話相手になり、活潑な、切れる人なんじゃないかしら」

「そういうのが、山上さんのいわれる男の人に好かれるひとという意味なんでしょうか」

彼は口の中でそう呟いた。

「山上の母のいったことが不服だといって、彼女は家をとび出して行くと、近くの川の中へいきなりとびこんだそうよ。それで、あなた、山上は竿をつき出して、つかまらせて拾いあげたというわけなのよ」

永造は顔をあげて、さしあたり、眼の前の空間を眺めた。それからガラス窓の手前にあるこの頃伸びつづけた観葉樹のゴムの木に、視線がうつった。赤い芽がつき出していた。その鉢植の向うの側のガラス越しに、この家の飼犬がガラスに前足をかけ背のびをした恰好で、家の中に入れるように呼びつづけている姿が見えた。犬はようやく主人の視線をとらえたというので、はげしく足掻きはじめた。外は暗くなってきたし、冷えてきた。それに一日一食の夕食の時間がもう来ていた。京子が気がつかないのなら、もう少しこのままにしていなさい、と彼はつぶやいた。

「相当なもんよ。私、彼女のその話を山上からきいたとき、彼女、裸になってたの？ といってやった。そうしたら山上は眼を丸くして、夏ではあったがね、いや、秋だったかな、といっていたのよ。裸ではない、といわないところが面白かった。

あなたはすぐとび出して行ったんですか。川まで何メートルあったのか。どのくらいの深さがあったのか。よくそこへ二人で散歩に出かけたことがあるのか。あなたがやってくるのを、彼女、待っていたんですか。アテにしていたんですか。あとで、お母さんと彼女とはどんなことをいいあったのですか。その夜、二人はどんなことをいって仲直りをしたんですか。いったいあなた方はほんとは愛していたのかどうなんですか。その軍人さんが現われなかったら、あなた方二人の間は無事だったのですか。子供があってもそんなふうだったんですか。彼女は子供は可愛いがったんですか。子供があっても、彼女はそんなふうによその男の人と調子よくつきあっていたんですか。要するにあなたがほったらかしておいたからではなくて、だって戦争中はそんなこと当り前でしょう。私たちだって徴用に行ったくらいなんですもの。お母さんのせいですか、あなたのせいですか。彼女自身のせいですか。私はきいてやったの。それで」絹子は軽く鼻のあたりをハンケチで撫でた。

「彼女にほんとうに何かハッキリしたことがあったのかどうかは、今になってみると、よく分らない、と山上はいうのよ。思いちがいだったかも分らない、というのよ。いったいこれはあなた、どういうことなのよ」

「でも、それは、けっきょく何かあったのとおなじことじゃないのかしら」

京子が誰かに肩をもつように積極的にいうのがきこえた。

「でも、そのとき、もう少し何とかほかの手だてがなかったものなのかなあ。坊やでしょ。私でしょ。重箱さんでしょ」

「それは、男の立場でも、女の立場でも変らないのよ」

と京子は続けていいたいのだろう、と彼は思った。

「前田さん、あなた、彼女に関心がおありなら、お会いになったらって山上がいってましたよ」

「それはどういうことですか」

「面白い女だよ、と山上がいっていましたわよ」

するど、京子が何か絹子に話したのだろう。その女のことを伝えききで京子が夫の永造に語った。金だけ仕送りをさせて二十何年間、夫とも没交渉で、籍をぬかせず、いつまでも問題の湖畔の別荘に暮している女。いつのまにか、夫より安定した生活をし、子供とは屢〻会い、子供を通じて夫の動静をさぐり、東京にマンションをもち、自分の死ぬのを待っているはずの夫が、自分の方が先きに死んでしまうかも分らないことを、よく心得ている女。そういう女のことを寝室できるだし、ききだしている永造のことを、冗談とも真剣ともつかぬ気持で、(いや、もっとほかの気持だったかもしれない。)絹子にいったものと見える。ところが山上は、こういうのらしい。

「あの女のことは、興味をもつ人が前にいたんですよ。その人にも、何なら会って見たらいいといったんですよ」

会って何の話をするというのだろう。彼女から何をききだすために会うというわけか。ききだすとしたら、ここらあたりの土地は今、別荘地として新しく開かれているということをきいているが、まだ軽井沢よりはずっと安いでしょう。誰か安く土地を貸してくれる人はありませんか。私の腹の中には別荘で一夏本を読んで送るというような、生活のマネをしてみたい気持もあるのです。

しかし、ムダだ。京子が望んでいるのは、都会ふうのフンイキのある別荘地で、軽井沢でも、彼女の望む場所は、だいたい定っているのだからだ。それにそのような金があるわけもない。

ある日、山上カレーニンは、自分の身のふり方についての大事なことを、山上アンナさんに相談したい気持になった、と永造はひそかに考えてきた。そういうときに、このアンナさんは、山上カレーニンの行手に立っていた。といったわけで、彼はのこのこと、おずおずと、うきうきと、列車に乗って、湖へと訪ねて行った。レッキとした別れるべき理由があったとしたって、なかったとしたって、どうでもよろしい。十年も別れて暮し何とか怒りに燃えつづけようとしてきただけで、アンナは、夫にとって十分につながりのある存在だ。山上は、子供を渡さなかった。子供が会いたがるにちがいないので、数年後に月に一回だけ、東京のどこかで会うことを許してきた。

永造の想像の中身は、絹子のいうのといくぶん違っていた。山上アンナが風呂場で身体を流していた、山上カレーニンは心がときめいてきて、中へ入って行った。彼は抱きかかえようとした。このとき、自分の心はときめいてときめいてフビンなくらいだった。愛を願う乞食になってしまっていた。

彼女の相手のうちのひとりになり、いっきょに逆転してほかの男たちを見返してやる。そういうカタチで、この女を自分のものに取り返す。これが山上の中にあるコンタンだ。妻がおそらく迎えることはあるまい、とかんじていた。ところが、彼女はタイルの上で夫のするように任せた。眼はおこったように、彼の方を見あげていた。

「お父さん、あなたは、私たちのことを誤解していますよ」

といった。

彼女は、ほんもののアンナのように、たくさんの同じような立場におちこんだ妻のように夫に向っていった。ハッキリしたときに、妻は、「あの人を責めるのは、およしなさい。あなたらしくもない。私たちは、ちゃんとした年ですから、みっともない」

といっただろう。

山上カレーニンは、戦争中であるのに、なぜ子供を連れもどしてきただけで、彼女を放り出さなかったのだろうか。なぜ思い切れなかったのか。そうした思いきった手段に出るには山上自身があとでほのめかしているように根拠が薄弱だったのだろうか。ソリが合わなかったかも知れないが、山上自身がアンナさんを手放すことが出来なかったのかもしれない。彼は妻に制裁を加えるつもりで、自分に制裁を加えた。自分に制裁を加えることを、山上は望んでいたのではないか。山上が放り出しても、自分に制裁を加えることはもちろん出来る。だが……永造はそこまで考えが及んでくると、いつも胸があつくなってきた。

永造はそんなとき、「アンナ・カレーニナ」の中のことをまた考える。食堂でフォークを皿の上に投げつけて去って行く脂の乗ったボリュームのある自分の妻。憎むべき妻。夫が家の名誉のために、私の名誉のために、心の中で何を考えていようと、それは別としてもせめて人中でハシタナイやすやすと疑惑を招くような言動はやめてくれ、と妻の部屋に入ってきて（アンナは「何か御用？　御用がなければお帰りになって、私はとっても疲れているんですの」とこういう。これが、これは私の部屋よ、といった態度を、髪をときほぐしながら示す。夫、カレーニンの家ではないか。カレーニンがあてがった妻の部屋ではないか！）妻にこういわれる。「あなた、その指の関節をポキポキさせることだけはやめて下さらない。私、たまらないの」トルストイは、アンナが夫に向って、「私の前に存在することを、やめて下さらない」といっているのだ、とほのめかしているのである。永造は、そう浮き浮きして考えこむ。アンナは、しかし、ウーロンスキイと自分の家の温室の中で僅かの時間アイビキをするときに、夫のもとを離れることは、とてもムリだ、あなたは何も私の気持が分ってくれやしないと、いう。これに対しウーロンスキイが、あなたが夫に何もかも打ち明けてしまってせいせいした、と夫に対して反抗的に（決闘を覚悟して）いうのに、アンナは、腹を立て、いらいらする。こういうアンナの心の動きは、自分勝手だといって咎めることが出来ようか。トルストイといっしょになって永造は涙を流さんばかりになって考える。

カレーニンからみて憎かるべきアンナの最大の迷いを十分に認めてやる。認めるべきところが十分にあるとし、そうしてカレーニンはそのアンナにいじめられなければならない。いじめられても文句がいえないようにトルストイは仕組んでいる。

もっとも分りのよい、文句がいえないことの一つは、カレーニンが無理矢理に子供を自分で引きとり、自分ふうに育て、ママに会わせないようにしたことである。

山上は、子供とひき離し、金を仕送ることによって、十分に妻に制裁を加え、自分を優位に立たせた。それだからこそ、痛みが癒えたはずのときに妻よりも痛みはじめる。

妻は許さない。籍を返すことを肯じない。彼の心の痛みは、受難の痛みに変りはじめる。

永造は考える。

山上が湖へ妻を訪ねて行くとき、彼はどうしても、妻に相談をしかけなければならない。それが一番してはならないことであるが、その妻こそ最もつながりのある相手なのである。

(痛みをあたえたものと受けたものと、どちらが、どちらか、もう分らなくなってしまっている)

山上は十年ぶりに訪れた別荘へ入ったか、あるいは往来で立ち話をしたか、どちらか、分らない。

「私は反対する資格もないから、反対しませんが、その代り私はこのままにさせていただきます」

といっただろうか。それとも、

「私には関係はありませんがその人はどんな人ですか」

ときいて、

「まあ、それなら、あなたとうまく行くんじゃありません。きっと今度は楽しい日が送れますよ。でも、私は今のままにしていただきます。その人はそれで承知ですか」

といったかもしれない。あるいは、

「私は、ヨリをもどす話かと思って心配していたんですけど、それで安心しました」

といったかもしれない。

そのときの山上の言葉が、どうしても永造には浮んでこなかった。

とにかく彼の申出は断られた。断られることは、はじめから彼には分っていた。そのために出かけて行ったようなものだったから。

山上は子供たちが独立するようになったときに、こうして第二の妻を迎えた。第一の妻は、別荘を訪れた自分との間に事件のあった夫の顔がゆるんでいるのを見た。彼女は夫のいう通りに籍を抜くことはしなかったが、おそらくそれを条件として夫をあわれみ、夫を許したような気もする。

このときから、山上アンナさんは、スベスベした顔をした鬼になった。

彼女には東京の家の山上の夫妻が、自分を忘れることが出来ないことが分っていたからだ。この世の中に自分を忘れることができないものがいるということは、生甲斐のあることだ。彼女はこの別荘地で、その持前の社交性で、生き生きと働きだした。文化サークルなどを作り、東京へ出かけたり、東京から人を呼んで話をさせたりする。

その土地が次第に都会化するにつれて、彼女は茶や華を教えたり、……とこんなことを考える。そしていつのまにか、その頃ボツボツはじまった東京のデパートあたりのサークルで習いおぼえた「源氏物語」や「枕草子」の講義と、原文で読んだ鑑賞力とをいっしょにして、サークルで教えたりする。若い者といっしょに、ダンスをやる。彼女はたいがい、スラックスをはいている。白いものをまじえているが髪の形はボーイッシュに刈りつめている。それなのに蘭の姿と香りが感じられる。

永造の空想は、そういうどちらかというと、変りばえしない暮し方を、彼女にあてはめてきている。

山上の第二の妻、絹子のイトコは清元の師匠である。山上は彼女に習っていた。この二人は最初の結婚ではしなかったことを色々実行した。

ある日彼女はこういった、と永造は思った。

「私も、あなたの奥さんと同じようなことをしてみたいわ」

当然、山上は苦笑しただろう、と永造は考えた。

ところが山上は笑うわけには行かないものがあった。彼女が先妻のことにふれれば、考えていることはおのずからあきらかだ。山上自身がひそかに彼女がそうすることを望んでいた。山上は、第二の妻が自分に貞淑であるからといって、何ものでもないということが分っていたからだ。貞淑がつまらぬとかタイクツだというようなことではなかった。永造はそういいきかせるように云う。そういうバチ当りのことをいうわけではないのだ。ママゴトをしているということは、山上の先妻が見透している。最初から彼女は落着くはずのないようにできているのだ、と気がつくときがきただろう。なかでも自分へのアワレミが深くなった。ふしぎに子供より先きに自分の方がアワレに見えた。山上は一度も争わず、一つ一つの不満に十分につきあい、方策をたてた。

永造はこう考えて、ひとごとのように笑った。

電話がかかってきた。

ほんの短い間に彼は「マクベス」の中のダンカンを殺したあと戸を叩く音をマクベスがきく場面を思いだした。学校で時間をかけて講義したせいだろう。この音がきこえるとき、観客は闇の中から一条の光がさしてきたように感じるのだ、とハズリットがのべていることについて学生にくどくどと話したことが二、三度あった。それが学生のケゲンそうな顔付きを誘うと、彼はいくぶんサービスをする気になって、

「マクベス夫人のような女性は、諸君どうですか。こんな女性が多くありませんか」といって学生が笑うのをアテにしたことがあった。

永造は立ちあがった。

「光子さん？　いや坊やかな」

と絹子が前田夫婦の顔を見た。

「ああ、坊やですよ」

と彼はいった。

「代りますか」

と京子に受話器を差し出した。

「ハイ、ハイ。よいしょ」

と絹子は腰をもちあげた。そして、

「ハイ、ハイ。絹子おばさまよ」

わざとゆっくりと返事をした。

「ああ、そう、無事に着いたの。ちゃんと時間についたじゃないの」

「一時間で着いたんですか。車でもこの時間ならかかりますよ、ねえ、京子」

と彼はいって、京子の方をふりむいた。

不意に、

「何をいいかげんなことをいってるんですか。そんなことお世辞みたいなこと、私やみんなにいうことはないんですのよ」

という声がきこえたような気がした。度々そういう声が茶の間できこえるときには、彼の方も、彼の妻の陽子の方も、ノイローゼにかかっていた。

彼の方も家の中で、家中へひびくような声で、

「もう辛抱ならん」

と叫んだ。そんなことがほとんど無意味だったのは、陽子も叫んでいるか、顔をしかめて、じっと壁の方を眺めているようなぐあいだったのだから。

京子はいまは明るい顔をしていた。暗い顔をしているな、と思っても、少し黙って無関係のことをしゃべっていると、何でもないという徴候の言葉がきこえてきた。

「一生けんめい漕いだんでしょ」

と絹子はふりかえって、笑った。

眼にうかぶようだ、と彼は思った。誰に対して、そんなに一生けんめいに漕いだんだろうか。

「ねえ、坊や、一生けんめい漕いだんでしょっておばさまや、おじさまに話しているのよ。感心してらっしてよ」

絹子はいつまでも話しつづけそうな気配だった。もう止した方が相手にとっていいのではないか、と思いながら、永造は微笑をうかべていた。

「これからタイム・トンネルを観るんですって」

「ちょうど、その時刻だな」

彼は立ちあがって大型のカラー・テレビにスウィッチを入れた。その道具は部屋の中に大き

い空間を占めていた。時々それを見ると、彼はにがにがしい気持になった。そのくせ、その画面の色のきれいさに、

「このテレビはどこのカラー・テレビよりもいい」と自慢に思うことがあり、ただそのことのために、画面を眺めていることがあった。

「光子さん？　光子さんね。光子さんはまだよ。でももうお帰りになるわよ。あの方は大きいですもの。心配いらないわよ」

絹子は受話器をおろすと、

「家政婦さんが今日は途中で帰ったんですって、こんな日に限って帰るって、どうでしょう。坊やじゃないけど。うちは年よりばっかだなあ、っていうのよ。もっと若いの、おいてくれないかなあって」

といった。

「あなたに、ほんとによくなついていらっしゃって、いいわ。よくなさったわ、絹子さん」

と京子がいった。

7

「タイム・トンネル」という子供向きのテレビカラー劇映画が目の前ではじまった。同じものを、さっきまでここにいた山上の坊やの睦郎も自宅で見ていた。この映画はいつも同じ場面からはじまった。トンネルの中を渦巻きにまかれるようにして、違った時の中へ入りこんで行く。スウィッチ一つでそうなるのだから、子供が喜ぶのは当然である。その時は、過去という時もあれば、未来という時もある。しかし過去に行くのに較べれば、未来に行くことは、面白くなかった。今晩も若者たちは十八世紀に放りこまれたが、現代人である彼等は、やがて起る事件を知っているから、まわりの者に注意を促した。これから先き、それがかえって不信を買い危険にさらされるということになろう。そういう具体的なことよりも、

「ああ、この人達は分らないんだな、どうなるかということが」

と、若者たちが話しあうところまでが、永造を僅かながら惹きつけた。それよりも過去の中へ次第に小さくなりながら入りこんで行くときだけが、惹きつけたといった方がよい。

あるとき、「タイム・トンネル」を見ていると、不意にこの映画の中へ文字が走ってある惨事を伝えた。それから大分たってその場面が克明にうつった。

寒いときだ。旅客機が羽田沖に落ちた。遺族が泣いて何日もその岸壁を去らなかったり、早く見つかった人を、まだ見つかっていない方の人が羨しがっているところや、しぶきをあげて走る舟の上から、菊の花を投げてやるところが、アナウンサーの声を伴ってうつった。

それと同じことが、ほんの少し前に起ったような気がした。事実ほんの少し前に起ったことだ。事件ということもあるが、早く見つかった人を、見つからなかった人が羨しがったり、泣いたり、菊の花を投げたりすることが、こう繰返されるのを見ると、そう思うのだ。ほんの少し前、テレビを見ていた人が、今度は自分が落ちる、いわば当り前の繰り返しが不思議にも思える。

死亡者の一人に永造がテクストや評論や辞書などで原稿を入れて、かなり生活の資を得ている、ある出版社の社長の名があった。まだ四十前で、胸の病いが漸く治癒したところだ。その人の療養生活中過したある温泉町の史実や見聞について書いた遺稿集が出たばかりである。

ついこの夏のことだ。夜中にバスが渓谷へ顚落した。それが朝になってニュースの時間に茶の間に知らされ、それからひっきりなしに報じられた。(そのうち倦きたのだが……)事件は茶の間の人が知ったより五、六時間も前に起っていた。そのことがバカに腹が立った。そして、自分のことのようにあせり、手に汗を握り、このことだけに思いを切ない程に集中した。このときも、屍体が早く見つからないといって憤り、早く見つかった人を羨しがった。遺族たちは幸福のワクをちぢめた。同じ立場の者たちの間で、少しでもより不幸になるまい、置き去りにされまいとして憤った。ある者は自分の番がまわってくるのが待遠しいように喋った。また別の人は、言葉を探すようにボッボッとアナウンサーが期待しているようなことを、「そうですね」というふうにしてしゃべった。だが、そこにそうして仲間同志一緒になっていたがってい る様子に見えた。永造はそのときも前にあったことだ、と思った。

最初の日が一日過ぎて夜になり、その頃からテレビにすっかり顔なじみになった一人の中年の紳士がいた。

彼が永造たちの倦んだ状態を救った。そこに永造はそっくり自分の姿を見た。

紳士は待遠しいように喋った一人だ。彼は妻と三人の子供を失った。だから一番多く、一番強く、しゃべる必要があり、せめても、それが彼の置かれている状況を償うものと考えているらしかった。いわばそのときは、彼は一番の受難者であるのだから、悲劇のヒーローであった。彼がどういう情けない辛いめにあっているのか、うっかり忘れるほど、ブラウン管という舞台にのっていた。紳士は生き生きとうつった。

川の中へ顚落して沈んでいったバスが、顔を出しはじめた。

子供の屍体を自衛隊員がコモをかぶせてかついで崖を登ってきた。崖の上の道路に待っていた数人の者たちは駈けより、紳士がうなずいて見せた。隊員が動きはじめると紳士はそのあとについて去って行った。

屍体はそれ以上見つからなかった。

再び例の紳士は姿を見せた。自衛隊員が歩みよって、指図をした。やがてステテコ姿になってロープをつたわって崖を降りて行った。

彼はバスの中をのぞいてまわった。そして、「もう宜しいか」というような隊員の様子のあとに「ハイ、宜しいです」といっているように見えた。それからまたロープをつたわって登ってきた。そしてマイクに向ってこういった。

「妻やほかの子供もきっとこのへんにいるものと信じています。私の指にはめている指輪とおんなじものを、妻もはめています。この指輪が家内の指輪と呼びあわないはずはありません。一人が見つかったということは、その証拠です。私は全部見つけてみんな一緒に家へもどりたいと思います。帰るときは一緒です」

永造はこれが前にもありこれからもある自分の姿だと思った。

人と人とのつながりというものは、こういうふうな時に、こういうふうにして得られそうに思われる。茶の間で見ているものも、それに似た気持を味うのである。そしてそのシーンはあっという間に消えて、次の番組に代ってしまい、コマーシャルの歌がやかましくひびきわたる。たぶん、こうしてかき消され、葬られてしまうから、かえっていいのかもしれない。

「あなた見ていないなら、ニュースにするわよ」

と京子がいって立ちあがった。

「ああ、いいよ」

と彼はこたえた。ニュースを伝える独特のききおぼえのあるアナウンス調がきこえてきた。

「このアナウンサーって、声が渋くって伸びがあっていいわ。マスクだって、まあまあだし……こういう人の奥さんって、この時間だけは安心だわよ、京子さん。でもこの口が時々歪むのは、ちょっと気にならない?」

この時間だけは安心だと絹子がいうのは、おかしかった。京子の身になっているつもりであろう。

「私、こういうの、あまり好きじゃないんだ」

と京子がいった。

「そう山上さんみたいに注文を出しているのも、この人の奥さんかもしれませんよ」

と永造は画面から眼をそらしながらいった。

そのアナウンサーは彼も感じがいいと思っていた。少し形を直すと京子の前の夫によく似ていた。したがって京子の子供にも似ていた。子供の顔には淋しさとして現われているのが気になっていた。彼は立ちあがって、キチンの中へ入りドッグ・フードに多少残りものをまぜてあるらしい餌をたしかめると、もう移動を開始している足おとのきこえる犬の名を呼びながら外へ出た。

「さあ、お坐りだよ、お坐り」

犬は長い顔を彼の前へつき出して、坐った。何か自分のと彼の心との間に調子を整えるように、尻尾を振ったり止めたりした。埃が舞いあがった。犬の頭には白いペンキが三日月型についたままになっていた。京子の発案で家の中も外もペンキやニスを塗りかえ、しばらく前に土どめをしたところに垣根を作りそこへも白ペンキで塗装をした。つないでおいたはずなのにちょっとの隙に、垣根かどこかでペンキをつけたのだ。それがつけっきりになっている。

前の犬は、京子がきてから半年ほどして、常になくフィラリヤでぜいぜい言いだした。そのときアパートに住んでいる息子の啓一にその旨知らせた。その犬は永造の家にきてから七年目だ。息子の啓一が拾ってきた。啓一が世話をすることになっていたが、そのうちだんだんしなくなった。啓一が拾ってきて育てないのだから、啓一が駄目な人間だ、ということをいうときに陽子はよく、その理由の一つにあげた。啓一も啓一だが、そう咎める資格はあんまり陽子にも、夫の永造にもなかったが、陽子が叱っていると、永造は溜飲が下る気がした。いつになったらその気持から完全にふっきれるのだろうか。そのとき彼は陽子の眼で息子を見た。

その犬はある日から、犬小屋を出ていかなくなった。京子と光子は、犬小屋から家の中へ移して、いくぶんとまどっているその駄犬を毛布の上へのせてやった。じっとしているのは、自分の身体の変調をどう考え、どう処理したらいいか考えているのだろう。そのときまだ犬が何を具体的に考えているのか、永造には分らなかった。

病む前に庭の木につながれながら家の中の動静や外の足音に注意をくばっている時のほかに、駄犬らしい気の好さそうなおだやかな眼つきをしてうつらうつらしていた。病人である陽子がその犬を眺めている時間がずいぶんあったことが、あとになって、時々犬のセナカをなでてやったりするようになってから、はじめて気がついた。犬の眼の中に陽子の眼をかんじたせいかもしれない。

永造はその犬に愛情を感じるより、気味悪がっていた。ほんとに心から可愛いくて撫でたことは一度もない。じゃれついてきても、彼はその応対にとまどうようなぐあいだった。七年たっても変らなかった。散歩に連れ出していっしょに走ったりしたことも度々だったが、けっきょくは同じことだ。

啓一が一度、訪ねてきて犬のそばへ行って抱きかかえてやると、犬は啓一の腕の中へ顔を沈めた。啓一は微笑んだ。「よし、よし」といった。

ひっぱたいたり、自分が気に入らないと怒鳴ったりしたり、ロクロク餌もくれてやらなくなってから、数年になるが、それでも啓一にはなついていることが、一目瞭然だった。

「ほら、そんなに喜ぶじゃないか。それをしてやらないということは、罪を犯しているようなもんだよ」

といった。啓一がどうでも受け取ることが出来るようにいった。そうして反応を見た。それが習慣になった息子の扱い方でその両天秤かけることはうっとうしくて叶わないが、思春期に入って反抗しはじめると、彼はその手を使うことを自然におぼえた。どう力んでもそれ以外の方法がとれなかった。

京子が光子をもてあますと、永造はこういうのだ。

「それや、きみ、そう難かしいことじゃないのだよ。年頃の女の子は女親が扱いにくいものだ。それはぼくが啓一を扱いにくいのと同じなんだ」

「ほんとうに、そういうことなのかしら。ずいぶん厄介なものなのね。この家《うち》の特殊事情じゃない。前の方の」

犬は家の中に置かれると静かに立ち上って便所に立とうとして、ドアの方にヨタヨタと歩いた。外へ出ると、ゆっくりと歩いて非常に努力をしている様子で用をすませたあと、外をしばらく見渡した。それが何を意味するのか、分らない。京子も光子も、その犬の様子を眺めていた。光子はクスクス笑いだした。

「笑うもんじゃないよ、光子」

と啓一はいった。それをきいて光子は笑いだし、京子も安心したように笑いだした。そうしたことに無頓着に犬はヨタヨタもどってきた。

犬は家の中にいるのが落着かず好まないように思えた。外を見渡したのも、そのことを犬なりに考えていたのかもしれない。犬は小屋へ入ることを大分前から好まなかった。それだから部屋の中へ入れたのでもあった。こんどもやはり小屋へ入らなかった。そこで外に藁をしいてそこを寝床にし、そのまわりに板で囲いを作り、冷たい風をよけることにした。
一、二日して犬は色々と頑張ったがもう如何とも仕方がないといったかんじでとうとう横倒しになってしまった。その息づかいが荒いので、永造は、その名を呼んで、
「苦しいか、苦しいか」

といった。

すると犬は立ちあがって小屋の中へ尻から身体を入れた。それは犬が飛行機の音がしたり、強風や地震がやってくるときに、きまってする動作である。といっても犬は半身は外に出していた。中へ入るように押しこんでやると、あえぎあえぎ、しかも頑固に動かなかった。犬は永造の眼を見なかった。彼は何かしら恐れ、誰かを呼びたくなった。そこにいない啓一を呼びたくなった。

しばらくすると、犬はよろけながら庭の方へと動き出した。動物がそんなふうによろけるのを見たのは初めてである。模様のように夜眼にも赤い花をつけた椿があった。二メートルぐらいのところに、そこまで行き、根元へかがむと、やがて柔かい便が出てきて、そのあたりを汚した。犬は用をすますと小屋の方へ戻ろうとして、二、三歩で倒れた。

永造は下から二階へ声をかけて京子を呼んだ。

永造は抱くというよりも、ひっぱるようにして藁の上にのせた。永造はいよいよおそれた。

そこへ京子が下りてきた。

「もうじきケイレンがくるわ。まだしばらく先きよ」

といった。病院で陽子が最後の一ヵ月でしたことを、一時にこの動物はやってのけているように思えた。永造がうたせた注射が強すぎたかもしれない。もしそうだとしたら、そのために弱ったり糞をしたりして今、彼の力を借りずに、死んで行く。身内の者が死ぬのは、何回となく見てきたが、動物の死ぬのを見とどけるのは、これが最初だった。犬の苦しむのが、飼主の罪のように思うのは、愛情が足りないせいであろう。

犬の発作が静まると、二人は家の中へ入り、そこでガラス越しに見守っていた。夜明になって、犬の物悲しげな、かぼそい、実にかぼそい啼声がきこえた。きこえたというより見えた。とび出していくと、しばらくして呼吸がとだえた。

そのとき、どうしてか永造は、京子が自分の家へきて、こうして毎日を送っている、ということの奇妙さが、ふいに感じられた。このときに限ったことではないが、なぜこんなときにかんじるのだろう。けっきょく彼は京子の身になって、外からこの家を見ることを忽ち忘れてしまうということなのだろう。京子にとって、この家は、自分という男は、ほんとうはどう見えているのだろう。自分が何かに愛情をかんじるその瞬間に、京子のことを忘れてやしないか、と思うからだろう。そう思うとき、急に彼は京子の眼で自分を見はじめているともいえる。といっても、それは彼の思う京子の眼であることは、勿論である。

生後三ヵ月のダックスフントが家に住みつくようになった。こうして彼の家には新しいものと古いものとが、二対二となった。夜は家の中で飼うことになった仔犬は、彼の寝台へとびあがって彼のフトンの中へもぐった。そうしてどこまでもどこまでももぐって行き、しばらくするとまたやみくもにフトンの外へ顔をつき出そうともがいてあがってきた。何かの具合でその気になると、彼の枕に同じように小さい頭をのせて、ピリピリ身体を小刻みに動かして眠った。京子が向うの寝台でフトンの中から眼を出して笑っていた。永造が動物を気味悪く思う気持は変ったわけではない。犬はそうおとなしくそんな恰好で寝ているわけではない。もぐったり、水の中からあがったようにグウーッと一度に息を吸いこみながらかけブトンの上へとび出したり、小便をひっかけたりした。寝台の下へおろすと、上へあげろといった。三日目の夜からアンカの入ったダンボールごと地下室に運び込みどんなに啼き叫んでも、放っておくことにした。仔犬は二晩めからあきらめるようになった。その当り前のことを彼ははじめて実行した。

この仔犬を育てるうち、永造は京子の子供を連れてきた方がよいのではないか、とひそかに考えた。京子に子供が出来ようが出来まいが、仔犬を可愛いがる小学生の男の子が家の中におり、仔犬のことで話題がふえたりすることを考えたのかもしれない。そして彼の家の中としても複雑にしワイザツにすることも生きる道だ、と思ったのかもしれない。その理由をいいだしたら二つも三つもあった。何よりも、そのしばらく前に、とつぜんまたこんどは京子の先夫の妻から電話がかかってきて、京子の子供が家出をして三日も行方不明になっているが、あなたが連れて行ったのではないか、といってきたことがあったからだろう、という気がする。京子

は電話を受けた瞬間、

「まあ、そんならまた久ちゃんのルスに家出をしたの」といった。前もそうだったし、あともそうだったからきっと気持の悪い笑いを洩しながらそういったと思う。

「私が結婚してここで幸福にやっているのに、どうして子供まで呼びよせたりするもんですか。私がせっかくつかんだ幸福なのよ」

京子と絹子は、恵子と前田夫妻がこの初夏にワラビ狩りに出かけた話をしていた。そのとき光子は学校からピクニックに出かけていた。永造は週三回講義に出かけ、あと週に一回、前年度に学校の騒ぎがあって四ヵ月ストライキと封鎖がつづいたあと発足した改革委員会の仕事、あとは二週に一回行われる教授会、それに時々もたれる小さい委員会二つ、それを外せば、外国文学の原稿や翻訳をするくらいのものだが、この方はもともと時間の融通がきかないはずはなかった。

背中が張ったり、腰から下が重かったり、下痢をしたり便秘したりをくりかえした。それは彼にとって、異常というより通常だった。

「ある日、この人は、ワラビをとってきたといって、アク抜きさせて食べたのよ。食べられるには食べられたのだけれど、あなたそれがただのシダなのよ。それだから私、恵子さんが御岳山へワラビ狩りに出かけるというので、この人を誘ったのよ。初めはしぶっていたんだけど、この人は、私が出かけようといえば、反対することは出来ない、と思っているらしいのよ」

「あら、そう、そんなこといっていい？　それじゃ、正にそこがつけ目じゃないこと」

と絹子がいって、作り笑いをした。あきらかに絹子は、何かノケモノにされていると感じたらしかった。

「ワラビがどんなものか分ったようなことをみなさん仰言っていますがね、この人たちだって、ほんとのワラビにお目にかかったのは、二日目になってからなんですよ」

「あら、ホントのとウソのとがあるの」

「そうではないのよ」

「とるにはとったのですよ。王滝というところから入った四合目の牧場でね。ところが、宿の女中が、今日は朝から小学生が冬の給食の材料をとりに入ったから、さああるかね、というので、何をケチケチしているとこういって車で出かけたというわけですよ。ないどころか一杯あるんです。そうして宿へもどってきた」

「私たちはプラスティックの大きな桶を車のトランクにいれて二つ持って行ったのよ」

半日の収穫を老女中に見せると、「ああ、それですか」といってニヤニヤした。「お客さん、ワラビというものは、こういうのをとらなくっちゃ」番頭がワラビの束をつき出した。

「こういうものでなくっちゃ、このへんじゃワラビといって通用しないし、だいいちマズくてカタくてしようがないんだよ」

番頭が入った山は両側に山のせまった谷あいで、そこはあるにはあるが、はじめてやってきたものには、見当がつくまいというのであった。

「じゃ、ムズカシイの？　要するにそういうことなの？」

こういって恵子は、じれったそうに身体をゆすぶるようにして京子たちを笑わせた。山の中のネッチリした物の云い方をメンドクサがってからかったのだ。

「それじゃ困っちまうじゃないのよ。何とかして、ねえ、お願いよ」

つづいて恵子はいった。京子は人がよさそうにかん高い声で笑いつづけ、楽しそうに見える。東京を夜明に発って、この山中まで十九号線を通って車を運転してきたのは、京子と恵子だった。永造はずうっとバック・シートにおさまってなるべく二人の後姿を見ないように、外の景色を眺めていた。フルにとばして五時間かかった。

絹子が恵子のことに拘るのは、何故この夫のある恵子が、こう絶えず自由に出歩くのだろうか、という疑問を抱いているせいのようにも思えた。

そこで番頭はワラビらしいワラビのとれるはずの場所を教えてくれたわけだ。要するに、そこへ行って見なければ、分らない。そういう説明をする必要もそれまであまりなかったのだ、と分った。

「この山の中へも、一、二年もすると東京からワンサと乗り入れてくるわよ。今のうちよ、そうよ。ほんとに何処も彼処も今はそうなんだから。ほんとよ番頭さん、私はようく知ってるんだから、世の中の堕落ぶりというものをさ」

と恵子ははしゃぎながらいった。ああ、この人は堕落という言葉を使うのだな、と永造は思った。

牧場へ行ったとき、チラホラと小学生が帰って行く姿が見えたが、朝からやってきていた少年少女たちに、そこにあったはずの比較的上等のものは、あらかたとられたあとであったことも事実だった。

だらだら坂のうす暗い新緑の山道を、揺られながら車で入って行くと、所々曲り角の広くなったところの片スミに薪が無造作においてあった。それが唯一の人気であった。恵子は前日のように、夫の会沢のモーニングのズボンを仕立て直したスラックスをはいていた。京子も、申し合わせたように、永造が初めて見る、これまた男物を仕立て直したスラックスをはいていた。それは、彼女の先夫のズボンなのであろう。そんなものは、どこにしまいこんであったのだろう。

恵子が「今日はあなた、モーニングを着て行く日なのよ」といわなければ、夫の会沢はその日がそういう日であることに気がつかない。というのが京子を通じてきこえてきた、恵子の意見である。ある日、恵子が「そこの、その服を着て行くのよ」と夫にいっておいたところ、帰ってきた夫を見ると、息子の服を着て出かけたことが分った、というのも、恵子の意見である。

そういう夫を、恵子が「愛して」いないはずはない、と永造は、京子から伝染した言葉をつかって考えるのである。

8

「自動車の中で、恵子さんが、会沢さんとの思い出を語ってくれるのをきいて、ぼくたちは感動しました」

と永造は絹子にいった。ほんとうのことだった。

そのとき、恵子は助手席にいる気安さから長々と話しはじめていた。京子はハンドルをにぎっていたので、時々合槌を打つぐらいで、京子に代って永造が、時々、実質的な質問者となって、話を運ばせる役割を果した。

永造は、こうして話していて、まだそんなに疲れていないのだから、当分大丈夫であろう、と思った。客と話をしている途中に不意に立ちあがって、

「ちょっと、私、失礼しますから」

というようなことは、出来るだけしたくない、と思った。姿を消した当人は、得てして、秘密の病気をもっているようなことが多いのだから、と彼は思った。そういうことをしても、何

もかまうことはないけれども、今はこうしていることが、何かみんなにとって好都合のように思えたから。

京子が急に、

「もう今日のお話はこれまで……」

とでもいい出さないとも限らない、と光子がいいそうだった。

「私はムダなことをしているのが、もったいなくて」

と京子はこたえるだろう。

キチンの片附けものもしないで、いつまでも話しつづけて、次第に険悪な顔になった陽子は、夫の永造がどうしてもっと早目に正しい生活の軌道にのせないのかといって、腹を立てるようなところさえあった。

直接夫にそう理づめで文句をいうようなことはあまりなかった。陽子のキゲンのよさにつりこまれて、子供たちや夫が時間をつぶしているうちに、話のつじつまが合わなくなってしまい、急に顔をしかめはじめたのだ。それを子供や夫がじっと、見すかすように眺めていた。急に席をはずすわけにも行かず、四人ともが、見えぬ紐でがんじがらみになったぐあいで、瞬間さぐりあった。

よく面を顔の前にかざして踊る踊りがあるが、互いにそんなことをしているようにも見えた。

光子は片附けものをしないでじっとしているノンキさばかりおぼえていて、そのときの危険さの方は忘れて恋しがり、京子がテキパキと片附けるのを、自分や父親や、亡くなった陽子に対する強迫と考えているのだろうが、それは、もうすぐ消えてしまうことだ。

京子がテキパキしなければ、京子が病気になる。京子は決して病気になりにくい女ではない。前田家へうかうかと、永造の甘言に乗ってやってきたのだって、そもそも、その可能性がある。しかしそんなふうに京子のことを意地悪く思うと、急にしぼんだ小さい、見るかげもない哀れなものに、京子が見えてくる。自分の家がチリアクタのように見え、今生きていることが、文句なしに無意味になる。それで、よいはずがあろうか。

恵子が話しはじめた物語が感動をあたえたことを、永造と京子は帰ってから話しあった。それはトンネルの中を歩いている恵子が身ごもっていて、大きなリュックサックをかつぎ、とっておきのハイ・ヒールをぬぐ姿が思いうかぶからであろうか。それとも京子が夫にせがまれるようにして考え始め、口にしたように、夫と別れて、田舎へ疎開するために、とにかく母親のいる東京へ何十時間も汽車の旅をしてきたところが、その東京が空襲がひどくて、東京へ七八十キロというところで、汽車がなくなってしまっていたということなのだろうか。恵子は技術将校の夫の会沢と関西に住んでいたが、そのあたりも危くなったので、何より子供をうむために、安全な場所へうつる必要があった。

二人であれこれしゃべっているうちに、結論はこういうことになった。

恵子が夫の会沢の子を身ごもって、トンネルの中を歩いているということ、そしてその二十年も昔の話を、会沢に対するグチのあとにまるで天啓のように、話がマトマッて車の中の彼らの間に落ちてきたこと、そのことのせいなのかもしれない、と。

「こういう話なのよ」

京子は元気を出すようにして、口を開いた。そのとき、彼は、京子が、私たちの友人がさあとなると子供や主人の話ばかりしているのが、気楽なようだけど、そこが物足りないところなのよ、といっているように思えた。

「こういう話なのよ。恵子さんが、ちょうど私たちが通りかかったS湖のあたりまできたときに、ホラ昔は、ここの駅は何といったっけ。S駅というのとは、違ってたわね。といいだしたのよ」

「そうして、けっきょく思い出したんでしょ。最初から知っていたのかもしれないわ」

と絹子がいった。

京子は、ひっきりなしに急カーブをまわって車を運転しながら、そんなことに気がついていたと見える。永造がいいそうなことだった。

「だから会沢さんのことグチるのも、あの人の場合は眉つばと考えた方がいい、ということ?」

絹子は考えこむようにいった。

「紙一重というところでしょ。利口な人だから、どっちとでもとれるようなことをいうし、最後まで分らない」

と彼はいった。

「社交的なのよ」と京子がいった。「東京の下町ふうの社交なのよ。だからどっちか一つに決めてしまうと、恵子さんは、別のことを強調してバランスをとるのよ。でも、あの人は……」

「あの人は何よ」

と絹子が膝をのり出した。

「あのこと？」

「さあ」

と京子は知らぬ顔をした。

それから京子はこう語りはじめた。

「恵子さんは会沢さんが自分の家族の世話だけはどんなことをさしおいてもなさるので、ほかのことは、どんなことをしたって、シット心なんか起きないけど、このことばかりは憎いわ、といってたわね。それだけは、どうしてもガマンがならないらしいわよ。『それは、肉親のつながりというヤツは、夫婦のつながりよりは濃いからね。夫が思っていることは、妻に分るとは限らぬし、妻の思っていることは夫には分るとは限らないけど、肉親は親子でも兄弟でも、胸の中にあることは、肌にひびいてくるから』とこちらの方はおっしゃるのよ」

と夫を指さした。

憎んでいるときには、すべて当るのだから、会沢が恵子にウソをついて母親に金や物を送ったり、母親のこととなるとそうするものと決めこんでいるように駅へ送り迎えして、車の中で、家の中では口に出来ないことを話しあったりする。そんなことが、みんな見えすくのに会沢は知らん顔をしている。それだけは、狂いそうになるほど腹が立つ。

絹子は家へ帰る時間を何とか延ばそうとしているようだった。そこで永造は、中止になっているさっきのトンネルの話を続けるべきだと思った。

「それでは、さっきの続きだが」と永造は冷えた茶をのんだ。胃へおちこむのが分った。

永造が胃カメラの結果をもとにして、組織の一片をきりとることになって診療室へ入って行ったとき、永造のあとから入ってきた彼と同年輩の色の赤黒い男が、シビレさせるための油グスリをこれから飲もうというときに、永造の方を見て、機械をのみこむのが、実にイヤだ、といい、

「最初に失敗したから、いけないいんです」

といった。

永造はクスリをのみこんだ直後で、ゆっくりと時間をかけてノドから胃へ流しこむ忍耐のいる準備作業の最中だったので、眼でうなずくばかりだった。

あの程度のことをこんなに気にしているとすると、よっぽど自分より、骨が折れるだろう。

永造は心にユトリが出来かかったが、それが果敢ないことも分った。自分中心に考えれば、そこにも自分をおとしこむワナがある。そんなことをワナだと思うことが、もっと別のワナにおちこむためみたいだ。そう思ったからといって何ほどのこともないが、彼はそう感じたことは確かだった。

この男の入ってくる前に、パジャマを着た少しやせた男がレントゲン室から出てきて、

「切らなくてすますことは出来ないのですか。どうも切るのは」

といっていた。若い医者は、

「どうしても切らなくてはいけないとは、いいませんよ、あなたの身体ですから。こっちは医者ですから、いいと思うことをいっているわけです。もし切らなければ、今の悪いところがやがて切ってもおっつかないようなふうに悪化することもなくはないのです。五年先きか十年先きか分りませんよ。そのとき手遅れというのでは、あなただって困るでしょう。そして切るなら、今の方がいいですよ。心配いりませんよ。切るのはカメラより楽ですよ」

その男は薬をもらって部屋から出て行った。

そのあとへ永造に話しかけた男が入ってきたのだ。

「レントゲンをとって、胃カメラをとったら、やっぱりここへきた方がいいというんですよ。雨の中をゴルフをやって酒をのんだあと、風邪気味のところをとったので、あの頃はいちばん調子が悪かったときなんです。私の親類の医者なんか、私たちの年になれば、誰だって胃の中

は傷があったり何か異物が出来ていてぶら下っていたりするという話ですよ。クスリをごっそり貰ってきて飲んでいますし、酒はやめていますからね」

永造はうなずいた。もし口がきけても、うなずくだけだったかもしれない。それに彼は小さい不満がさっきから胸につかえていた。一歩外へ出れば、そういう不満のタネにぶつかるということを改めて知らされただけのことで、死ぬまでつきまとうことに違いなかった。なるべくそういうものが少いように少いようにナジミの範囲を拡げて行っても、それは起ることだ。

彼は会沢の友人の猿渡博士の紹介状をもっていて看護婦に渡したばかりであった。その名差しの若い医師は、きているのか、きていないのか、きていても、ここへくるのか、ここへ来る予定にはなっているが、じっさいに来るのか分らない、というのが問いつめたときの看護婦の返事であった。やっぱり京子を連れてくるべきだったと思った。

京子には今日のことは話してなかった。彼は神田の書店へ出かけるといって家を出ていた。出版社や学校へ行っているといえば、もし電話をかければ、分ってしまう。

事実、書店へも廻るつもりでいた。ある書物が届いたのを、受取りに行くつもりでもあった。意地だ、その意地から始めよう、とも思った。二百年ばかり前のイギリスの中くらいの程度の作家についての参考書で、その書物の中に、その作家がある人物の妻の死と、その人物の死との両方を扱った箇所があり、人は妻の死や子供の死にさいしては、人類愛をかんじるが、自分の死に際会すると、ザンゲの方が先立ってしまうというような、彼の思い当ることが書いてあり、その原本が入ったことを知らせてきた。彼が頼んで一年もたっていた。人に親切をはげしく求めるときに、自分の方もはげしく人類愛をかんじるものらしいが、それにしても、その正体は何であろう。それだけのことだろうか。

陽子の死の前後、永造は男を見ても女を見ても自分の心臓が一枚のハート型のスポンジみたいになって、相手の胸の中側の同じようなハート型のスポンジに向って歩みより、そこへへばりつき、互いに入れ替ってしまうような感じになった。これが生きていることの一つのヒントだと彼は思った。そんなものはやがて消えるエモーションみたいなものであるはずだった。そのときその本のことが気にかかり、探してくれるようにいっておいたのが、一年後に入手したというのだ。そういう一種の心のゼイタクを、生まれてただの一度も彼はしたことがなかった。彼のしてきたことは、もっとせっぱつまった眼先きのことばかりであった。そういってしまうのも酷だが、一口にいえばそういうところだ。といってそれが当り前のことであるが。

猫が手マリにじゃれつくように、そんなふうに自分とじゃれついて、甘やかし、甘やかすことが邪慳であったりするというような操作を、彼は実行しはじめたともいえた。ゼイタクとはそのことかもしれない。もしゼイタクを早く心得ていたなら、陽子が病気になり死に追いやることもなかったかもしれない。

あるときは、永造は陽子の幼年時代に自分がそのままなっていた。陽子は幼い頃、用水池のそばに生えているクスの木から水の中へとびこんで泳いだそうだ。またあるとき、峠を越えて隣村へ遊びに行き、帰りがおそくなって、一本道なのにどうしても家へ帰ってこられなくなったというような話。夢の中で子供のように空中を泳いでいるといった、京子の夢とまったく同じような状景の話、そういうものが、ヘンなふうに身近に分りかけたと思えたとき、永造は、陽子が早く母親から引き離されたということを、いまはじめて知ったように感じた。それは光子の運命であると思うと心臓が早鐘を打ちはじめた。(不思議なことに彼らのところへやってきた京子の運命でもあった)

陽子が窓から犬を見ながら考えていたことの一つには、自分が死んだとき、光子が自分の辿ったのと同じ道を辿るのだ、ということを考えていたのである、とハッキリ思えた。それが、実にハッキリと、危いくらいハッキリと見えた。

そんな頃のことだった。永造が気がつくと、電車の中で一つの事件が起った。

ひとりの中年の女が、

「何だって私をそんなに見るんです」

というふうな眼でこちらをウサンクサそうに、軽蔑したように見ていた。

はじめは女はとまどったような顔つきだったのが、だんだんとひどい顔になってきていた。

彼女は立ち上って、しばらく離れたところから、乗客に加勢を求めるようにブツブツいいながら、永造の方を横目で見ていた。

さっき、準備室でカルテは来てないよ、と看護婦に無愛想にいってのけた当の医者が、しばらくして自分でさがし出し、「来ています、来ています」といった。「御心配いりません、何もかも分っていますから」とつけ加えた。

準備室から処置室へ入ってから、猿渡から紹介された若い医者は、永造の腹の中から望みの部分を取り出すために、用心ぶかく叮嚀に扱った。そうしなければ、その仕事は成功しないし、成功することが、その医者の能力の見せどころであった。

呼吸の仕方が慣れてくるにつれて、器具が胃の中で動くさまが、手にとるように分りはじめた。「ほうら、もう少しですよ、緊張しないで、ラクーにして、ラクーにして、そうですよ。そう」

と若い医者は努力した。

「この仕事は日本が一番発達しています。だから今までと想像も出来ぬほど探知の能力は増大したわけです。ほとんど未然に防いでいるわけです。ただどうしても一箇所だけしかとれませんでした。切りとろうとすると、急に胃壁が収縮してしまって、包みこんでしまうでしょう。取りいい人も、取りにくい人もあるんで」

「食道からすぐ下のところと、この奥の方と両方のうち、とりにくいといっておられた方が、とれたのですね」

若い医者はうなずいた。

「先ずこれだけでも検査してみましょう」

「それで三週間はかかりますか」

「どうしてもかかります。かかっても差支えないのです。それほど急速に進むものなら、その萌芽がきっと既にあらわれていて、直ちに切ればよいので。いずれにせよ、この方法でよいし、それ以上早くすることは、今の病院の予算の範囲では不可能です。でも、もう少し早くなるように申請していますから、そのうち改良されるでしょう」

永造はベッドからフラフラしながら看護婦の助けをかりて降りたあと、靴をはくのに手間がかかると分ると、わざと手間をかけた。関心をひくためだった。

「こういう第一線の仕事を実際にやっているのは、ぼくたちです。ぼくたちは自分でなかなかやれませんが、国立の全学連がやってくれるのは、ありがたいですよ。彼らは純粋ですよ。それに何しろぼくたちの私学では、やれば、忽ちつぶれますからね、もっとも、彼らはやがて消えますよ。可哀想だけど」

「彼らというと」

「ゼンガクレンです」

「この三週間の間、私はどういうふうに心がけて暮せばいいでしょうか」

「今のままでいいじゃありませんか。あなたがガンだと決ったわけではないし。ガンと決れば、さっきもいった通りどうせそのとき即座に処置しますし、猿渡さんが世話をして下さいますよ」

「ぼくなんか、ハンガー・ストライキをやろうかと家内と相談したんですよ。色々、学生と学校側と教師側とみんなに対してかも分りませんね。家内は受けつけませんでしたがね。家内はあの程度の月給で文句をいわれる筋合はない、といいました。下手にやれば大へんなことになるのだから、上手にやって貰わねばならないし、上手にやれば十日や十五日の断食は、漢方ではかえって身体にいいというので、すすめているんでしょ。断食は水さえのめばそう苦しいものじゃないそうだから、どっちにしても何もならないじゃない、というんですよ」

永造はそんなことをいって見たかったが、勿論口に出さなかった。医者は一対一で話せる相手ではない。とくに今の場合、物憂い相手だった。それに自分の身体の秘密で何かひきずり出そうにも、何も出せるものはなかった。

永造のきき出したいことは、可能性のパーセントだったが、それはもし彼がきかれても、ほんの僅かだということを示すパーセントを口にするに決っている。猿渡と同じことしかいうまい。何も新事実が現われたわけではないのだから。

「結果は猿渡さんの方へお願いできるのですね」

「ええ、そのつもりですよ」

若い医者のいったことに釈然としないものがのこった。あの器械が最新式のもので、あの技術が手なれたものであっても、……それがあの医者のいうように、

「新しいことは、ぼくたちがやっているのです」

といえることだろうか。

「消えますよ」

という言葉があまり無造作なところをみると、それが考えぬかれたり、医者仲間で語りつくされた結論なのだろうか。

改善委員会を発足させた頃とくらべると、永造のいる大学ではよそへ応援に行って静かだが、それだけほかの学校の動きは激しくなっていた。

いったい真剣になれないのではないか、真剣になるということが、もともとムリなのではないか、と思うほど、学校の改革のことは、生温くてお茶を濁してきた。ちょうど自分の身体や心の状態とそっくりのように思えた。

教員どうしの欠陥を、あるときには、ひっかぶりながら、あるときは頰かむりしながら、時には声をあらげて大きな声を出したり、主張したりする。大きな石を動かすように長い間のくさったもののカタマリをあげようとするが、それをしたからといって真剣なわけではなかった。

学生たちのいうことの方が分がある、とか、学生たちのいうことに一概に文句はつけられない、とか、あの学生は、われわれよりアタマがいい、とか自嘲的にいうときほどの実感がなかった。

連日の会議の最中に、校外の部屋を借りて朝から夜中まで坐りつづけしゃべりつづけた。情報を提出したり、処置を報告したり、その一つ一つは、立場上学生よりは守勢に立った教師の側は遙かにムズカシくて愚劣にならざるを得なかった。

女事務員たちが靴下のままでタタミの上を茶や折詰を配って歩いた。毎日、その女がこんなに眩しくクラクラするほど、胸が疼くのは、自分だけだろうか。誰もそのことを口に出すものはなかった。

不意に手がのびて、若い女を抱きかかえる想像がおこってしまうのは不思議だった。陽子が死ぬとき、肉がなくなったとき、あんなに求めていた人間の肉というものが、京子によって満足させられたくせに、野放図にフワフワした柔かい肌を見ると、とろけそうになるのは、この会議のせいなのか、タガが外れぐせがついたのか、いよいよ老年になってしまったせいなのだろうか。

彼がふりむいたとき、準備室であった男が観念したように微笑をうかべて彼の顔を見ていた。そのまま別れてしまうのが、物足りないくらいだった。

彼は本屋へ出むいて行った。本を受け取ったが読む気がしなくて、包みをかかえてもっているだけで、彼の心からは、樹木や空をよく見ておかなければいけない、と囁く声がせっつくようにきこえてきて、うるさくて仕方がなかったが、その囁き声もあまり信用が置けなかった。どこかで習いおぼえたことが声になっているだけのことだろう。

そんな声がきこえるのは、不意に人間がいやになっている証拠かもしれない。だが、自然が眺めるに足るものだろうか。京子と光子や息子の啓一のために、もう少し生きのびなければならない、というありふれたことに思い及ぶと、胸があつくなってきて、ほろにがい涙が瞼ににじんできた。街角に佇んで、どこへ行こうかと考えた。五分ばかりそうしていても、いい案が浮ばなかった。とりあえず、手近なところにある喫茶店へ入ってボンヤリ外を見ていた。女とも男ともつかぬ男女が何組も並んで歩いた。すると薄くて大きなカバンを小脇にかかえて眼の前の道を横断して、向う側の婦人服店の前へ渡り、そこに待ち合わしていたらしい男と手をあげて合図し合うと、そのまま歩いて行く男がいた。永造はすぐ立ちあがって声をかけようと思った。いや階下へ降りて行ってあとを追っかけて見ようと思った。そのうちその男の姿は忙しそうに仕事の話をしながら、だんだん遠のいたし、彼も冷静になった。街角で京子の前の夫の伊丹久を見かけたのが、なつかしかった。結婚したての頃、京子と久とはスキーに出かけ、肩の骨を折ってから、よく肩がこるようになり、京子がよく肩を揉まされていた、という久の肩のあたりを眺めた。

永造が二度ばかり伊丹の家で会ったときには、赤いシャツを着てグレーのズボンをはいた気軽な恰好をしていた。今日はグリーンの上着に茶のズボンをはいて、心持禿げかかった頭を彼の方にさらしながら歩いて行った。伊丹にも歩くとき片脚をひきずるクセがあることがすぐ分った。その皮革《かわ》よりはかえって堅いはずのゴムのカカトの底のへり方で分ったし、事実、ひきずる歩き方をしていた。それは、逆に肩の方にも影響をあたえないわけはないし、スキーで骨を折ったのは、むしろこの下半身のクセのせいかも分らない。

何の話をしているのだろう。伊丹久の後姿から軽く笑っている口のあたりが想像された。口のわきについているホクロが見えるようだった。

「私、久ちゃんの仕事がうまく行っているといいと思うわ。うまく行っていないと思うと、気にかかって仕方がないもの」

と京子はいっていた。彼の翻訳した童話の本を子供に送りたがっているのを、やめさせてよかったと思った。そうでなければ、怒りにふるえて電話をかけてきたに違いなかったから。そのことを京子にいうと、素直にうなずいたあとで、

「どうして、そのことに気がつかなかったのだろう」

とつぶやいた。

「恵子さんたちといっしょに汽車をおりた連中の中には、一般の人に混って兵隊さんがいたのだそうですよ。たぶん軍属もいたでしょうね。あの頃の日本内地のことはよく知らないけど。関西から東京府下へ辿りつくのに五日もかかっていたというわけです」

と永造は恵子の話した話を自分ふうに話しだした。永造はそういうふうに眼に浮ぶように話したいと思った。

「その駅まできますとね、トンネルの先きで鉄道がやられていたことが分ったので、駅で降り

るとおそらく下士官あたりが号令をかけて二列縦隊に整列して、兵隊の横に十八、九歳の恵子さんは並んで、兵隊さんは（こういいながら、永造は恵子がまだほっそりとしたセイの高い身体をしてお腹《なか》をつき出し、リュックを背負って、コウモリ傘をもって、モンペをはき、ハイ・ヒールをはいている姿が眼の前にうかんでいた）棒切れをもって歩き出した。というわけですね」

トンネルへ入ると、兵隊は棒切れで真暗なトンネルの壁をこすって音を立てながら、恵子の横を恵子の手をにぎって歩いていた。

「自分の手を放してはいけないです」

と兵隊はいった。

永造は話しながら、恵子の話しっぷりを思い出した。

「ホラ、棒切れで、こすると、位置が分るというって、あの頃、兵隊さんも習って、私たちも習ったかもしれないわよ。智恵っていうわけよ。そう、アンマさんのするようなことをしたのよ」

といって恵子はタバコの煙を窓の外にはいていた。

「兵隊さんからすれば、私がハイ・ヒールのカカトをはがしたときには、見ていられなかったのよ。ハイ・ヒールをはいて歩くバカもないもんよ。それが、はきたくってさ。一チョウラでよ。考えてみれば、哀れなもんよ、あの頃は」

兵隊は靴をぬいで、恵子にはかせた。

「将校さんの若奥さんが子供をうみに里へ帰るというのだからね。それが、あなた、トンネルを出ると、コウモリ傘がないのよ」

と恵子はいった。

「靴がグサグサよ、それじゃ。光子さんは、啓一さんのところじゃない?」

と絹子がいった。

「啓ちゃんのところへ行ったのなら、電話があるはずでしょう」そのあとの言葉を彼はおぎなった。「そうなら自分の方から電話をかけてくるべきよ。あんまり時間がおそくなれば、そのうち警察へ電話をしなければならないわ」

と。あるいは、恵子のところかもしれない。

永造は、

「大丈夫ですよ」

と絹子と京子の二人にいった。その次の京子の不用意な言葉によっては、事によったら、自分の口から辛辣な言葉がとび出さぬともかぎらなかった。しかし「大丈夫ですよ」といい終ったとき、光子に心配はない、光子は考えながら歩いているが、誰かに自分の至らなさを語っているが、自分の気持をラクにしようとしたり、正しい判断にもどらなければならない、と奮闘しているに違いない、と肌で感じていた。

「トンネルを出てから、八王子まで歩いたら、そこから先きは都心までとぎれとぎれでも電車があるというつもりだったらしいのですね」

そこから先きは彼の記憶も怪しかったが、要するに電車も汽車も不通になっていて、「解散」ときまったとき、恵子は、八王子まで歩いてくると都内へ入る軍のトラックを見つけて、便乗させてくれるように頼んだ。そのときも彼女は、将校の若妻であり、子供を産みに里帰りをするところだ、といった。彼女は将校夫人である証明書をもっていて、それを見せた。

「そのとき、もう彼女、兵隊ぐつははいていなかったんでしょうね」

と絹子がいった。

「それは、そうでしょうね」

と彼は困ったようにいった。

「トラックの中でどんな顔をして坐っていたのでしょう。おナカを大事にしている顔をしてたんでしょうね。将校夫人、大丈夫でありますか、というところね。防空頭巾なんかもかぶっていたのね。あの人の顔には似合うと思うわ。あの人って、変な意味じゃなくって見あきない顔ね」

彼女が今でいう都心の実家へもどったとき、母は田舎へ疎開して、彼女は二日後にその家を叩き売って疎開しようとしている隣りの家に泊めてもらった。

「その家は、今も焼けずに残っているそうなのよ。あのとき売らないで、せめてそのままにしておいたら、と悔んでいるのですって」

と京子はオーブンのにおいをかぎながら、いった。それから立ちあがると、オーブンをのぞいた。そしてそのままべったりと坐りこんだ。

「どこの家も電子レンジになってしまうのは、何年さきでしょうかね」

と永造がいった。

急に京子と絹子が笑い出した。

「どうして笑うんですか」

「どうして笑ったのか、分らないわ」

と絹子がいった。

「私も、そういうところよ。どうして絹子さん、笑ったのよ」

「けっきょく、三人とも同じことを考えていたからなのよ」

と絹子がいった。

「視線がこのガス・レンジに集まったというわけさ」

将校であった夫が将校であるという証明書を携え、夫の子供を宿して、それをうみおとしに生まれ故郷へ戻って行く彼女の姿というものは、京子にも永造にも、ちゃんとした物語に見えた。そのあとのことは会沢が死にでもしない限り、物語になるわけには行くまい。

そんな物語が恵子の口をついて流れ出した直接の原因になったS湖のあたりは、どんどん遠くへ去って行ってしまっても、彼女は夢中になって、しゃべりつづけていた。

会沢がいっしょに旅行に来ていないということが、恵子にこんな物語にうつるきっかけを作った夫へのグチを、いわせたとするのなら、彼女のグチも物語も、京子と永造がこうして夫婦いっしょにきているせいである。

京子と永造が山の中へ連れ立っているのは、そもそも光子がいるからである。光子から逃れるために京子は夫をひっぱって来ているということを忘れているのだろうか。

バック・シートにおさまりながら、前田永造は、東京からいくら便利になったとはいえ木曽の山の中へワラビ狩りに出てくることの不思議さを思っていた。三人三様の立場があって、それが表向き一応の同じ目的のために乗り合わせているのである。

9

京子は膝をかかえて坐りこみ、眼の前のオーブンのガラス窓をのぞいていた。置き忘れられた女の子のように見えた。

彼女は何種類かのケーキをどうやら一人前に作ることが出来るようになっていた。すべて、料理はそういうものかもしれないが、同じ分量で同じ時間をかけ、同じ温度にしても、出来あがりが変っているのだから、ベルの鳴るまで放っておくわけには行かないのだ、と主張しているようであった。

彼女はもうじきそうするだろうが、オーブンからあげて、油紙を取りのぞいて枠の中からケーキを外すと、しばらくじっと見つめる。

光子が、

「私もそのうち作らせて」

と機嫌よくいったりした。

「簡単のようでコツは自分で作って見ないと駄目なのよ。そのコツは教えられないこともないが、打ち込まなきゃ」

「最初は教えてもらわなくっちゃあ。そういわれたら、せっかくその気になっても、気勢がそがれるわよ」

「たえずやっていないと、すぐ忘れるのよ。高校を卒業し大学に入って、いよいよお嫁入り前となったら、そのときは、いやでも習ってもらいますから。但し、いいかげんな気持では駄目よ。今からいっておきますけど」

こんなとき油虫がよく救い主のように登場したりした。二階に大きな声がきこえてくると、光子が京子をかばうようにして、父親がするように週刊誌を二つに折ってへっぴり腰で叩くつもりでいた。

彼も階段の踊り場で様子を見とどけると、

「どれ、どれ」

といいながら、男ひとりの気楽さもあって、あわてるような、あわてないような身ぶりで下宿人のように登場に及んだ。

京子は光子のかげにかくれるだけでは足りなかった。両手の握りこぶしをもちあげるようにして震えていた。わざとそうしているのかもしれないが、自分の方から最大限の表現をすると、いくぶん恐怖感をへらすことが出来るというつもりなのであった。

「私は、昆虫よりも蛇の方がいやなのよ。昆虫もいやはいやだけど、お兄ちゃんは、鳥がきらいなんだから、子供のとき、蛇を手にぐるぐる巻きにして遊んでいたのよ。そのくせ、鳥はきらいなんだから」

「前の方《かた》は、どうだったの」

と京子がきいたような気がした。永造は、

「さあ、どうだったかなあ、そういう相談をうけたことがなかったもんだから」

とつぶやいた。

「会沢のおばさまは、蛇どころかトカゲを見ただけで、立ちすくんでしまうんだってね」

光子は恵子のことを記憶していて、京子の機嫌をとるようにそういった。京子の弱いところが、光子に心のゆとりをもたせているのだ。しばらくそのままにさせておこう。その間は京子が小さい犠牲となることだ。

映画館へ行くとき、永造の両どなりに、京子と光子とが腰かけた。母親を失って一年もたたないときなので、息子の啓一はともかくとして、気晴らしに車で外へ出るとなれば、何回に一回は少し離れたところにある市の映画館へ入ることになった。

京子がスクリーンを見ながら、何か自分にいいたそうにしていることや、そのことを既に光子が感づいていて、永造に自分が遠慮しようと思っているか、あるいは、逆に京子に対して不服があることを外に示そうとしているか、その二つの間で揺れていることが、分った。三人ともスクリーンは見ているが、ただそうしているだけであることも分った。

自分と光子との間に京子を入れて、夫婦一組とすることは、陽子が生きている間もしたことがない、というより、そういう機会さえあったかどうか分らないくらいだ。

回を重ねるうちに、京子は光子との間に入るようになった。が、……そうなってからか、そうなる前か、どちらであったろうか。……

時間をつぶすというか、そうするより外に方法がないので、見にきたというか、とにかく、彼らが見ている映画に、殺された死体が見つかる場面があった。合成樹脂のものに違いなかったが、その場面に近づくしばらく前から、京子は子供のように手で顔を蔽っていた。

小さいが憤りのかたまりのようなものが、残忍な相を帯びながら自分の胸の中にこみあげてくるのを知って、彼はあわてた。

「まだ？　まだ？」

という声がきこえると、その方を光子が永造の胸ごしにのぞいた。

その場面が終った。

「久ちゃんは、私がアッと悲鳴をあげて怖がったりすると、とても憎らしい顔をして、睨みつけたのよ」

と京子はささやいた。

「男というのは、そういうものかしら」とも「あなたは、そうでないわ」ともいっているようにとれた。

「さあね」

とスクリーンを見ながら、彼はうなずいた。

そういう気持は男にあるが、今の伊丹久が、その若い妻に、「おい、よせよ」と憎々しげにいうことはないことだけは察しがついた。

伊丹によって弱点が裸かにされたと気づいた京子の戸まどった表情や、そのあとに長い間くすぶった腹立たしい京子の気持というものが、彼に乗りうつってきた。京子の感じる腹立たしさにも色々あり、光子の感じるそれにも、ことによったら彼の感じるそれにも各種ある。そういうものの間をかきわけるようにして、これからもやって行かねばならない、と彼は思ったが、必ずしも楽しくないことはない、と感じているようだった。いや、こうして小さい憤りを彼の心の中に起させ、伊丹は彼女のために彼女は伊丹のために憤り、……そうして光子は光子で、父親の彼が今は見のがしておくが、いつかそのことで、お前も反省しなければならないときが来るかもしれない。来なければ、自分がそんなようなことについてたしなめてやらねばならない、とそう思ったりすること、そういうことが、そのまま生きる楽しみだ、と考えるコツみたいなものが、それがエゴイスティックなものであろうと、もともと臆病をもとにしてだが、おぼえかかっていた。それがくずれたら、早々に建て直さねばならない。……

ある日、京子は息を切らせて外から帰ってくると、表のドアに鍵をかけ、ガラス戸にカーテンをしめた。テーブルの前に坐りこみ、永造と空間とに交互にうつろな視線を投げかけながら、自分を騒がせているショックをどう処理したらいいか、とまどい、人間がショックを受けたときの見本みたいな顔付きをしていた。

陽子にもそんなことがあったような気がした。食事をするテーブルといえば、主婦にとって、一番手近かな場所で、そこで女中と茶をのんで、陽子も無駄話をしたりしていたものだった。自分の部屋があるのにそこへ行かずにテーブルのところに坐りこむのは、いうまでもなく原因が家の外にあるときにちがいない。

「どうかしたの」

茶をついでやりながらそれまでしばらく黙って様子を見ていた永造は、別に強いていう必要はないが、心が安まればいった方がよい、というふうないい方をした。人間というものは、もろいものだ。自分を見る思いだ。誰しも籠の小鳥なのだ。

「私のあによめと、そこまで一緒に車できたのよ。角で下してきちゃった。だって、ここへくるというんですもの」

「そう。きたって、こちらは、どうということはないよ。金を貸す貸さぬということなら、どうせ貸すものなんか、ありはしない」

「お金のことは、そうだけど」

光子が二階の自分の部屋から降りてきた。二人のやりとりを、こともなくきいていた。京子

は黙りこんでいたが、

「あの人が私の留守にきても、絶対にあげないでね。これだけはお願いしときますからね。どうして、こうなんだか、私にも分らないけど」とじっと考えこむようにいった。

「どうしても、どうしてもいやなの。ほかのことなら、私もたいてい辛棒するけど、このことは、どうしても辛棒できないのよ」

「あのことなら何も心配いらないよ。もうお母さま知っていると思うけど、私はお父さまからきいて知っているんだから。そんなこと、誰も悪いんじゃないんだから」

京子はビクッと眉を動かした。そのことに大しておびえた様子ではない。永造がそのことを娘の光子に話したのは、わけがあった。

京子の秘密だ。

京子がそれを悟ったのは、結婚してそういく日もたってからではない。中年の京子の身体も、陽子が気にしていて、光子が自分に似て可哀想だといった南国生まれの黒っぽい乳首とくらべると、北国の血をひいた京子の乳首はピンク色をしていて、それを見てはじめて陽子のいっていた意味がよく分るように思ったが、その身体は陽子より大分堅かった。堅いことが分ると、不思議に思え、落しものをしたみたいに物悲しくなった。一つずつ欠点が分るにつれて、彼は口からガムを捨てるように視覚や触覚からすてるつもりできた。別に努力を要するほど、彼は思いつめていたり、あこがれていたりしたわけではないが、京子が自信満々である材料が客観的にたっぷりある方が生き易く思えるのだろうか。将来の最後の日まで、私は愛しつづけられるだけのものがあったと思いつづけさせておいてやりたいと思っているといった方がよいのだろうか。その後、いよいよ堅くなり、この家へきたせいであなたに似たのだとも半ば冗談にいった。その通りかもしれないと笑いながら、心の中では考えこんだ。

年が若いのだから、京子が彼の肩をもんでも当然であるのに、彼女は直ぐあきたように、ふうふういいだした。不愉快でないことはなかった。それなら止しても事実大して痛痒はかんじなかった。アンマにもませてもよくはならなかった。彼は黙っていて、その代り、もういいという時間をほんの少しだがのばした。

「ぼくの身体も堅いには堅いが、力の入れ方もまちがっているのだよ」

と彼はいった。そのくらいのほんとのことは、いっておいても何かの参考になろう、というような意味もあった。

「お前も大分堅いんだよ」

といわないでいるのも、おかしかった。いずれにせよ、そんなことで争いが起るはずもなかった。

陽子の身体はぜんたいが柔かくて、こちらの身体が入りこんで行くように見えた。向うの方では、ずいぶん自分の夫は堅い身体だったと、別の男の身体に抱かれたとき驚いたことだろう。そのことをいうほど自由であったら、いうことも出来たにちがいない。今彼女のそういう声がきこえてくる気がする。その自由が私にはなかったと恨めしげにいっている気がする。

二人は戦後七、八年もたって物資が多少豊かになり、生活が多忙になってきた時分には、時々肩をもみ合うようになったが、陽子の肩は一部分だけが石をのみこんだように堅くなり、それが元で、ほかの柔かい部分が、なげき悲しんでいるみたいだった。どうにも仕方がなくて陽子が彼の前にさし出した肩をもみほぐしながら、気が入ることも、まったく気のりがしないこともあった。もみ合う？

考えてみると永造は自分の肩がもまれたことを思い出すことが出来ない。

京子が、彼と結婚して、まだそう日がたっていなかった頃、寝台の上で、永造の肩をもんでいた。まだ横着にふうふういうこともなかった。それともそのとき話しだした自分のことに夢中になっていて、そうだとすると、力の入れ方も一層不徹底であった。いや、そのときは、彼は背中に灸をすえさせていたのだったかもしれない。

彼女は永造の背中で、ポツポツ話しはじめた。ほんとの父親を父親と知らずにいっしょに暮してきて、その父親もなくなったあとで、母からそのことをきかされた。彼は彼女の使用人で、母の夫であった父親が死んでから、彼女の母は番頭を頼りに商家をとりしきってきた。番頭が彼女の父である、というぐあいだった。

薄暗い銀座のラシャ問屋の奥の間で、母からそのことをきかされた女学生の京子が、その後、一部始終を知っているあによめから、その秘密をほのめかされてないがしろにされた、というようなこともあった。京子の方もけっこうそのお返しをしてやった。兄が南方で死んだので、家の中は、女ばかりの三人暮しになった。

永造は京子と結婚する前に、比較的最近の彼女のことをいくらか知っていた。その材料でいっぱいであり、まだ、整理がつかぬままに、彼女をムリヤリのようにして迎え入れた。迎え入れてしまえば、こっちのものだ、とでも思っているように見えただろう。彼女がトラックで運んできた品物の方だけがどうやら片づいたが、啓一と光子との彼の家族のことは、もちろんこれからのことだ、ゆっくりと京子の過去をとけこませ、そのうち前田家の家の中に塗りこめてしまおう、とでも思っていたと見える。

永造は背中の灸のあつさをこらえながら、京子の話をきいていた。それは彼の家の新しい材料であった。そういう過去の京子のことは、永造の京子観を悪く変えるはずもないことは、自分で分っていた。問題は京子が思春期において悲しい眼にあったことに同情してやるべきであり、京子が、

「これは、あなただけに話したことなのよ」

といったときに感謝すべきであった。が、そのとき、彼は、

「もう一つ、そっちの方を、もう少し小さくひねって」

とでもいった。天井からぶら下るあのウドンゲのハナのようにかぼそくして、すえることを、彼は望んでいた。これは、多少ともその気になってしないことには出来ないことだ。

永造は、おしゃべりになっていたのに、そのとき何もいえなかった。当然のことだが、京子が泣きだした。

「あなたは、冷めたい、冷めたい人！」

といった。

彼は反射的に笑いだした。笑っていいと思っていないものだから、くすぶったような笑い方になった。

「そうじゃないんだよ。おそらく、ぼくは、感動しているのだよ」

といったが、彼は依然として笑っていた。

「おそらく、それは」笑いながらいった。こらえようとすると背中がふるえた。「それは、まちがいないことだよ。決して灸の方が大事だとか、自分のこの身体のことの方が、あなたより大事だと思っているわけではないのだよ」

あとは口の中でつぶやいただけだ。

冷たくないようにするには、彼が何かいえばよかった。死んでしまった者に向って、あとで何の彼のとぐちるように、思うことがあるに違いなかろう。

おそらく紙きれに一行か二行か書いてあればよいことで、本人から、背中の後ろできかされたにしても、生きた人間から、直接に明かされるには不向きなことかもしれない。ひそかに知って、永造は自分の京子への愛をいつまでも育てて行きたいとでも思っていたのかもしれない。

ほんとうは、その喜びにふるえていたのかもしれない。もしそうとすれば、どうしてそれがうまいこと、京子に向ってとっさにいいあらわすことが出来ようか。


「そうそう、あすは、『源氏物語』の日だったね」

と永造はテーブル越しに京子を見ながら声をかけた。

デパートの催す、その女性サークルに、京子は月に一度出かけて、帰ってくると、面白い、面白い、といった。よほどくだけた講談調のものであるらしく、テーブルを前にして、光子と彼に話してきかせるのを、その先生に軽いシット心を抱いてきいた。

「ああ、女か」

と彼はいった。しばらく、彼は男とばかり思っていたが、だんだんきいているうちに男でもあり、女でもあるように思われた。何かの拍子に性がハッキリ分った。

「もちろん、女よ、お婆さんなのよ」

シット心がいきいきと甦がえったことで、その見知らぬ老女は、彼の記憶に残っていた。

京子は話しているうちにつまってしまって、物覚えが悪くなったといって残念がった。彼が学校でシェークスピアの芝居や時代のことを、くりかえし話しているうちに、ある程度自分の目の前に舞台や観客や、人物たちが、あらわれるように思うようになっていた。

しかし彼は夢中になったり、その分だけあとで照れたりしながら、あるときは「オセロ」の中の黒人の悲劇の主人公が妻の首をしめるところが、身も世もあらぬほど近く感じられた、と思うときそこを強調する。「マクベス」の夫人のいうようになるマクベスの気持がこれまた自分のことのように思えると、そこを語った。この古典はいつまでも感激をつづけさせてはくれない。不意に「リア王」が妻を失って三人の娘と放置されているということが、心の痛みとなって襲ってきた。コーデリアに腹を立てているリア王が、果してコーデリアに怒っているのか、どうか、たまたま、そうなったり、そう見えたりしているだけのことではないか。彼は苦しめる相手や、苦しんでくれる相手が必要なので、そのキッカケを探していたのに過ぎないのだ。とこう思ったりする。そこを語った。シェークスピアの喜劇と悲劇とが、どのようにして起るに至ったかということを語るとき、自然と、劇の中に出てくる道化役のことを中心に話すことになっていた。今では当り前のことになっているし、多くの学者が、シェークスピアの道化は中世に対する批判の象徴としてあらわれているのだ、というのである。この説が戦争中から、ある若い学者によってパンフレットにくわしく発表されだしてから、その意見に賛成しているうちに、彼も年に一つは中学校の授業のように沢山の時間数の中の一つに、シェークスピアの講義を、もつようになっていた。

道化はあるときから、シェークスピア自身をあざわらい出した。シェークスピアは一人のトルストイのような人間ではないとすれば、当時の人々の意見の代表である。意見が自らまいた意見にあざわらわれ始めたということだ。

一人の人間が老いるように、時代も老いる。一つの喜劇が老いて悲劇をうみ出すようだが、そのとき新しい喜劇がまた姿を変えてダブリながらおこっている。このようにして人も時代も生成発展する。

陽子の死が訪れると、誰もがそうなるのが当り前のように、順当なコースを踏んで永造は、喜劇から別れを告げはじめていることに気がついた。

ところが、一年ぐらい前から、学校の中であざわらわれはじめる徴候がおこった。授業料の値上の反対に同調しないのなら、彼らの講義の内容が弾劾されるというぐあいになったあげく、学校にバリケードが敷かれて、中へ入れなくなった。盗賊のように一部の学生が学長室を占領した。その首謀者のひとりが、公けの団交の席では機械的に弾劾するが、一対一であうと、柔和な顔をして、彼の講義のことも、人柄もきいて知っているし、外での活動も、どういう本を訳しているかも知っているといったりした。そしてそのそばに立っている純真そうな一年生の学生を指さして、こいつもずいぶん成長しました。運動は成長させるのですよ、今度の団交では、議長をやらせますからね、といった。その席の議長には、教員側として彼が出ることになっていた。そのために彼は出かけて行ってバリケードを外してもらって、学校の中で占領軍と打合わせをしているのであった。何もしゃべらせないでマイクを奪いとろうとはしない、という条件をいい渡されて、壇上に若い学生といっしょに腰かけて、聴衆の方に対面した。

一人一人学生団に詰問され、最初の頃一個の教師としての意見を求められたとき、その特徴と個性とを発揮して、そう見苦しいものではなかった。学生の要求がどういう返答を要求しているか分っているが、教師仲間がきいているところでもあるし、いくら通じなくても、通じる顔をしてしゃべった。怒号の中でいよいよ通じないと分ると、話している本人も、きいている本人も、貧血気味になった。永造はその席で何もいわなかった。そして、ひそかに貧血によって倒れることをおそれて、その見苦しさの方を本能的におそれた。彼はほかの教師よりも、もっと見苦しいことをいうに違いないと思えたから。どうしてか分らない。

妻の陽子を疑ったことがなかったというわけではない。その些かな事件が、どこにも転がっているような、笑い話みたいな事件が起る前、数ヵ月の間、彼は、疑いつづけた。疑いつづけたからといって、陽子はそういうことがあるとはいいもしないし、一言の下に拒否してしまったにちがいない。第一、彼は口にしたこともなくて、眼を光らせて、不意にふりかえって無言の儘、眼と眼を見合わせたり、たしかに週刊誌の艶笑コントを読んで何かを企んでいると思いながら、その寝ているそばを通る回数を多くするというぐらいのものである。

疑いはしたが、疑わなくてもすむようなハッキリとしたことを積極的にしたり、陽子の身になって万事運んだりしたわけではない。もし、そんなことを最初からすれば、彼の方が消しとんでしまっただろう。

どこまでも自分の主張をつよく押しきってもいいし、先方のいうままに歩調を合わせるもいいだろう。しかし、前田永造は、人柄もあるが、そういうことに不慣れに育ってきたのだ。永造は陽子の姿を学生群に見たように思ったかもしれない。

つきつめて行けば、結論は、改革はしなければならないが、授業料はあげなくてはならない、ということで、そのことを、分り易く問答式に草案をまとめて、教授会にはかったり、学生に電話をかけて、彼らが自然に集まれるようにし向けて、自然に家へ集まるものは、集まってもよし、というふうにしているうちに、学生は夜明けまで酒をのんで勝手なことをいい教師の悪口をさんざんいって、帰って行った。しかしそんなことが信用の材料になることも事実だった。そのとき、京子は何のために教師がそんなに卑屈にならなければならないか、といったり、きっとそこには、何かいやらしい隠微なものがあるのだ、ともいった。何か真剣さを欠いたものがあり、なれあいのものがあり、けっきょく先方にすべてが任せられているというのも、不満であった。

草案を作っているとき、新入生の意見が取りあげられた。不満と質問の一つであった。学生と教師とが接触がなくて淋しいといろいろのことがテーマであった。親子じみた、夫婦じみた奇妙なひらきがあった。カーテンの向うでひそひそ声で話していた女事務員の笑い声がきこえた。接触がないのが淋しい、という言葉が、その女の子たちにもおかしかったのだろう。その笑い声がきこえた教師や男の事務員たちは、仕方なさそうに笑った。頭をへんに使い、わざとこのときとばかり粗末なものしか学校は出さなかったし、本来弁当を持参すべきだ、という意見もあったので、文句はいえないのだが、煙草も吸いすぎて、みんなの腹工合がおかしくなった。

「ほかの大学の先生はコーヒーをおごってくれて、一緒に話をしてくれるのに、この大学ではそういうことがなくて、ほかの大学を羨ましいと思う。学生のためを考えて下さい」

というのが読みあげられた。

またカーテンのかげで起った女の子の笑い声をききながら、永造は、映画館の中で、娘の光子と妻の京子との坐り方の位置のことで色々自分もこだわっていたことを考えた。

10

「『源氏物語』のときは抱き合わせがないのよ」

と京子はオーブンからケーキを引き出しながらいった。

「まあ、まあ、という出来だな」

と永造はケーキの方を見て声をかけた。

京子は絹子にいった。

「ケーキを試食するだけでも太るわよ、でもこの頃はこれでも少しずつ体質が改善されてきたのよ」

「抱き合わせって何なのよ」

絹子は置時計の方を見た。本当にいいたいことが、ノドのところまで出かかっているが、いえないで困っているようにも見えた。絹子はダイヤの指輪が光ったのに、ちょっと驚いたような表情をした。彼はさっきから、何かの拍子に何ということなしに、自分の手が絹子の腕や背中にふれかかったことを気にしていた。これからも京子の前で、ひょっとしたら、そんなことをすることがないとはいえない。この女を妻としていたら、どういうことになっていただろうか、と永造は考えた。

「抱き合わせ、というのは」と、京子は笑った。「支那料理のときには『論語』の講義があるのよ。『論語』の講義におくれてゆくと、叱られるのよ。車で一緒に出かけるから、遅れるときは、バタバタと何人もいっしょでしょ。とても目立つのよ。大学の元有名な先生で、ときどき字を忘れるのよ。あ、ド忘れしましたわい。皆さん、こんな易しい文字を忘れてはいけませんよ。こんなのを忘れるとは、若いときには思いもよらなかったが、もういいでしょう、皆さん、私たちの年齢《とし》になると、もう気になりませんよ。といったぐあいよ」

京子はだんだん真似をはじめた。手にナイフをもっていた。しゃべるときに、箸やナイフをもって振り廻すのは感心しない、と陽子といっしょに文句をいいそうになった。そんなことが何のことがあろう、「よし、よし」といいきかせ、なだめるように、口の中で、彼は呟いた。

「『論語』に較べると、『源氏』は、源氏そのものなのよ。『論語』の先生は爺さんで『源氏物語』は婆さんで、恵子さんにこのことを話したら、『それ、一軒の家からやってくるのじゃない？　そうよ。きっと』ですって」

「恵子さんも『源氏』にいらっしゃるの」

「いいえ、あの人『源氏』にはこないわよ。『論語』もいやだけど、抱き合わせだから、仕方がないのよ。あの人はそういう習いものは、ゼンゼン、とこうなのよ」

手を振って「お断わり」という恰好をした。「こうね」と絹子も笑いながら、マネをした。

「でも、この人の着物をこさえてくれたのは、実にはやかったわ。あれは、二寸は短かかったわよ。だいたい会沢と同じと見ればよいようよ、といったぐあいよ。ちゃんと見てるのね。この人は二寸短いものを着ていたのよ。私はそういうものとは気がつかなかったわ。おかしい、おかしいとは思っていたけど、この人はこういうものだ、と思いこんでいたのよ」

「あら、京子さんが、そういうふうだ、とは思わなかったわ」

永造は急に、

「それより先きに、ケーキを切って出したらどうかな」

といった。

「もちろん、そうしますよ」

京子が急に腹を立てる理由があったのか、と彼は思った。もっとも無事な話は、こういう種類の話ではなかったか。……

京子は、肋骨が何本か自然に折れたという猿渡博士の奥さんと老先生三人で茶をのんだ話をはじめた。

「私ワラビ狩りの話をしたら『石ばしるたるみの上のさ蕨のもえ出づる春になりにけるかも』というのが万葉集にあるということから、木曽の山の中の話をして、それから登山口の有料道路に汽車の踏切のようなものがあって、ギイッとあげるということや、その踏切番みたいな人に、何百何千と墓石みたいに立っている石のことをきいたら、知らねえな、といったことや、それからねえあなた」

と京子は夫の方を向いた。話しつづけているうちに、続きを夫にさせようとしているのが分った。永造も途中までひとりしゃべりをするとバトン・タッチをするような傾向があった。永造は京子の話に耳をすませはじめたので、自分がバトンを受取ることをしなかった。京子はとまどったように夫の顔と絹子の顔を交互に見ながら、話しつづけた。

車で五合目までやってきた。そこら一帯に牧場が拡がっていて、スロープとスロープとが寄り合うあたりに牛が放し飼いになっていた。大きな牧舎が丘の中腹にそこをぬって走る道路を前にして見えた。

車のトランクから必要な袋と靴と男用のズボンや、ゴム長や麦ワラ帽子をとり出したとき、京子はパタンと蓋をしめて、

「あら!」

と叫んだ。

「車の中へキイを入れてしまったんですのよ。お友達の恵子さんと主人に申し訳ない、せっかく楽しみにして木曽の山の中まで来たのに、ゴメンナサイね、ゴメンナサイね、と私はいったのよ、って話したの。山の中で車を動かすこと出来ない、となったら、どうしたらいいんでし

ょう。牛舎のところまで行って電話を借りて麓のガソリン・スタンドへ頼んだら、いいかもしれない、と主人がいったので、私はそこで待っててね、というわけで歩き出したのよ」

「そうしたら、きいている二人は何とかいったかい」

と彼は心の中で呟いた。二人は何かいったか、いわなかったか分らない。京子は先へ話を進めた。

永造は、

「ぼくが、ケーキを切ろう。絹子さんはこのくらい?」

といった。

絹子は、「さあ」というと拝むように両手を合わせて「このくらいにして」といった。永造は山上夫婦の生活が不首尾に終ったとき、絹子がそっぽを向き、かけブトンを乱暴に腰の上へひっかける様子を思いうかべた。

「牛舎に行く途中に飲食店があるのが分ったときはホッとしました。それまでは家の裏側だけ見て、しまっているものと思っていたものだから、そのときのそこにいる中年の二人の男の人に話しかけたのです、とこう話したの」

「ハイヤーの運転手だったのです」

と永造はようやく、あとを引き受けた。「客が向うの丘の麓のところで休んでいたので外にいて、すぐ分りましたよ。恵子さんも入って行き、運転手といっしょに外へ出てきました」

「出来ないかも分らないなあ」

といって運転手は二人で笑って顔を見合わせていた。

「客に断わって乗らなくっちゃならない。多少こわすかも知れないよ。出来ないかも分らないなあ」

永造は外で彼女たちの一行のひとりでもないような顔をして佇んでいた。運転手の車に京子が乗りこむと、車はさっきの場所にひき返した。永造が車のそばへやってきたとき、三角窓が少しこわれただけでドアがあき、バック・シートを取りはずそうとするところだった。そのとき永造は柵のあたりに太い針金が転がっていたのをもってきた。それをのばして先きをまげ、それを穴にさしこんで蓋はあいた。

「あなた方がいなかったら、どうなったでしょう」

と京子は二人にいった。

「生命のツナだったわ」

と恵子がいった。

京子の話はそこで終ったが、永造は山の中で思っていた。どうして自分は京子の代りに電話をかけに走って行かないのだろう。どうしてあの飲食店の中へ入って行って、京子の代りに、自分が交渉しないのだろう。それに恵子の前で、どうしてあゝいうところを見せてしまったのだろう。こんなことしていいのか。そう思いながら永造は恵子のあとから歩いていた。

「あの人達にちゃんと礼をした方がいいよ」

と彼は顔をほころばせながら車の方を向いて、何かと男たちに調子を合わせている京子の耳もとにささやいた。

「ええ、分っている」

と、そのままの姿勢で、彼女はこたえた。

京子は金をにぎらせた。

「必要なときは、いってちょうだい。車の用事だけでなくて、ほかの用事の方がいいね、おくさん」

と窓から首を出していった。車の中で、穴がどうの、場所を貸すだの、といった言葉をさしはさんでいた。まるで、そのために中の品物を動かしているように見えたが、こちらの車の中にいてまわりからのぞかれているので愛嬌のある態度だった。

「おや、いったわね」

と恵子はいった。「バカなこと、おいいでないよ」

「遊ばせているだろう、おくさん」

ともう一人がいった。

「失礼しちゃうわね。あとが悪かったわよ。ほんとよ。もう少し賞めてやろうと思ったのに、控え目にしといてよかった。遊ばせていようが、いまいが、いらぬお世話だわよ、この山猿。もうこうなったら、こっちのもんだわさ。お前たちがつきあえる相手かよ」

恵子の声は、誰にいうともなくだんだん大きくなった。その頃には男たちの乗った車は砂煙りをのこして大分離れていた。そのあと、恵子は顔を赤くして、

「おお恥しい。けっこうウブだわ、私」

と顔を両手で叩くようにした。京子はアッケにとられて、黙って見ていた。

「ほんとに失礼よ、あの連中」

とつぶやいた。

「運転手なんてものは、あんなことばかり考えて生きているのかしら」

と恵子は永造にいったが、顔は京子の方を向いていた。

「御主人、私をケイベツなさらないで。ついいっちゃうんだから、私って」

「あなたのせいではないわよ。どっちみち私のせいなのよ、ゴメンなさい。でもよかった、無事に車が動かせて」

と京子はいった。

「あんな人達に運転してもらって、ここへワラビ狩りにきていて大丈夫かしら」

その夜、同じ部屋で永造と京子と恵子が寝た。朝になって、永造夫婦が横になったままボツ

ボツしゃべり出した。永造はかなり遠くにあるはずの谷川の瀬の音が、割に近くにきこえるのに耳を傾けながら、便所へ立って、戻ってくると、向うむきになって眠っている恵子の片足がフトンの外に出ているのが見えた。

「お尻を出して寝ていると、それでも主人が、おい、といってフトンをかけて行ってくれるのよ、あれでもね」

と車の中で語った恵子の言葉が思い出された。京子は気がつかないで、フトンの中から彼の方をのぞいて、かなり自分は幸福であるという表情で、何か訴えるような望むような眼をした。彼はウインクをしてみせた。でたらめな下手くそなウインクで、おまけに瞼が一度くっつくと、なかなかあがってこなかった。今度もそうなので、眼をこするふりをして、上瞼と下瞼をひきはなした。ウインクするときから分っていたことだが、結果は思った通りになっていた。彼がウインクしただけで京子は楽しそうにケラケラと笑いだした。そうしながら恵子の夫の会沢がここにいないことが、おかしいことに思えた。

「あら、もう起きてたの」

と眼をこすりながら恵子の身体が動いた。足はフトンの中に吸いこまれた。

「何にも知らなかった。もう朝なの」

「あなたは、ほんとに健康なのね」

と京子がいった。

「いつも、私は何にも知らないのよ、朝まで」

ダンナがいなくなって二時間もしてから起きるんだから、というだろう、と彼は思った。

「テツマンの日など、寝てさえいないのよ」

というかも知れない、と彼は思いかえした。

そして、ついさっき会沢がいないことがおかしいと思ったけれども、急にぎょっとさせるのは、会沢をいつも連れて歩いていることを片時も忘れさせないからだ、と思った。

「私、足出していなかった？」

「いいえ」

と京子はそういった。


京子の話は「生命のツナだったわ」という恵子の言葉で終っていた。

「ずいぶん長い話をきかせたものだね。それでその人達はどういったかね」

「『どうしてそんな遠くまでワラビを取りに行く気になったのですか』といっていたわ」

永造は不安の気分をとり除こうとした。

「それから、ゼンマイとワラビとどっちが早く生えるとか、生える場所が違うのか、とか、ああいうものは、何か生命の象徴のようだ、古墳の中の装飾画によくゼンマイのような恰好のものがかいてあるともいいますね、といってたわよ。それにしても神頼みだったわ」

「これは私の空想だけど。いい、ほんの空想のよ」と絹子がいっていた。

「いい？　恵子さんが、あんなに遠くへ旅行したり、あんなに御主人のことを思いきって他人の前でけなしたりするのには、何かワケがあると思うのだけど」

京子は絹子の指から眼をそらしテレビの方へ眼をやって、もう「ニュース」だわね、というような顔付きをした。ニュースを見るか、その時間の英会話を見たり、もし英会話の時間をはずすと、朝早く起きて、その分だけとりかえし、寝床の中で、英会話を暗誦していたが、前置詞がよく落ちていた。

陽子は英会話の本を拡げて寝床の中で見ていることがあったが、彼が枕もとを通ると急にフトンの中へかくすのが見えた。彼にそういう勉強をしているところを見られるのがいやというよりは、彼が陽子のしていることに干渉し、口出しし、そばへ寄ってくるのが腹立たしかったのだ。そして、彼女がそういう態度に出るとき、おかしなことに、彼はほんとに干渉しようとしていた。電気のように彼がドアをあけたときにもうそのことが分っていたとしか思えない。

絹子の空想癖は、もともと女学生のときからあった。が、クラスでその方向でとくに目立った方でもなかった。昔の文学少女が、そのまま大人になったようなところがあったのだろう、と前から漠然と彼は思っていた。

「ことによったら、あの人、だれか好きな人があったのじゃない？　もちろん結婚してからのことよ。これは私の空想といったけど、ほんとは山上の空想なのよ」

「恵子さんは、顔もきれいだし八等身だから、そんなことも想像されるのでしょうが、御主人さまはさっぱりだわ。いいかげんなことといって会沢さんに叱られるかしら。山上が、あの人は何か過去のことを考えているような顔をするし、自分の虫歯をかんでいるようなところがある、というわけ」

永造は山上の表現の仕方におどろいて、しばらく黙っていた。

「これは、面白い意見だ」といった。「その最後のところのことですがね。しかし、ほんとに、めったなことをいって会沢さん夫婦に迷惑をかけないようにしましょう」

と永造はいった。

「だから私、山上にいったのよ。ほらあの話よ。私たちの前で、会沢さんが、おいぼくにサジくれ、といったら、恵子さんが、え？　サジ？　サジなら、これでいいでしょ、と自分でペロリとなめて、はい！　っとさしだしてよ、そうしたら、会沢さん、真赤になってたわね。あんなに御主人にいい働きをして貰ってて、ペロリだから」

永造は食べるふりをして残しておいた手もとのケーキを眺めていた。永造は胸の中が腹立たしいほどあつくなった。

生温いツバのにおいがした。子供の頃、永造が「よごれているよ」というと母親が、箸やサジをとっさに手でふいたり、ペロリとなめてよこしたりした。「うちの主人はああして放っておけばよいのよ。あれでいいのよ」と陽子が友達にいったことがあった。「ちょっと待ってよ」と顔をしかめながら、めんどくさがるような手つきで、もし外から戻ってきたすぐのときだったら自分でブラジャーやコルセットをはずしたりし、それから腰にまとった最後のものを、腰をあげながらはずすとき、その生地によってはたるんでたり、妙にぴっちりしていたり、どちらにしてもゴム紐のあとがついていたりした。ちょっと彼の爪が肌にふれたりすると、

「いたい！」

と大仰に叫び声をあげたりした。

そんなふうに箸をなめてよこした母親がもしも再婚して、よその家の母親となり、そこで生まれた子供に、同じように箸をなめて「はい、これでいいのよ」となめてやっているのを垣間みたりしたとしたら、どうであろうか。

永造はさりげない顔をして席を立つと、テレビのスウィッチを入れた。

「ちょっと前を忙がしく動くようですが」と、女たちにいった。「え？」と絹子がききかえした。「あっちこっち動くものだから失礼だと思って」といった。ドアをあけて、自分の方から走りよってきた犬に、

「さあ、ハウスだよ、ハウスだよ」

と声をかけた。隙があったら応接間の方へ居残ろうとするのを片足で通せんぼをして、一応あきらめたがわざとフラフラと身体をゆすぶって動きはじめる犬を廊下へ出し、そこに置いて

ある小屋の中へとびこんで、こちらを向いた首に鎖をつけて、トイレのドアをあけ、洋式便所に腰を下し、前かがみになった。身体ぜんたいが揺れてきた。

二人の医師が彼のことに当然無関心であるのが、理不尽に思えた。向うがカメラだけに頼るのなら、こっちはデータを提供しないまでだ、と思った。もちろん一瞬の抵抗にすぎなかった。医師の世話にならなければ病院の部屋もとれないし、治る治らぬは別として病院で過すより仕方がないことはいうまでもない。彼は入院してからの費用のことを全然といっていいほど考えていないではないか。貯えがあるわけではなく、彼の家の収支は学校からの給料と原稿収入の、二つを合せてようやく償っている。もし入院したら原稿収入は大半がなくなる。京子や光子の生活のうえに大きな変化が起るだけでなくて、彼が生きているうちから、家を処分しなければならないかもしれない。遺言状に京子が主張していたことに気に入らぬことがあった。彼が死んだとき、彼は保険金のほかにこの家を処分して子供らと分けることにするつもりでいた。京子は私の死ぬまでは、この家はその儘にしてもらわないと困るというのだ。きいてみると、もっともなことだ。ムッとしていた彼を不審そうに、信用のできない男のようにいつか見おぼえのある眼差しで見つめていて、彼がうんといわなければ一歩もひかない様子を見せた。

「私が死ねば、みんな子供たちのものになるのよ」

「あなたのいうこと、よく分りました」

と永造はうなずいた。弁護士のいう通りにし、それはたぶん京子の言い分と変らぬだろう。

彼女は研究しているはずだから。

「分りましたというような、そんな、いわれてからそんな気になるようでは、心もとないわ」

と京子はまた彼を見つめていた。いつトボけて豹変しないとも限らない。

夫婦と光子とは例によってそのときも映画を見ていた。京子が車で隣りの市の映画館まで運んできた。競輪の開かれるときにそなえて、かなり大きい駐車場があるので、そこに車を駐めて、歩いて行く。

「おお、寒いなあ」

と京子が小走りに走ると、光子が笑い出した。

「帰りは光子ちゃんは、また焼トリだね」

「お父ちゃま、お父ちゃま、光子ちゃん、光子ちゃん」

と京子はいった。そしてわざと肩をちぢめ前後にゆすりながら今度は大またで歩いた。永造と光子の二人というより、永造そのものの歩き方のマネであろう。そのうち京子は、「こうね」と片足をひきずり出した。それこそ彼のマネである。

かりに陽子や恵子がそんなことをするときは、スプーンをなめるようなつもりになっているのだろう。だが京子は、いま自分の父親を呼びよせているようにも、自分の子供とふざけているようにも、自分が子供になりきってしまっているようにも見えた。何か気味が悪いところがあった。

「光子も、いっしょにあんなふうに踊るさ」

　永造も笑った。

　その日（映画を見に行った日）の朝、彼が居間へ入って行くと、昨夜泊った友だちと啓一の二人が京子と何か話をしていた。啓一がまだアパートへ行く前のことだ。京子は頰杖をついて、

「ふん、ふん」ときいている様子だった。

「連中、珍らしく朝早いじゃないか、酒をのんだのでかえって目が覚めたのかな。何か新しい要求か。少しおさまったと思うと、また新しいことを考え出すんだからな」

　と永造は玄関でいった。京子がいいそうなことを先きにいったといってもいい。といって不愉快なことは、堪らなく不愉快だった。

　啓一は食事のとき、うっとうしい顔をして物もいわないので、何か不満があるのか、ときくと何もない、といった。そのとき光子は人が変ったように物分りがよく、啓一をたしなめたり、からかったりした。それが逆に出るときがあり、食卓はそれでバランスがとれている。ただ光子にはこれという不満は取り立ててなかった。啓一は、あるときは、小遣をあげてくれといい、部屋を代るといい、小型テレビを部屋へもって行くといい、その最初は永造夫婦の部屋に近い自分の部屋から別の部屋にうつるということだった。いい出された当座は不快で不都合に思えたが、啓一の立場にたって考えてみると、たいがいもっともに思われるのは、どうしたことだだろう。それほどもっともに思うのなら、いい出される前から分っているとか、せめていいださ

れた時にすぐ分ってやってもいいはずなのに、あとになって理解できるというのは、奇妙で、無責任で、子供に対して可哀想なことでもあった。大半の原因は彼の方にあろう。それなのに原因が自分にあることにさえ、その次のケースがくるまで思いもつかない。つまり永造は無責任であった。永造にとっては目の前へもってきて、立てかけられた壁のように不都合千万なので、しかもその壁が頑丈で柔軟で、どうにも手の施しようもない代物であった。啓一は親より一まわり大きい片方の肩をつき出すように立ちはだかった。

永造は一般に学生と対面したとき、自分の息子が大挙してやってきたように感じた。

「啓ちゃんは、ママぼくが童貞にみえるかどうか、ときくのよ」

「へえ?」

「そんなこと話していたのか」

バアのママと間違えたのじゃないのか、と出かかった言葉を抑えた。

「そんなこと分らない。考えたこともなかった、といったら、今どき童貞の学生なんかいるものか。ぼくなんかもよくそういうことの処理のために会う女がいるんだよ、といったので、こわくなっちゃった。何も心配することはない、とまでいわれたわ」

「そういって、大人だと思われてみたいのかもしれない。男親にいわないで、あなたにいうところが分るような気もする」

と永造はいった。

「あいつには、大人扱いをしてやって責任をもたせるより仕方がない」

「私こわいわ。あなたがいらっしゃるうちはいいけど、何かいいがかりをつけられるかもしれない」

「そういうことになれば、誰も信用するわけには行かない。かりそめにも親というものに対して……それに光子がいるかぎり、あの子は分るときは分るはずだ」

そういって用事に出かけたが、ガラス戸の中の京子は、いつものように、おそらく何年もさきまでそうするように、今日も手を振ろうとして待ちかまえていた。外へ出て何をするか、何を考えて外へ出ようとするのか、見きわめようとするつもりなのか、ただの作法なのか分らなかった。アメリカ人の行うキッスのようなものであろうか。京子の顔はだいぶん硬直していた。彼も手を振ったが、振り方にあまり誠意がなかった。それを彼女はまた気にしているかもしれない、と、しばらくの間は念頭においていた。

映画では、男にも女にも好かれるジョン・ウェインが農場の大地主であった。この俳優がスクリーンに現われて微笑をうかべながら、歩くだけで気持がよかった。こういう映画を見ることになったことに彼は安堵した。この男は妻をなくし、娘と二人で暮していた。新しい妻を迎えるところで終っていて、女の尻をひっぱたいて、このおれのいうことをよくきくか、といったりする乱暴で賑かな喜劇であるが、最初のところは、見渡すかぎりひらけた農地へ父と娘とが馬でやってくるとそこで馬をおりて、自分の所有地にある雪をいただいた山など眺めながら、

父が、

「娘よ、お前には財産があっては、お前の恋人はお前を愛さなくなり、お前も相手を愛さなくなるのだよ」

というところがあった。

「どうしてですか、パパ」

と、乗馬服の娘は鞭を手でしごくようにしてきいた。

「いいかね。この土地は、わしとお前のママが、無一物から出発して、働いて手に入れたものだ。二人で築いたから、二人は愛しあうことが出来た。お前もそうするのだよ。わしはこのあたりだけ残して大部分は寄附することに決めているんだ」

この話はあとで永造と京子の話題となり、光子に永造がいった。

「何もあると思ってはいけない」

光子は不安そうに永造と京子の二人の顔を見較べていた。

「頼ってはいけないということは分っているのよ」

とうなずいた。そのあとで永造は何か不安になり、それをまた京子は察した。

廊下で犬がごそごそやっていた。犬が小石をくわえてきていて、部屋の中でもことによったら永造が遊びに立ち寄ってくれるのではないかとアテにしているらしかった。テレビのニュースがきこえた。永造の勤めている大学の学生が学生会館を封鎖したというようなことだ。

便器の中に赤い物は出ているが、それはあきらかに胃腸からではなくて、別の部分からの物であった。

昨日、永造は例によって京子に知らせず、京子に知られぬようにして猿渡博士に会いに行った。前と同じように、しばらくデスクの上の紙きれを見たあと、猿渡はふりむいた。

「会沢さんからゴルフの誘い行きましたでしょう。木曽の山の中へワラビ狩りに行かれたそうですね。そのときのワラビ、彼の家で御馳走になりました。私は小さい子供の時分、御岳山に父に連れられて登ったことがありますよ」

永造はデスクの上の資料を眺めていた。そして、

「いったい人間の血液というものは、どこで出来るのか、学説はきまっていないそうですね」

といった。永造は医者とはマトモな話は出来たためしはない、と思っていた。それから、眼の前の人物が、子供のとき母親をなくし、父親の手で育てられたのではないか、と思った。

11

「血液が人体のどこで作られるか、ということですか」

と猿渡博士は微笑をうかべていった。

「ゼンガクレン的な質問ですな。そんなことをいえば、私の態度はエスタブリッシュメントということになりますか。これは冗談ですよ」

「なるほど」

永造は「ゼンガクレン」という言葉に、身体のことを宣告されるのと同じくらい緊張した。立場を変えれば、そうとれるのかもしれない、と思った。彼らの大学の教師たちの間でも、誰かが「ゼンガクレン的質問」というようなことをいっているのをきいたことがあるし、彼自身がクラスで、不意に横合いからきりこんでくる質問にあって答えようがないことがあった。そういう時には、質問を封じるか、前からの意見を通すしか方法がないことが多い。そんなことをして自分の研究室にもどってきたときには、後味が悪いだけではなく、その若者が人と語らって火の手をあげ、クラスが彼をボイコットすることになるような幻想さえ起った。

「ぼくなんかも、娘のことになると、前に小学校へねじこんだことがありましたからね。算数を3の評価が4であるべきだ、というだけのことです。あれは先方から見れば、機動隊を導入したようなかんじだったかも知れない」

永造は笑った。気持がとけたようだと思った。

「それが家内とヤリあっているうちに、急にそのときの教師のせいだと思いつめてしまったのですからね。立場というものは面白いものですね。とりわけ専門外の者が、専門に対してはキビシイのですよ。このことにはワケがあると思いますよ、何だって理由がありますからね。あなたは、血液は腸で作られる、というつもりでしょう」

「そうです。どこで出来てもぼくには大したことはないのですが」

と永造はいった。

「正直いって、そうかも分らないとぼくも思います。その証明は完全には出来ないのです」

「知っています」

「前田さん、あなたのいわれるのは、赤血球が細胞に変って、生物の組織が出来るのであって、それが突然変異によってガンが発生する。したがってガンをなくするには、突然変異であろうとなかろうと、細胞から赤血球へもどすようにすればよい。そのためには、胃から腸へ栄養を送りこまなければよい。赤血球を一定に保つために細胞は解体するのだから……」

「その通りです」

「そのためには、準断食をした方がよいというのでしょう。一つの考え方です。確かに栄養状態がよければ、ガンの増殖は活潑です。それをクスリで抑えるには、体力がいるという悪循環です。でも前田さん、ぼくらは今まで通りの方法で行くしか仕方がないのです。医師としては、認められている従来の方法以外のことをすれば、葬られる可能性もあるし、……自宅でサジェスチョンをあたえることは、これは別です。ところで前田さんの検査の結果は、あの件については、反応はあらわれませんでした」

「そうですか」

小さい声でいって永造はうなずいた。いうにいわれぬ怒りと安堵とが胸をつまらせた。急に前以上にダダッ子になりたかった。

「自覚症状はありますか」

と猿渡は、永造の眼を見た。皮膚の色つやを見ているのかなだめようとしているのかどちらであろうと思った。

「ないということもありません。十二指腸のところは多少痛みがありますし、こっちのカメラを入れた部分は、思い出したように鈍いものをかんじます。ぼくは神経によって状況が変るのだ、と思えるのですが」

「あれから一月以上経っていますから、もう一度今日レントゲンを撮っておきましょう。あなたは食事はぬいてありますでしょう。それとも、断食されますか」

「撮るだけ撮って下さい」

と永造はいった。

「じゃあ、ぼくらとつきあってくれますか」と猿渡は笑った。

「うちの上の娘が、あなたの学校の文学部の史学科にいますが、こいつが、いうことがグラグラ変るんですよ。娘が夕食時など母親と学校騒動のことを話しているが、ぼくは苛々してきて、相談に乗ってやらないんです。あなたが議長として演壇に、おられたときのこともきいていますが、私は意見をいわないんです。あなたと関係のあることだからではないんですね。私には正しいことは正しい、正しいことは実行しなければならない、という論法は、肌に合わないんです。正しいことには二つある。世の中に共産主義と資本主義と二つ考え方があるというのではなくて、ぼくのいうのは、教師と学生、医者と患者、為政者と国民、主人と主婦、男と女、夫と妻、人間と機械、天と地、こういうことです。だからぼくらも病気と思えば、医者にかかります。患者はどうしたって患者ですからね。こういうことを外してしゃべっているのをきくと、ぼくは苛々するのですよ。ぼくも時々逸脱するが、根本はここへ戻るより仕方がない。役割というものがあるのだから。『雨だって？　じゃ、政府を倒せ！』というようなぐあいですからね」

「ぼくらの中にも、恥しいですが、問いつめられると、ワケが分らなくなるところがありますからね。どういうことかというと、ぼくらは学生のいうことをきいてその通りしないまでも、学生の運動によって多少とも大学のあるべき姿の方に動いて行くことはまちがいない。生ぬるいことでは、そうなりはしない。少くとも時間がかかる。そうなると、ストライキをしたからといっても処罰することはできぬかもしれない。処罰してもいいが、処罰しなくともいい。それを、泣いてバショクを斬るというのは、既成の秩序を維持するためですが、……それで学校はこの退校生を復学させる。ぼくの学校の学費闘争のときは、裏口から話がまとまり、裏口から復学しました。その委員長は子供がいて、いつのまにやら、戻ってきている。こういうマトマリ方は、これからはなくなるだろう、という見通しです。もっと徹底したものになるだろう、という見通しです。

彼らはデマをとばします。半年もして闘争が終ったときになると、デマだったということを考えるものもなくなっている。しかしデマであろうと、なかろうと、戦術ならばいたしかたなかろう、とぼくらは分ってしまう」

「それで、あなたは、議長席から立って演説されたというわけでしょう」

「そうなんですよ」

あれをきいていた女子学生にどんな影響があったか、気にかかった。永造は笑いかかって笑えなかった。彼女はあのとき、どのあたりにいたろう。あそこでどんなことが起ったたって、どんなに無視されたって、そんなことが何だ、というふうに今の彼は思っていた。そのあとで彼は、それはそれでよかったのだ、と思い返そうとした。
「家内は前田さんはよっぽど家の中でそういうことを口にしてらっしゃるんだわ、といってい
ました。家内はああいう言葉をいって貰いたいようですよ」
永造の顔は赤くなった。
永造たちは、学部幹部と学生との団交というものをしなければならなくなったとき、学生の
出しそうな質問と、それに対する返答の案を何人かで練り「虎の巻」をこさえた。「団交だけ
は死んでもイヤですよ」といった教師も壇上にのぼった。
「ブルータス、汝もか、前田、汝も学費値上に賛成か」
という叫び声が起り、笑い声がおこった。彼も笑った。出発は上々だった。
だが学生が赤エンピツを逆さにもって振りながら教師たちを指さし、半ば罵倒しながら追及
する、誰にも耳なれた、不思議な句点の打ち方をする言葉は、学生にはよく分るが、教師らに
はよく分らなかった。そのくせそこに強迫してくる激しさがあることだけは分った。その激し
い調子の詰問にすぐにこたえなければ、それだけで、問題にならぬほど愚かに見えた。そうい
うときに整理をするのが議長の役目であるが、彼が議長になったのは、「虎の巻」作成に参加
したひとりであるからばかりでなく、そもそも彼が積極的に発言しようという気がなく、もう
一人の学生の議長に一つしかないマイクをゆずって、ただ壇上にいるだけ、という役目を果せ
そうに見えたからであろう。

マイクは学生に任せる。奪おうとしてはいけない。学生を興奮させるからである。学生は教師と団交をするだけで、もう興奮している。バリケードを張った後の数日間のように。

学生は彼も教えたことのある一年生であった。見習いとして働くうち筋金入りになりかかっていたということを、副委員長はいった。こういう生活の数ヵ月は成長させるのだと。その学生はまだ一年生で興奮しやすいから、一層気をつけなければならない。プライドを傷つけないように。それが学生との橋渡しをし、リエゾンの役をしている学生部の意見であった。それに彼が教えたことがあるということは、一層危険であった。それだけで昂奮させる可能性がある。

ワケがわからぬままに教師団は混乱してきた。永造には混乱がどこから起ったか、ある曲り角から元へ戻せば、何とかなるように思える程度には、立場上、分った。そこでマイクをとって整理しようとしたとき、マイクはひきもどされ、彼はとり返そうとし、約束が違っていることに気づいた。

聴衆の後方には、一般学生がいた。口々に「議長何をしているか、整理！」と叫んだ。永造は小さい声で優しくとなりの学生に、

「ちょっと貸してくれないか。あまり教師団がおかしいからね。分るだろう」

といった。そして、その隙にマイクを奪い教師団に向って叫んだ。それが教師団に有利らしいということが分ると、マイクは忽ち奪われた。教師の偽善性が忽ち露呈した、とその一年生が思いそうだった。永造が何をいったか、自分でもよくきこえなかった。大分前からその階段

教室の両側の高いところに、一人通れるぐらいの張出廊下があった。そこに酔っぱらった学生が一人フラフラと現われた。何度も倒れそうになり、手すりにつかまった。そのうち、「やめろ！　やめろ！」とどなり出した。そのことについてマイクを取りあげようとしたとき、マイクは奪われた。学生が何かマイクでいったのだったか、誰かが率先して連れ出したのか、最初からそうであったように聴衆の前の方から野次がとびつづけていた。永造はその何時間のあいだのどのあたりだったか忘れてしまったが、演壇の前の方へ歩み出て、「愛」しかない。どういうことを考え、どういうふうにしたいと思い、何が不満であっても、同じ学校にいる者同志であるのだから、憎しみではなく、愛をもたなくてはならない、と叫んだ。そういう趣旨の永造の演説が二、三分続いた。彼自身も予想していなかった演説であった。終ったとき、大半のものはきいていないことが分った。荒々しいフンイキの中だから、何をしゃべっても大差なく、かえって恥をかかずにすんだともいえた。

「愛」という言葉だけは猿渡の娘にもきこえたと見える。

家の中で妻に対して愛を語ってきたからであろうか。占領されたキャンパスへ入って行くと、気が楽であったフンイキはなかった。建物も廊下もよそよそしく思われた。そのことが、彼に愛を唱えさせたのだろうか。

いや、京子が夜になるとベッドの中で昼間の代償としてみずからささやき、彼を誘導する愛の言葉がいつしか、こういう演説をぶたせるようになったのか。それとも只の教師の説教癖が、急にとび出してきたのだろうか。

「こんなことに限らず、すべてゴッコだ、とぼくはいいたいところですよ。政治ごっこ、戦争ごっこ、アンポごっこ。みなゴッコですよ。その中では」

と猿渡はちょっと黙った。そして「その中では、あれですよ、家庭ごっこ、などは、たとえばゴッコでも、まだいい方ですよ。これはいくぶん真剣ですからね。真剣というより、本能に属していたり、最後の気易い砦ですからね。ここのゴッコはまだ許されますよ。だからキリスト教の神も、結婚を契約として承認したのでしょう。どうしてぼくら日本人は、こうすべてゴッコなんですかね。ぼくたち日本人が背のびしてきたということですか。それとも、相手の正体が分らないと感じられるからですかね」

「それは両方かも分りませんね」と永造は自信のない返事をした。よくしゃべり続ける医者にうんざりもしていたが、驚いてもいた。

「相手というのは、たとえば、学生にとっては学校当局、……といったようなことですか。マンモス化して……」

猿渡はうなずいた。永造はいった。

「正体が分らないといえば、こちらも相手のことは分らない。ぼくらが学校当局のことが分らない。おとなりの中国のことも、ソ聯のことも分らない。分らないから分るようにしたらいいというけれども、そういうことは出来ないのでしょう。あるとき、ふとある教師から、前田さん、これから委員長に会いに行って見ませんか、と誘われ、そうね、といったら電話をかけてみる、と出かけて行き、今は連絡がうまくとれない。昨夜も家《うち》へきたんだが、というのですよ。それまで教授会の話が二時間後には先方に流れているといって、いつも話題になったのだが、この人がその張本人だと分りました」

永造はこの教師と委員長とのことについては、これ以上立ち入って話さなかった。どういうわけか、話したくなかったのだ。卒業生が中心となって一般学生の方でも集会をもち、署名を集め、それで共闘会議のストライキを解除しようとした。

学校から追い出された教師たちはそのときは農協のホールを借りて、そこから、ゾロゾロとキャンパスのある山の上へと集まって行く学生たちの様子を窓から見守っていた。何人かの教師が、集会の行われるグラウンドの様子を別の山に登って偵察し、無線電話で知らせてきた。今日も失敗した、というぐあいだった。「悲報」という感じになった。アンポのときもそうだったが、小さい前線の戦闘みたいだった。永造の記憶では、戦闘の場合でさえも、どこかのどかなおかしなところがあった。隊長をしたことのある人がアンポのときは、バス隊のリーダーになって、救護班のカタチで議事堂の附近に待機していた。この場合も戦争の経験はない者が、戦闘に参加しているような恰好で、号令に近いような発声をした。つまり戦闘みたいに、どんなに熱心になってもそのこととは関係なく、のどかな怠惰なおかしなところがあった。

卒業可能なギリギリの授業日数のことで、その係りの教師がアイマイにしかいわないと、そのことで教授会の席で怒号がおこった。

「あなたはですよ。いいですか、これは重大なことですよ。我々は授業日数ということで、学生にストライキの解除を働きかけている手前ですよ、もしそのギリギリがほんとにギリギリであって、しかも解除できなかったときに、どうしますか。あれはギリギリでなかった、といってゴマカすのですか。そういうことは許されるのですか。だから私はわざと含みをもたせて発表しているのですよ。一日のことで正式に卒業させないのですか。就職は三月三十一日附でないと、すべて狂ってくるのですよ。将来どうなるか、なしくずしになってもよいというのか、それは私の知ったことじゃない。しかし、このさい、私は学生の前で、両方の学生の前でスジを通すことが出来ないのは、イヤですよ。どんなに無能であるとか、どんなに天下の情勢を知らない遅れた教師であるとか、体制側であるとか、恥知らずであるとか、いわれても、私はいいが、スジの通らないことをいったりしたりするくらいなら、私はこの仕事を止めさせて貰います。誰が何といったって、私はもう止しますよ。代りの人がやって下さい」その教師は、そういい出したときには、それほど熱烈になるつもりはなかったが、終るときには、泣いていた。

泣かせたと思われては、相手は黙っているわけには行かなかった。泣いたことが怒号を呼んだ。ほんとうは、分担となると、とくに教師の立場はどんなに無防備か、ということに改めて共感していたはずだったのに……

なぜ怒号したり、泣かなければならないか、みんな分っていた。うす笑いを浮べるか、泣くか怒るしかないということに、投げやりになり、腹を立てたいのだ。永造も泣いた教師が平素から、秘密主義であることを知っていた。このときその教師は、泣きながら、凱歌をあげていたともいえる。秘密主義が効力をあげたみたいだった。あとになってやはりその男が一つは自分の趣味や性癖から含みをもたせ、ほかの教師たちにも真相を知らせなかったことが、いまいましかった。といってそのくらいの秘密主義のたのしみをあたえてやらねばならぬことも分っていた。まだまだ最初の頃だった。ある教師は工学部の話をしてこういった。あそこの研究室は封鎖された。あそこには毒薬もあるし、もしいいかげんな扱いをすれば、二十五万人ぐらい一度に殺せるようなものもある。もしそんなことがあったら誰が責任をとるのですか。当然そのことを今から併せ考えておかなくてはならないはずである。それと同じように、自分たちの研究室にはそういうものがないだろうか、何があったって悪いわけはないのだから、リクツからいえば、五十万殺すものがあるといってもよいわけである。つまり責任者がいるのに、責任がとれないような処置がとられているのは、リクツからいうと、こんなことにもなるのである。

権威が傷つけられたことを怒る人が多かった。権威を破るのがこの運動の目的の一つであった。たいへんな研究が行われていないかもしれない。そんなことは問題ではない、という主張も当然出てくる。

あるゲーテ研究の教師が立ちあがってこういった。

「ゲーテがローマのカーニバルについて書いている文章が彼の『第二次羅馬滞在』の中にあり

ます。ローマ人は、王に対してこんな嘲笑歌をうたう。どうですか、皆さん。これが私たちが学生にやられるあの罵倒と似たものです」
その教師は諳記していた歌を大きな声で、昔の高校生の応援歌のようなぐあいにどなった。
「お前の頭はでっかいね
今日は勝利は吾等のものだ
王よお前は何たる馬鹿だ！
今日は勝利は吾等のものだ
王よお前はインポテだ
今日は勝利は吾等のものだ
これは儀式ですよ。発散の儀式ですよ」
そのとき永造はその男のあとに続いて、どうしてもこういわざるを得なくなった。彼のいっていることよりも、旧制高校生のような口ぶりを黙ってきいているのがイヤだったからだ。
「そんなことをいえば、アフリカだったかのある部族はその昔、五年だったか、酋長を勤めると、必ず家来に首をきられることになっていたそうですよ」
「なるほど、なるほど、そうすれば、革命はいらないや、いっそ、その方がいいかもしれない」
と、叫ぶ者がいた。

こういうのは、余興みたいなもので、誰かがいいはじめると、際限もなく同じようなことをいった。こういうときに、生き生きとしてきた。これが大学教師というものの特性で、どこか、こういうふうなところがある教師たちが、大分長い間、……少くとも永造のまわりにいた。

小説家でもあり、この学部の教授でもある野口が折詰を拡げて、古くなった魚のスシよりいなりズシの方がいい、とつぶやきながら、永造に、こう囁きかけた。

「トルストイとドストエフスキイの問題ですよ。御承知のようにドストエフスキイの『カラマーゾフの兄弟』の中に『大審問官』というのが出てきますね。あれがキリストをとっちめるところがありますね。『お前がアイマイなことをいっていたからいけないんだ。せっかく二千年近くその気になってやってきたのに、今頃になって姿を見せられては迷惑だ。私たちは地上に楽園を築こうと思って苦労してきたのだ。どうやらそれがうまく行きそうになっている。邪魔しないでくれ』というと、キリストが接吻して去って行くところがあります。あの大審問官がつまりトルストイを頭において書いていると考えてもよいわけで、そうなると一種トルストイの将来を予言したということになりますがね。あのトルストイが地上に描いた楽園はキリスト教とは正反対に共産主義国家に一番近いものです。トルストイは、キリストその人を憎んでいたのでしてね。キリストに代る世界を考えていたのです。彼はホーマーの系統です。ドストエフスキイは、そのトルストイが野垂死にすることを、予言していたのです。ドストエフスキイは、人間が愛しているのは楽園ではなくて、苦痛だ、と信じていたのです。この二つは二十世紀の世界を支配している二つの思想じゃありませんか。学生は知っているかどうか別として、運動の根にはこの二つの思想の問題があるんじゃありませんか」

どこかで読んだことがあるし、永造もだいたいそういうことは感じていないわけではなかった。

そのとき一人の老教師が、眠りこんだような会場でこういった。

「けっきょくは、あれでしょ。私は皆さんに折入っておききしたいのですが、学生運動は、学費のことをいったり、教え方のことをいっているけど、要は、革命を考えているのでしょ。とくとおききしたいのだが」

誰も返事をしなかった。

報告会になることがあった。学生が自分から立ちあがることが肝腎であり、教師が、策動すると思われたくない、というのが方針であった。そこで、教師たちはキャンパスの入口にぶらぶらして、自然に学生に話しかけたり話しかけられたりする機会を待ち、もしうまく行けば、自分たちで討論会をもつようにしむける……こういう教師の態度は、何もしていない、という印象をあたえるよりは、少くともよかろう、という微妙なものであった。キャンパスの中へムリをして入るか、入らない方がよいか、二つの意見が対立しつづけていたが、一応は、待機する方に傾いていた。教師だけがキャンパスの外へ無期限に追い出されるということは、はじめての出来事なのである。

キャンパスの外で自然的に誘導して行くというのでは足りないから、学生の自宅に電話をかけて、もし教師にききたいことがあれば、その場所を設けないかと問いかける。もし場所がなければ、こちらで案を出そう。あるいはどこかの喫茶店を借りてもよいではないか。その費用は学校でもつとか、もつべきではないとか、いや、もってもらっては困るのだ、という強い意見も出た。教師たちは、何人集りどういう話をしたか、を報告した。

永造は自分のゼミナールの連中と、駅頭で待ち合わせて何ということなしに自然的に喫茶店に入った。自分の話していることが、あまり信用されていないということしか分らなかった。報告会の結果の整理役のひとりとなった永造が質疑応答式の文面にして発表したときに、教師たちは、政府の答弁みたいで、何も真実味はないと笑いだした。この中に最後の方に、いつまでストが続いたら、卒業または進級が不可能となるか。というのと、もう一つこの学校の教授はコーヒーを一緒にのんでくれない。どうしてですか。という幼い不満の問いがあった。

永造は委員長に会ってみないか、と誘われたあと、同じような二度めの誘いを受けた。不思議な気持で、いつ果てるともしれぬ教授会を別々に抜け出して往来の角で落ち合って、アイビキするような思いで出かけて行った。二つの思想があるといった野口が彼がやってくるのを察すると、そしらぬ顔をしてタバコを道端に捨ててふみつぶし、動き出した。

「前田さん、教授会の感想はどうですか」

といった。

「さあ」

永造はどっちつかずの返事をした。頭が痛く胃の工合が悪いのは、タバコの吸いすぎのせいかもしれないと思った。そうだったら今度こそは止めなければならない。

「教授会は面白いですか」

「いろいろな芝居は見られますね」

「教授会には、本当の芝居なんかありませんよ。茶番さえもありませんよ」

その男には、彼がアメリカに滞在中、南部へ移ろうとするとき、シカゴのＹＭＣＡで落ち合ったことがあり、その市の日本料理の店へ行くと、その男の助手の妹でシカゴのアート・スチューディオへ勉強にきている若い娘がきていた。あくる朝早く南へ下る列車に乗ってから、その女のことが恋人のように忘れられなくなった。それまでは日本に残してきた妻のことが、恋人のように思えていたのに。

その男が大きな足をして、いつもラバー・ソールの靴をはいて大道を濶歩しているのが、その人がらとそぐわなかった。都心のマンションに住み、時々ゴルフに出かけるし、ナイト・クラブにも学校の宴会の帰りに連れて行かれたことがあった。くりかえして出る翻訳で金が入るのだろう。永造より一つしか年長ではないが、五つも六つも、もっと上に思えることがあった。

「あなたを通じてアッセンを願っているのですか、委員長は」

街を外れて山へ登る小路へ入って行った。踏切があって郊外電車がカーブを斜めになって走りぬけていった。

「ジュリアス・シーザー」の裏切のかたらいを思い浮べた。

「委員の中は二つの派に割れているのですよ。委員長らはその一派に属するのですがね。彼らだって私だけに会っているわけじゃないんですよ。こういうものは、先輩が間に入って話をつけるのですよ。それがもう一日か二日かのうちにまとまるのですよ。そのとき騒ぎが起きることはあなたも分るでしょ。問題は先々の保証が、半ば公けでもある、その先輩との取引きだけでは、不安なのですよ。私というものが一枚かんでいれば、好都合というわけです」

「もう解決するということは、どのくらいの人が知っているのですか。部長も知っているのですか」

「さあ、どうだか」

「学長は？」

「学長はある程度分っていますが、ニセの情報の方をつかませられているかも分りませんよ」

「というと？　ぼくにはよく分らないけど」

「筋書き通りいくかいかぬかは、きみ、それは誰にも分らないということですよ」

「委員長はどこにいるのです」

「そこの木の蔭に待っていますよ」

機械的な発声をする、色の白い大きな身体のその青年が確かにそこに佇んでいた。ロボットだという評判のその学生が歩きだした。その歩き出し方が、さっき永造を待っていたときの、教師、野口の歩き出し方と似ていた。

12

色の白い背が高くて肩の張ったその学生（委員長）は、薄茶色のジャンパーを着こんでいた。いくぶん長目の髪の毛が白い耳のあたりにもかぶさっていた。尻のあたりはそれほど逞ましいとはいえなかった。それが永造をホッと安心させ、いくぶんうら悲しくした。息子がはいていたような鹿の皮のまがいと思われる靴をはいていた。カカトは正しいへりかたをしているところを見ると、身体には故障がないようだ。野口は、

「どうなの、五十嵐くん」

と呼びかけた。

「この人は、前田さん、知っているだろう」

と紹介した。学生は彼の方をふりむいた。そしてすぐ野口に肩をよせた。二人はヒソヒソと話しはじめた。今自分の中に頭をもたげてきた不都合な感情は、嫉妬心と呼ぶべきものだ、と分った。どの学生にしろ、自分以外の教師と仲よくしているのを見ていると、ムラムラとこの

気持が起きてきた。置き忘れられているということが、こんなにいまいましいものなのか。仲間外れにされているというだけのこと、しかも何も故意にではないのに。野口の、

「どうなの」

という親しみをこめた声が、きっとこんなつらい気持になった直接の動機なのだろう。なるべく早く学生の名前をおぼえること。廊下で会ったとき、もしお辞儀をされたら、相手の顔を見て、きみの名は知っているよ、という態度を示すようにすること。そういうことを忘れないようにすること。田舎から広い大都会へ出てきて下宿から学校へ通い、運動部に入ったりクラブで友達を作ったりしない者はこれといって楽しむ金も場所もないので、とても淋しい淋しい気持でいる。彼らは一度おぼえるとマージャンにこったりする。学生を孤独にさせてはいけない、というような考えは、どこからともなく永造の耳にも伝ってきていた。孤独に堪えなければ人間は一人前にならないし、社会へ出てからも結局は困るだろう、というふうに考えてはいけない。なぜなら、そんなことを考えることは、自分の方の苦労の分をへらすということと同じだからである。どうせ世の中へ出れば、不幸が待っているという考えはいけない。世の中をもっと住み易くしなければいけない。理想の国を作ろうと思わなくてはいけない。どうしてそんなことが急に可能なのか、それこそトルストイの轍をふむだけのことじゃないか。いやいや、そんな悲観的な考え方はよくないことだ！　そうした声が大分前からきこえはじめている。手をとり足をとりしてやらなければいけない。もし突き放すとしても、突き放したとは名ばかり

で、ちゃんと手綱をにぎっていて、綿密な計算の上に立っているべきである！　あのアメリカの学校のように。どうしてあっちの大学では教師たちは、精力的にメンドウよく教えるのだろうか。体力をつけるべきだ！　図書館を拡充すべきだ、書庫へ出入り自由にすべきだ！　そのために……

「ああ、アメリカの男の人たちは奥さん思い子供思いときいていたけど、ほんとうにそうだったわ。テレビにうつっている、西部劇の家だって、ホームドラマのパパだって、どんなことでも奥さんや子供の相談に乗ってくれるわ」

それが陽子の意見だった。じっさい陽子のいう通りだ。いくら幸福売物のホームドラマとはいえ各自に勝手なことをいわせておいて、主人はへり下るわけでもなく、威張るわけでもなく、結論を出して行くのだろう。あれこそ生きた見本ともいうべきものなのだ。

「きみたちが学校側と調印するときに、当然反対側の者が裏切ったというだろう。いつだってこういう交渉には最後の段階に入ると、そんなことになる。だが、全部一致して妥協したとしたら、それこそかえって作り物みたいに見える。きみらは公明正大に学生の支持を得られることになるのだよ。裏切りだという委員が一部の学生の支持を得ているときにね」

「ぼくのいっているのは、そういうことじゃないのです。処罰はぼくと副委員長らにとどめて貰いたいということです」

「きみらの処罰もなくすることが出来ればいいが、それはムリかもしれない。だがきみらの復学は、ぼくと事務長とが責任をもつ、今日この方にきてもらったのは、その保証のためだがね。それに、きみは結婚する相手が待っているのだろう。この一年はアルバイトか何かしてほとぼりがさめるまで、待つ方がいいよ。どうせ君は活動はこれで止すつもりでいるんだろうから、今度のアンポのときはほかの者がやるからね」

「ぼくがハッキリきいておきたいのはせっかくぼくらが調印するつもりでいるときに、バリケードを破られたりしたら、我々の仲間が暴れ出して、水の泡になるかもしれないですからね。先生方はその方に身を投げだしてたたかってもらいたいのですよ。そのくらいのことはしてもらえるような動きになっているんですか、どうですか、全く先生方は駄目なんですよ、邪魔ばかりしておられるんですから。いつだったか、バリケードをどうしても破ってでも授業をするという先生方がおられて、どのくらいぼくらが気を使ったか、分りませんでしたからね」

「その方は、大丈夫だよ」

と永造はいった。

「その方法は具体的に考えて下さい。あなた方のつとめですから。ほんとにこのくらいのことはしてもいいでしょう。何にもしなかったんですから。電話をかけたり、喫茶店へ呼んだりして工作をしたぐらいが関の山でしたからね。ハンガー・ストライキをする人ひとりいたわけでもなく、学費値上げは致し方ない。国費がまかなうべきだ、と体裁のいいことをいうにすぎなかったんですよ。あなた方が理事者と学生との間に立ってツジツマを合わせるのにもったいない時間をかけていた内に、ぼくたちは随分と勉強したんですよ。学費値上げがヴェトナムの人民にどのように影響をあたえているかというようなこと、ぼくたちは勉強してきたんですよ。ぼくたちがいっても、先生方の中には分らぬ人がほとんどなんですからね」

さっきまで演壇の上やマイクを手にしたときとは違う話し方をしていたが、次第にいつもの調子になってきた。

「きみたちは、とにかく教えてきたのだよ、我々をね、そのときの喜びをね、全く違って見えるものが実は結びつくということをね」

と野口はひやかしているとも、真面目ともどちらともとれるいい方をした。

「我々教師を学校の中へ入れなかっただけでもこれは世界の大学史にのこる大事件で、きみらのしたのが最初なのだよ。きみらがどれだけ計画したり、討論したり、着々と情報を蒐集して作戦を練ったりしてきたことか。それに較べたら、学校の方はまったく何にもしてこなかったよ。ましてきみらのいう教授先生がたはね。それや、きみね、うちの教授会でそうだというわけじゃないがね、ぼくらの学者仲間の集まりでね、大事な打合わせをしているとき、小型ラジオを耳にあてている人があるからね。それに教授先生というものは、世の中の動きにうといばかりでなく……」

「きみのさっきの注文は大丈夫だと思うよ」

と永造は話の途中だが、いらいらして前にいったことを学生にくりかえした。

「問題はこれからあとの改善なのだよ。それが条件なのだから、きみらはそのことを心配しているに違いない。これはどうしても努力しなくっちゃあね……」

と永造はやや感傷的にいった。

「改善もだが」と野口はいった。「そんなことじゃないことは、この委員長も心得ていますよ、前田さん。ただ利口な者はこのあたりで一息つくべきだ、とぼくは思うんだよ。何しろきみ、七〇年まではもたんからね。これからは、ぼくの予想では、中国の文化革命のことも出てくるし、きみ、この人たちがぼくらに『自己批判』ということをやらせるよ。三角帽子をかぶらせられて、キャンパスの中を練って歩くようなことになりかねない世の中がくるよ。そのとき、きっとみんなは笑うよ。その『自己批判』なるものをさせられた教師たちの文章を読んでね。このぼくがそういうハメにならないと誰がいえるものかね。学生のいうことに頭から反対の者ならいざしらず、多少とも耳をかたむけようと思う者はね。だんだん過激な活動家のペースにはまる。見たまえ、納得させることが出来ないときには、納得させられたと同じことになる。そうすると『自己批判』だね。そのとき書く文章は、自分の書いたことを信ずると信じないとに限らず、やはりまあ信じているのさ。ハタから見ればタワイもない低能と見えるのに。いったいこれはどうしたことか。これは、ぼくは戦争中と戦後とに経験したことだからね。学費の問題は政府も考えている。そのうち淘汰された頃に出すべき学校には金を出すというふうに考えている。その淘汰は受験生の減少という自然淘汰、これは受験生の絶対数が減るのだよ。もう一つは、これはぼくにもハッキリは分らんが、つぶれるかもしれない。そしてそれはつぶしても世間の方が賛成しかねなくなっているかも分らないよ。戦いはこれからだから、一休みしなさい、ということさ、きみ」

と野口はしばらくひとりで笑っていた。その笑い声は笑い出したらしばらくは止まらなくていつものように不愉快だった。この頃あまり作品を発表していない。それと笑いとは関係があるのかもしれない。長々とひとり笑いをし、なかなか本筋に入らないことがあった。

しかし依然として委員長と野口とは争うわけでもなく、何か小声で打合わせると別れた。さっき長々と話したことのもう一つ裏があるのだろうか。案外自分にも分らない教授会のかくれた動向というものが、語られているのだろうか。別れるとき、永造は学生に、

「きみ、どこに住んでるの。アパート、下宿？」

ととっさにきいた。なぜそんなこときいたのか、自分でもよく分らなかった。その学生がまだ英雄に見えていることには変りがなかった。英雄と仲よくしたいものだ、というサモシイ気持が働いていることもまちがいなかった。野口は歩き出しながら、なげやりな口調でいった。

「これから前田さん、私は知りませんよ。みなさんで『改善』とやらやって下さい。何しろ、私はごめんですよ」

永造はがっかりした。

それからあとは、野口の話していることは、学部の中のほかの科とのイザコザのことだということは分ったが、急にこみ入ってきて、いったい野口が何を考えているのか、その分らなさかげんは、仲の悪い家庭同士の話を途中からきかされたのと似ていた。前にもそんなことがあった。問いただしたとしても分り易くなるものではないことは、永造にも知れていた。教師の側に大半の問題があるのだ、ということだけは察しがつき、そのことは、何かしら彼を困惑させた。野口の眼は血走ってきていた。

その眼を見ているうちに、永造は「教師」というものに憎しみをおぼえた。


「猿渡さん」

と永造は、相手がもう帰れといいそうなことが分っていたが、分っていればいるだけ腰をあげたくなかった。まるで生き甲斐はこのときにあり、というようにも見えた。

「話は横道へそれますが、山上さんは、よくいらっしゃいますか」

「ああ、山上良策さんですか。あの人もいらっしゃいますよ、何しろ病院というのは、学校と同じで、みんながおいでになるところですから。あの人は、昨日もおいでになりましたよ。ぼくはあの先生には黙っていますが、前の夫人も時々上京すると訪ねてきますよ。もともとぼくは戦争中、身体の弱い学生で、山上さんの別荘で家庭教師をしていたことがあるんですよ。私は二人の身体を見させられているわけです。山上さんがどうかしましたか」

「あの方は健康ですか」

「昨日の検査がどう出るか分りませんよ。健康でも若い夫人をもつということは、負担にはなりますよ。今はもっぱらそのことが大事で、孫のような子供さんがあったはずですが、どうもそっちのけというぐあいですよ。若い頃、ぼくは夫人のことで山上さんから真相をきかれましたが、ぼくは何にもいいませんでした。ぼくも夫人には恋心をおぼえていたこともあるが、見たことききこえたことを、みんな話す気にならないし、山上さんの反応が恐しかったですからね、第二回目の夫人がなくなるときもお世話しました。こんどの奥さんとは会っていませんが、そのうち何かのことでここへいらっしゃるでしょう」

「夫人が山上さんとの間で、ああいう事件がもちあがるようになった原因は何だったでしょうか」

「さあ、原因ですか」

猿渡は日に焼けた顔をしかめ、タバコの煙をおとしてふりむいた。

「そのとき、山上さんが本当に別れようといわれた理由といってもいいんですが、それは、何でしょうか」

永造は猿渡がめんどうなことをきくな、と露骨な表情を見せたら、今では、尻をあげるつもりになっていた。彼は微笑をうかべた。

「よく分らないが、夫人にああいうことが起きて……もちろん、起きましたがね……ぼくなんか子供さんの眼からかくす役もしたといってもいいくらいだから……それで夫人からありがたがられていたので、ぼくはかえって恋心をつのらせたくらいですから、何しろぼくなんか、湖のまわりを出来るだけ遠くまで走って行って気持をまぎらしたくらいですから、まったくあの頃は病身といってもエネルギーがありましたね。……あれですか。夫人の事件の原因、山上さんが別れようといわれた理由……よく分りませんね」

看護婦が入ってきた。悪いことをしている現場を見咎められているように永造が立ちあがろうとすると、

「いいから待たしておきなさい。患者さんについての、大事な話だから」

と猿渡はさえぎった。

「ただの惰性のようなものか、それとも、もともとそういう男を夫人は望んでいたのですか。たまたまめぐりあっていなかったというだけのことだったのでしょうか。そこのところを、山上さんはどんなふうに考えて、ああいうふうな処置に出たのですか。山上さんは、夫人に充分なことをしていたはずだと思っていたのかそれともそうではないが許すことは出来ないと思っ

ていたのですか」

女を見る眼で見ようか、仕事をしている女として見ようかと、永造は思った。あいまいなうちに白い装束が近づいて彼にふれるところに立っていた。

「もうずいぶん昔のことですよ」と猿渡は苦笑した。「あのご老人たちを見たら、そんなこと馬鹿らしくなりますよ。どうもぼくは夫婦であろうと、相手にあまり立ち入ると危いと思いますよ。夫が女房のことがそう分るわけには行かないし、女房もそうでしょう。ある程度のルールに乗って動いているだけのことですよ。小説家じゃあるまいし、そんなこと構っていられませんよ」

「たとえば、ある男女がリクツ抜きでひかれあうということがあるとしますね。一時のことじゃなしに……そういうことはたとえ夫でも割りこむ隙というものはありませんよ。いや、たとえばですよ。山上さんが別荘へやってきてですよ。山上さんが東京へ帰るといわれたときに、『私もいっしょにこのまま帰りたい、一緒に帰りたい』というようなことをいったりしますね。そのとき、山上さんは、『いや駄目だよ、東京で遊んでいるわけじゃないのだ、ここにこうしていられたら、このくらいありがたいことはないじゃないか、家庭教師もつけてあるし』というようなことをいうとしますね。『そういいわ』と夫人は夫の前で何げない顔をするとします。ところが、このあと夫人はたとえば鏡に向って、顔をうつしながら、口紅をこうして塗り、『そう、それならもういいわ、仕方がないわ』とこう覚悟をきめる。……」

そのとき猿渡がスウィッチをきったので、デスクの上の螢光灯が消えた。

「そういうことはなかったでしょうかね。それから……」永造は微笑をうかべていた。

「夫人とその将校とのことが一度か二度あったあとのことですね。山上さんが何も知らず、いや、知っていたかもしれない。それはどっちでもよいとして、夫人が何か夫を迎えるために料理をこさえていたとする。その料理は子供の好物というよりは山上さんの好物ということにします」

「すると何ですか、夫人が夫に悪いと思って後悔したというわけですか」

「そうとも限らない」と永造はあいまいなことをいった。

「そのことは実はどうでもよいのですが、そのとき山上さんはそんなこと眼もくれないといった顔をして、夫人が嫌うような実につまらぬことをいって、注意をしたとします。たとえば、金を使いすぎる、とか、そのへんが汚れているとか」

「そのとき、まだ発見していないというわけですね。ぼくが事件を山上さんに知らせたと思っているのですか、あなたは」

「そんなことは思ってもいません」

「分りませんよ、トクメイか何かで」と猿渡は笑った。

「山上さんが何をいったとしてもいいです。夫人がそういうものをこさえていた、ということがあったのではないか、とおききしているだけのことです。いや、別にきくというほどのことでもないですが」

「ぼくにはよく分りませんな、山上さんが最後にきたときも山上さんはぼくに子供を連れて外へ遊びに出て行くようにいいましたよ。もし眼の前で何かが起れば、ぼくは仲裁しなくっちゃならなかったでしょ。そんなことをすれば、ぼくが奥さんの味方をしなかったとしたって、けっきょく山上さんに恨まれますよ。あなたは女というものを、なにか特別なもののように神秘的に考えているようですな。もともとフィジカルな存在ですよ、女は。女が子供を身ごもったり、分娩したり、乳をはぐくましたりするという意味では、それは神秘的ですよ。それともあなたは姦通する女性に神秘性を感じているのですか。それとも、あれですよ、女性のオーガンが何ものかだというのですか。それなら男だって同じことですよ。第一、女に笑われますよ。ぼくも恋はするかもしれないが、真相は分っていますよ。ぼくは二人が寝ているところを見ましたからね。あのときはショックだったが、だからどうということはないですな。ただあのときまでは山上さんに好意をもっていたが、駄目な人だと思ったのは、気の毒なことですな。今では気の毒どころか、あやかりたいくらいですよ。だからよけいに子供の眼から、かばわなけれやならんでしょう。恋心はおさまらないし、甚だ迷惑なことでしたね。慎しみが足りないようにに見えたが、あとで会っていると、少しもそんな気がしなかった。だからフィジカルだというんですよ。ああいうふうに出来ているんですよ、女というものは。ゴルフをおやりなさい。職業の違うもの同士組んでやるのはいいですよ。前日から身体の調整はするから、それだけでもいいでしょ。当日は朝早いし、お天気なら、二ラウンド歩く。まあ昔ふうにいって六里は歩きますからね。上手である必要はありませんよ。歩いたあとのビールはうまいし、女房はまあ喜びますよ。若い頃はともかく、もうどこの女房も主人が健康であることを望みますからね。再婚も出来ないし、女房という地位はありがたいですからね。肋骨が折れるぼくの女房なんか、とくにそうですよ。前田さん、ゴルフのことで思い出したが、草食の人類の腸が長いということをあなたはどこかの雑誌に、随筆ふうに楽しい筆つきで書いておいでになりましたが、うまいものですね。草食と動物食をとる人種では、耳の形が違うというのは面白いですね。穀物主義者ばかりスイスの山の中に部落を作っていて、世界中から集まるのですって。不老長寿を目ざしているんですってね。それに、漢方を実行している若い者が、スベスベしたおとなしい顔をして、垢がぬけるように見えるというのは、面白い観察ですね。そういう顔の人は従順でしょうね。その点では医局の若い連中にヴェジテアリアンになって貰いたいと思いますな。こうしてはいられない、今日はここを終えてから会議があるんですよ。あなたは自分ではどう思っているかしらないが、なかなか元気ですよ。ああ、山上さんといえばね、前田さん、二回目の奥さんを貰われたとき、奥さんが前からの下着類を整理してしまおうとしたら、それを捨てるようなら、別れる、といってどうなったそうですよ。あのことだけは、どうしても分らないと奥さんがいっていました。その後いつからか、そういうことはなくなったようだし、今なんか、まるでその反対みたいですがね。お宅はどうですか」

トイレの中にいた永造は、立ちあがると、しばらく鏡を見ていたがドアをあけて廊下へ出た。

「あなた、学生会館が封鎖ですってよ。いよいよ、うちも厄介なことになったわよ」

と京子が彼の機嫌をとるように、いった。学生を咎めているようにきこえると、彼は「そうらしいな。トイレの中までニュースが押し寄せてきたよ」

といいながら、京子が学生を非難しているのが、奇妙に不満だった。よその大学が学校側から封鎖されて外でデモをして機動隊に追われた学生が、彼の学校に追われながらなだれこんできた。そのことに抗議していた学生が自分たちの寮である会館の入口に腰掛や机を積みあげた。

永造は顔色が青いのをかくすようにうつむきながらいった。

「うちとしては小康状態だったんですがね。学費問題でもんだもので、アク抜きをしましたからね。ところが、よその医学部の問題がすっかり大きくなって飛火してきましたからね。あの全共闘の委員長なんか尊敬されているし、理論物理学の一流の学者になるとか、現在もうそうだとかいいましてね。それに夏目漱石の愛読者だという評判で、これがみんなの耳に入ってきているのですよ」

「どうして、漱石の愛読者なんでしょうかね」

と絹子が京子と相談するように、京子にいくらか遠慮していると見せかけているようにして、それから永造に問いかけた。

「気が狂いそうになるまで自己を見つけ、改造したというので、親近感があるのでしょう。芸術家がどこまでも自分を変えて行くのと同じように変えつづけるべきだというのですよ。芸術家はひとりで家の中か部屋の中でやるか、頭の中でやるのだが、この人達は学校の中でやるのですよ」

絹子がヒステリックに笑い出した。勿論永造はその係りでもないのだから、電話で緊急の呼出しがない限り出て行く気はなかった。

「うちの坊やもやるかしら、ヒネクレていると、やるかもしれないわね。どうして暴力を振うんですか、このところひどいでしょ」

「先方が、国家が暴力をふるうというのよ、それは筋が通るようなところがあるわけよ。彼らにはリクツだけじゃなくて敏感にアンテナで分るんですって」

「啓一さんはどうなの」

「あの子？」

「あいつは、先だって若い子を連れてきましてね、会ってくれというんです」

と彼はいった。

「もう、そろそろ、そういい出すとは思っていた。男はメアテは女だからね」

童貞の学生なんかいるものか、ぼくなんかも処理する相手の女がいるんだよ、といったとき、永造はそれがどんな女を相手にしているか、大して気にならなかった。真実かどうかも分らないし勝手にやるならやるがいい、おれはマトモに相談をうけたわけではないのだから、責任は負わないよ、といった気持でいた。今考えてみると、その女というのは、いつか彼の家にいた女中ではないだろうか、とすんでしまったことに思い及んだ。その女中と啓一が連れてきた女の子とは、顔かたちがどこかよく似ていた。

廊下を通りかかると、女中と浪人中の啓一とが部屋の中で坐ったまま、唇を重ねていた。啓一の見おぼえのある後姿、とくにうなじのあたりが見えて、女中はそのかげにかくれていた。うなじが何故気にかかるのか分らないが、息子がいると思うとき、いつも、うなじが見えた。啓一は思春期に入ると、父親を煙たがって、姿を見かけるとき、いつもうなじばかりだったともいえよう。争いはじめると、急に血相を変えた息子の顔が自分の前に迫ってきた。その顔には度々出会ったのに、思い出すことが出来なかった。いつのまにか忘れているのか、不愉快だから勝手に忘れようとしているのだろうか。思い出そうとすれば唇をとがらせた顔が浮んでくる。だからやはり忘れようとしているのだろう。要するにそのウナジが見えた。子供の頃から見てきたものだ。たぶんそれには色々な思い出や、家の中の生活が結びついて記憶の中にあるのだろう。

永造は足音を忍ばせてその場を去ると陽子のいる離れの部屋へやってきた。そこで彼女は寝たり起きたりの生活をしていた。

「おい、ちょっと、お前見てきなさい。啓一が何をしているか。子供は親のマネをするものだ、ということがよく分る」

といった。

雑誌を読んでいた陽子は起きあがると、ほとんど無表情とも見える顔をして、

「誰？　相手は、正子ね」

と女中の名をいった。はね起きると自分ひとりでその部屋へ出かけて行った。告げ口をした彼は、啓一らのいた部屋と離れとの間の廊下から庭を眺めていたが、心の中がざわめいて、何も眼に入らなかった。

13

永造が陽子に「子供は親のマネをするものだ」といったとき、親というのは、陽子のことだった。そのとき陽子は即座に夫の永造に向って、

「あなたって、何てことをいう人なの」

と、こういって、じっと彼の眼を見てもよかった。すると彼は今の彼の家にいる犬が都合のわるいときにするように、眼をそらすより仕方がなかろう。

陽子がそういわなかったので、彼は救われた。彼女は今おこった事件を重大視しているせいか、それとも、彼のいうことを否定することは出来ないと認めているせいだろうか。それとも、彼の目的であるところのこと。つまり、要するに責任は母親としてのお前にある。それほどあの事件のことは今でも自分は忘れていない。自分は忘れようとしているが、如何せん、忘れさせないようにするこの新しい事件が、家の中に起ってしまった。要するにこの自分は責任はとれないなあ。ということであった。陽子は乳房をとって寝ていれば尚更、永造には好都合であ

った。なぜ好都合なのだろうか。

啓一が家をとび出して行く音がきこえた。出て行けば、一日か二日は戻ってこないかもしれない。啓一には友達がいて泊るところがある。永造は思った。泊るところがなくて、放浪すればそれもいい。そういう破目になることも、陽子にあるショックをあたえることが出来るという意味で好都合だ、と。

食堂へ連れてこられた正子と陽子との会話がきこえてこないようにと、彼は自分の部屋へもどった。

やがて陽子と正子とが出てきた。陽子はいった。

「お父さん、この子かえしますから、荷物といっしょに駅まで届けてちょうだい」

「私、ほんとうに、啓一さんを愛しているんです、好きなんです」

「啓一はどうだか分りゃしないといってるでしょう」

と陽子がいった。

廊下での二人のやりとりは続いた。

「啓一はどうしたの？」

「出て行ったよ」

「ほれ見なさい、正子、私があの子はこの私が一番よく知っている。あんたに何をしたか知れないがとても責任なんかもてる子じゃない、といったでしょ。本来なら、あんたが私にとっちめられているのをかばうのが当り前じゃないか。それを出て行ってしまう子に、何がいったい出来ますか」

「それじゃ、荷物をまとめなさい。すぐ出かけよう」

と永造は正子にいった。陽子には、

「向うへ行ってやすんだら」

と声をかけた。陽子は夫に何もいわなかった。その関門も無事に通過した。陽子は正子にいった。

「互いに好きであったとしたって、どうなるというの。あんたには好きな人がいて、自動車事故で死にかかっているといっていたじゃないの。泣いてばかりいたから、忙がしいときなのに返してあげたら帰ってきてから平気で笑っていたりして、こんどは相手が家《うち》の子というわけじゃ、あんたの方も信用できやしないのよ。あんた達がどうであろうと、どうして私と主人が許すことが出来ると思っているの。あんたの家の人にだって、何と申し開きが出来るの」

正子は向うむきになって、押入れと包みの間を行ったりきたりしながら、ふと見えた横顔に笑いがうかんだ。

「啓一さんにきいて下さい。あの人のことは、私が誰よりよく知っています」

永造は陽子が同じようなことをいったのを思い出した。

「あの人にきいて見なくっちゃ。あの人は、私をだましたりした筈はないわ」

永造は家の中の廊下を見ていた。

「この子のいうことは、何のことか、全く分らない」

陽子の声が少しうわずっていた。

「全く分らないよ」

と彼はいった。

恋人であるトラックの運転手が死にかかっていると訴えた直前に、正子は母親が危篤だといっていた。もともと、電報にはスグカエレとあるだけだった。バスの通りまで送って行った途中、陽子は、トラックの運転手のことをきかされて、真相はいいにくかったのか、と思い、慰めてやった。正子の考えていることは、分らないといえば、そのときから分らないことばかりである。そのことにかこつけて、彼は「全く分らないよ」とことをわざとアイマイにして、陽子に調子を合わせた。

正子は荷物をもつ前に鏡に向って口紅をひいた。陽子も見ていた。玄関を出るとき、「いい、あなたのためなのよ」と陽子はいった。車の中で正子は永造をふりむいた。正子が笑いかけているのを知ると、彼はきつい表情をした。何だってこの少女は笑いかけるのだろう。正子はそのあと、急に泣きじゃくりはじめた。その小柄な少女は、貧相に見えるときと、あでやかに見えるときとがあった。色の好みがよくて、厚味がなくて小さなまるい顔が、化粧してマゲをつけると目鼻立ちのよさといっしょになって花が咲いたようで、淑女のような恰好で、ハンドバッグをもって自分の家を出て行ったり帰ってきたりするのが、憎らしいような、誇らしいような気がせぬでもなかった。現場を見て告口をしたのが自分であるということを、この女は知らないのだろう。陽子は、うちの主人は、あなたのことを大事にしてきた人だが、こういうことにはウルサイ人ですからね、というようなことをいったのかもしれない。ひょっとしたら、正子は、啓一が何を考えているか、ということを父親である永造に語って見ようとしたのが、この微笑の意味だったかもしれない。

抱きしめたら、つぶれてしまいそうなキャシャな身体をして、これ見よがしに泣いていた。愛し合っていると信じて、それを広言している者たちの中へ割って入ることぐらいバカげたことはない。これだけが真実である、とそのとき女や男は、とくに女は思っている。あとになっても裏切られたと思ったときにでも、なつかしい経験としてひそかにあたためていないとも限らない。

切符を買い手荷物にしたとき、正子は眉の間に皺をよせて、何か言おうとした。

「いいね。これで家へ戻るのだ。啓一に手紙を寄こしたりしないでくれよ。分ったね」

というと、引返した。家へ引揚げてくるとき、永造は大事業を果したような気になり、陽子の部屋へ行き、彼女の顔をのぞいた。数時間後、陽子は、

「ああ、これからどうするのよ、正子がいなくなっちゃったのよ。これでどうしてやって行けると思うの」

となげきはじめた。

永造はその前に佇んで、しばらく返事をせずにいた。タイミングが外れてから、

「そうだね。何とかしなくちゃ」

といった。

啓一は四日目になってのっそりと姿を見せた。いやなやつが帰ってきた、と、永造は思った。

陽子は急に思いついたように、

「ほんとにあなた家へかえした？　二人で申し合わせてどこかで会ってるんじゃないかしら」

「そんなことをするほど、計画的じゃないし、そうする余裕もないさ」

と永造はこたえた。陽子は自分にいいきかせるように、

「ほっときなさい」

といった。

それをきいて、永造は黙っていた。光子が、

「正子がいけないのよ。私は正子が兄ちゃんにへんな眼をしていたの知っている。三人いるとき、私をのけ者にしたわ」

というのがきこえた。

学生会館のある本校は街中にあった。テレビではそのあたりを練っているヘルメットをかぶってタオルを頸に垂らした学生たちが、祭りを真似て「ヨイサ、ヨイサ」と叫んでいるのがうつっていた。絹子がいった。

「山上がいってたわ。旧制高校生の運動部の応援というのはずいぶん乱暴だったって。山上はたまたま乗り合わせた汽車の別の車輛に何台も東京の高校生の大群が借切っていて、京都まで十何時間の間、太鼓を叩き応援歌をうたい続けたそうよ。山上も京都に用事があって、この大群とおつきあいをさせられたそうだけど、駅前から京極の繁華街を練り歩き、それが敵地に乗りこんできた野武士といった具合だったのね」

「ぼくも行きましたよ。まだその頃の写真が残っていますよ」

永造は微笑を浮べた。

「真夏なんですよ。三日間、宿に泊って瀬田川へボートの応援に行ったり、どこだったかな郊外の球場へ野球の試合の応援に行った。瀬田川では、小舟を借りて川の中へ乗り出し、旗をふって、どなりつづけた。髪の毛は短いがヒッピー族みたいな恰好で踊っているところがうつっていますよ。このとき三艇身の差で勝った。球場ではすごいんだな。水の入った四斗樽に氷と砂糖をぶちこんで、声がかれると、柄杓ですくって飲みながらどなるんだな」

「勝ったの、負けたの？」

「十対八で負けた」

「私なんか、高校生というのは、アコガレだったわ。今の学生よりは何だか大人で、純真だったみたい」

と京子がいった。

「でも、ワイダンばかりしていた高校生もいたということよ」

と絹子がいった。

「いいや」

永造は急にムキになった。

「いい悪いは別として、ぼくらはそういうことはなかったね。暇さえあれば、集団で歌をどなり、盛り場を一人で歌って歩き、あとは世の中がどうの、人生がどうの、女がどうの、と語りあかすというわけでね。そうでないものは運動をする。黙々とやるというふうでね」

「女を知っていたの」

と絹子はいった。

「まあ、論じただけですね」

それをきいて京子が笑った。

「その代り、大学へ入るか、入らぬかに、忽ちじっさいの女に出会うと、自分の描いた女で女を見て、融通がきかなかった。たいていの大学生は吉原へ通うのに、ぼくなんか、その前に女と対面したからね。それからあと、お互いの知っている戦争さ」

「うまいこといってもだまされないわ。でも、そういうのステキだわ」

と絹子がいった。

「けっきょく、ゼンガクレンもあなたもおんなじというわけね。それが一番あなた方の年輩がねらわれているのは、どういうわけ。戦争に行ったのもあなた方でしょ」

といって、京子は時計を見た。

「啓一さんは、やっぱり、テレビの中にはうつっていなかったわね」

と絹子がいった。

「啓一さんの彼女のこと、話してよ。話はそれたけど、私はちゃんと待ってたのよ」

と絹子がせかすようにいった。

「私がする？　あなたする？」

と京子はまた妙なきき方をした。

「要するに、会ってくれといって女の子を連れてきたのよ。前にも何回もそんなことがあったから、珍らしいことないけど、結婚したいというのよ」

「どんな子？」

「割に可愛いらしい顔をしたのよ。それが、人生に何の希望を抱いて生きて行くのがいいのか、ときくもんだから、前田は返答に困っていたのよ」

「ぼくが困ったのは、これから結婚したいという娘が、将来の夫である男の家へきて、自分の男にきかずにその父親にきくのは、どうかと思ったからなのだ。息子の方は血走っているのに、彼女はそうなのだ。よく考えて交際するようにといって別れたら、その日から自分のアパートへは帰っていないことが分ったので、すぐ二人を呼びつけて、そういうことでは、女の子の両親に対しても困る、といいましてね。そうしたら」

「何といったの」

「大丈夫だというのよ。それから、こんなに簡単に結ばれてあとで、男がよくても女が泣くのよ、といったら、そんなこと大丈夫ですよ、と二人で笑いだしたのよ。でもまた別のことをいいだすかもしれない。次々と不満を訴え注文を出すのだから」

と京子はいった。

「これが最後だろう」

と永造はつぶやいた。

「よく分る、よく分る、という教師というものは、かえって信用がないんだよ」

と啓一が京子にいっていたことがあった。

「じゃ、あなた、啓一さんは、お父さんにもきつくなって貰うのね」

「そう、切口上でいうことはないと思うがな」

とわざと穏かに啓一はいっていた。どちらも別の部屋にいる永造のことを念頭に置いていっていた。

そういうふうに穏かにもったいぶった云い方も、永造は気に入らなかった。

「おお、こわい、私、啓一さんにそうスゴマれるとこわいわ」

「別にオレはそんなつもりじゃないよ、ひとり立ちするのがいいというから、アパートへ行くといったら、オヤジはそれはお前、楽すぎるぞというし、妹を置いてひとりになるのは、どうかと思うというじゃないか。それじゃオレはどうしたらいいんだ。じゃアルバイトをするというと、それはお前の勝手にする小遣銭で生活費にならないんだから、おんなじだし、だいたいアルバイトは長続きするはずはないというだろう。もっとも、あれで、オヤジはあんたが来てから、随分とよくなったんだ。それはそうだが、アパートへぜんぜんやらせないかというと、そんなに行きたけりゃ行ってもよい、と意外なときにいうじゃないか」

「あいつは、何といったって、オレの子だから、今にぼくと同じことをしたり、いったりするようになるよ。あいつに限らず日本人というやつは、同じことばかりやっているんだ、とお父さんはいっていたわよ」私にはよく分らないけど」

「みんな自分のためなんだ。オレはアパートへ移ったけど、もっと早くいってくれたらうれしかったよ」

「田舎から東京へきてアパートに住んでいる学生なみの金をくれ、というんでしょ。でも、それにも色々あるんでしょ。不足だというんなら、その分はどうしてもアルバイトでやって貰わなきゃ、困るのよ。そういうふうにズルズルベッタリというのは、私にはとても駄目なの。自炊するといって家を出たら。どこまでも自炊なさい」

「またここへ帰ってくるかな」

「それはぜったい駄目よ」

「こっちの金のことになると、キビシイんだな、ママは」

「それはお金のことと違うわよ。お金のことだってもし不服があるのなら、パパからの話ならきくわ。納得が行けばそうするけど、私は私でここへきたについては、私なりの条件があってのことなのよ。あなたパパよりも強いといっていたのだから、ほんとに強くなりなさいな。一撃の下にパパをやっつけたんでしょ」


正子の事件があった前のことか後のことだったか、陽子の前で、永造が啓一の気に入らぬことを何かいった。息子は乱暴にいい返した。もしそうでなかったら、拍子抜けしてかえって、云いつのり、反抗させるまで云いつづけたかもしれない。手間が省けたということにもなる。三人は父親は息子をなぐりつけたか、そうしかかったか、どちらにしても大して変りはない。三人はコタツに入っていた。息子の脚がのびてきて父親の顔を蹴った。本能的に父親の顔を近づけまいとしたのかもしれない。それからあと同じようなことが続いたかどうか分らない。父親の眼鏡の片方の球がこわれた。息子もそれを知って、びっくりしたがすぐ身構えた。

彼は息子と陽子をそのままにして、外へ出た。電車に乗って行く方向が定まらぬと思ううちに都心の方へ向う電車を選んだ。漠然と今日は家へ帰って行くわけには行くまい、と思った。夜でもあるので、どこかへ泊らねばなるまい。彼は数年前によその妻といっしょに三度ばかりやってきたことのある同じ温泉マークの宿へくると、楓という同じ部屋へ通された。

「ほんとうに、お一人ですね、おひとりで、これからお泊りですね」

と案内の女がきいた。

永造は習慣のようにして、持ち歩いている鞄を小机の横においた。いつもの和紙に包んだモナカと茶が運ばれてきた。ここのは鉄製のダブル・ベッドで、シーツにはノリやアイロンがあまりきいていなくて、世帯じみていた。細くて浅黒い身体をしたその女は向う向きに下着姿になって立っていた。ボーイッシュに髪を刈りこんでいたが、カールした髪の毛のうねりが印象的だった。

彼の鞄の中にはシェイクスピアの参考書とノートと、それから、明日までに整理し書き終えなければならない、身上相談の解説、指導原稿の材料とが入っていた。

身上相談の依頼文の主のひとりとのことがあって、もう何年もたつのに、まだ彼はこの仕事を続けていた。

「何だか恐ろしい気がするわ、何だか、いつもだまされるんだもの、あの人には」

と京子が訴えた。

「また何かなくなったのかい」

と永造はいった。

「前にあの人のお母さんの指輪がなくなったのよ。光子さんのカタミにと思ったのが、ケースからなくなったのよ。啓一さんかもしれないと思うまでに何ヵ月もかかったわ。こんどはカメラよ」

「そうか、やられたのだな」

と永造はおどけていった。カメラの置いてあったはずの場所へ見に行くマネをした。

「そこにはありませんよ」

永造もこのところ時々使って見ようと思って探したが見当らなかった。京子がどこかへしまいこんだのだ、と思いこんでいた。煮えくりかえるほど、腹が立っていた。抑えようとすると身体がゆすぶれ、貧血ぎみになってくることが分った。彼は深呼吸をした。たかがカメラ一つではないか、と思い直そうとした。

「きみのもやられたの」

「私？　私は指輪なんか、ないも同然ですもの。一人でいるときアキ巣にとられたもの。それに今の私のより、前の方の方が値打のこと位、分るわよ」

「指輪がないといったら、あの人、そう、おかしいね、といって一緒に探すのよ」

そうなると思っていたが、絹子が笑いだした。

光子はどうしているだろう。この子は父親の愛を知っている。京子のこともよく分っている。もし自分がいなくなれば京子が苦しみ、父親が苦しむことを知っている。そういう子が行方不明になるというようなことはあり得ない。もしそういうことを信じることが出来ないとしたら、ほかに何も信じるものがないではないか、と永造は思った。京子も光子も自分も、何かでつながっている。いや、あいつもそうなのかもしれない。家の中では、まだそういうつながりみたいなものが、何かの手づるでやってくる。

彼は地下の書庫へおりて仕事をしていた。

「おや、おや、またやっているな」

と永造は椅子から立ちあがりそうになったが思い止まった。二人とも金切声をあげている。いつかは、朝も早く起きるし、自分の洗濯の家事の手伝いもすると自分でいいだしておきながら、その通りにしないので、京子がいらいらして黙っているうち、とうとう、そのことをいいだし、これからしようと思っている矢先に、そういわれたんでは、と光子が口答えした。

「私はまだ考えることが沢山あって、おいそれと、思うようにいかないときも、あるのよ」

「そうそんなに何を考えてるの」

と京子はいった。

「私はまだ大人になっていないから、思春期なんだから、女になりきれていないのよ」

「そんなに自分のことが分っていて、どうしてこちらの気持が分らないのかな」

「自分のことは、それは分りますわよ」

「そんなことでいい？　自分のことだけ分っていいというの」

「そうじゃないのよ」

「そうじゃないって、それなら、世の中のことや、人生のことや、私たちのことを考えて下さるの。お父さんによると、啓一ちゃんと違って、あなたは考える方だそうだから、あなたは女ゼンガクレンにでもなるといい」

京子はひきつったように笑っただろう。

光子もクスクス笑っただろう。

「何もお母さんには、これ以上話す必要ないわ」

「あら、そう。もとはといえばあなたなのよ、いい？　あなたがします、といわなきゃ、いいのよ」

「だって、したいから、しなけりゃいけないとも思うから、そういったのよ」

「それを、しないからでしょ。しないのなら、最初からするといわなきゃいい」

「だって、する気でいたんだから」

「する気でいたってしないらしいことぐらい、私でも分っていたんだから、あなたは本人なんだから、分りそうなもんじゃない。それだけ立派にリクツが分っているのなら、分らないとはいわさないわよ」

「でも私が、いっていることはウソじゃないんだから」

「もう止しましょう。私、あなたと話していると、自分のイヤなところが出てきちゃうわ」

「でも、そういって止されたら、かなわないわ。早く止すといった方が得じゃない」

「それなら、お父さまにきいて貰いましょうよ」

「お母さんは、自分にゼッタイ自信があると思うから、そういうのでしょう」

光子は京子に教わったように光子としては比較的テイネイな言葉を使っていた。いったん永造があらわれても、二人は彼の方を見向きもしなかった。

このときばかりは永造は筋の通ったようなことをいい、それに実感があるのに、おどろいた。

「お母さんは、いらいらして辛抱できないからいったのだ。お父さんは啓一にもそうだったんだ。しかし光子は、やろうとしただけよくなったじゃないか。分っているからといって、黙っていられるわけではないんだ。とにかくぼくに判決を下させても、ぼくはどちらにも味方はできないよ」

二人はしばらくこの判定の拒否を耳の横で眺めるようにして空間を見つめながら対峙した。

それから急にまた始めた。

「どちらが悪いということはないかもしれないけど、私にはどうしてもそう思いたくないものがあるのよ。そう思ってしまっては、どうにも駄目なのよ」

と京子はいった。永造はこたえた。

「だから、そうなるのも、お母さんとしては、当然で、ぼくがきみだったら、そういうものだ、といっているんだよ」

「でも、あなたは、光子ちゃんも当然だというんでしょう」

「そうだよ」

永造は様子をうかがった。

「それなら、あなたの立場がそうだということしか、私には分らないわよ。ねえ、教えて？これ、私の性質のせいなの、それとも、一般にこういうものなの？」

「それは、きみが過去のことを考え合せれば、性質のせいもあることは分ると思うよ。きみ自身、お母さんがなくなるときはともかくとして、あまり身を入れて看病もしなかったというじゃないか。その程度の我儘は誰にもあることで、とり立てていうことはないのだよ」

「それじゃあ、私は我儘というわけ、でも私はこうじゃなかった。こういうことでは、違っていたわ」

「私も我儘なのよ。二人とも我儘なのよ」

「そう、光子ちゃんは、それで譲歩したと思っているわけでしょうね」

「二人とも、我儘だということは、よく分るわ」

と光子はいった。

「私の我儘とあなたの我儘とは違う。同じ我儘でも違う。私はもともとあなたをよくしようとし、あなたや家のことを考え、あなたのことを喜んでいたのよ」

あくる朝、二人は階下でまた始めた。始めたのは、京子だった。

また始ったと思っていると地下の書庫にいる永造のところへ、階段をおりてくる光子のサンダルの音がきこえた。その前に京子が二階へあがったらしく、階段をかけのぼる音がして、二階が明るくなった。

「きたって駄目だよ、光子」

永造は部屋の中から光子にきこえる程度の声でいった。

「ここへ、今きてはいけないんだよ、分っているでしょ」

「………」

「ほら、二階からお母さんが、ドアをあけている音がするだろう」

「あなた!」

京子が呼ぶ声がした。

しばらく間を置いて彼はドアをあけて見上げた。白っぽいネグリジェ姿が立っているのが見えた。

「二時か三時まで、そこにいられてはいやですよ」

昼間はこれだけしんぼうしているんだから夜は私と二人のものじゃないか、といっていることも分っていた。

寝室で、

「私のこと、きらいにならない」

と京子がいった。

「私はあなたがきらいになりそうだが、あなたはどうか」

ときいているようにも見えた。それよりも、すっかりあなたが他人に思えて仕方がない、という意味のことを、語る相手が、どうしたって今の夫の永造であるよりいたし方がない、ということをあらわしているのだろう。そういうことをきけば、永造がウルサく思うことは分っているが、それが分っているからいうのだ。永造はいやな顔を見せなかったが、返事をしなかった。京子が溜息をつくと、尚更だまっていたかった。彼が眼をつむっても、まだ眠っていないことは、静か過ぎることから分るはずだ。永造がおそれていることは、京子がこうして夫を自分のものにしようとすると、彼はそれだけ光子を忘れてはいけない、というふうにバランスをとっていることだ。もし光子のことを忘れるようになれば、好都合であり、そして好都合ということが、果していいことなのだろうか。

14

永造には、テレビから、こんな声がきこえてくるように思えた。

「先生方はいったい何をしていたんですか、あれから何日間、昼寝でもしていたんでしょう。ぼくらはバリケードの中で不自由を忍んで頑張ってきたんですよ。ダテに赤い旗を時計台やエントツの上にひるがえらせているわけじゃないんですよ」

「だから私たちはきみらに協力しようと思うし、協力してもらいたいと思っているんだ。きみらがもし改革したいのなら、ヴィジョンを持たなくっちゃ。それがあれば話し合も出来るじゃないか」

「ナンセンス!」

「ナンセンスじゃない。悪いことも、古くさいことも、ダラシがないことも、よどみも魅力のないこともいっぱいあるだろう」

「それ、それ、そのことをこそ、ぼくたちはいってるんじゃないですか。そういうことに気がつきさえしなかったじゃないですか。いいですか、先生方がそうおっしゃいますようになるまでに、われわれの闘いがあったのですよ。分っているんですよ、こっちには。あなた方はぼくたちが手をゆるめれば、すぐ古巣にもぐりこんだり、居直ったりするんですよ。人間というものは、そういったもんですよ、先生。そういうことは、ぼくたちがいわなくったって、ちゃんと分っているんでしょう。あなた方はもともと利口な人だったんだから、あなた方も最高学府を出て、ほとんどが帝国大学という名前の学校を出た人ばかりでしょ。アタマが悪いわけじゃないでしょ。その権威主義がいけないんですよ。もう許されないときにきているんですよ。だから、ぼくらが教えてあげてるんですよ。あなた方は恐ろしいと思っているんじゃないですか。ぼくたちが同じ壇上にこうして相対峙しているということが。そうでしょう？　図星でしょう？　あなた方の顔に書いてありますよ。ぼくたちはその事実を否定しませんよ。当り前のことですからね。あなた方はこういうことが世界だということにも気がつかなければ、こうして壇の下からも取りかこまれているということも、はじめてのことですからね。ところが、ぼくたちは、たえずそうなんですよ。同じ仲間からつきあげられ、あなた方が呼ぶ機動隊からはこづきまわされ、その中で闘っているんですよ。それが現実というもんなんですよ。現実というものは、あなた方の守っている城のような生易しい世界じゃないんですよ。その城ももうガタがきたり、ぼくたちのものになりますがね。あなた方だってぼくたちのものになっては困るでしょ？　どうですか、そう思ってるんでしょ。そうなら、もっと本気になったらどうですか。

話しあうだの、ヴィジョンをもてだの、改革は建設的であるべきで、破壊のための破壊は自殺行為だの、お前たちは卒業してしまえば涼しい顔していられるが、私たち教授はそうはいかないから、困りますだのいうのは、ナンセンスですよ、そんなこと。要するにあなた方が気がないということですよ。そうでしょう？　そういわれて、いいかえすことが出来ないじゃありませんか？」

「割合いにおとなしいのね、この共闘会議は」

という絹子の声がきこえたような気がした。

「どうですか。返事が出来ないじゃないですか。何とかいってみたらいいじゃありませんか。啼くなりいななくなりでもしたらどうですか。あなた方は昔、軍隊でいじめられた経験があるといっておられるんでしょう。そのときと同じような眼にあっているというふうに、かぼそく力なげにいっているんでしょう？　それならそれで、せめてそのときと同じように、啼いたり、いなないたりして、ぼくたちが暴力だと訴えてみたらいいですよ。いや、そういうことさえ、しなかったでしょう。ハイ、ハイ、といってうなだれたりしていたんでしょう。直立不動の姿勢をとらなくて、またなぐられたりしたでしょう。あなた方はぼくたちを暴力じゃない、暴力は文部省なり政府にあると、物分りよくおっしゃるじゃありませんか。ところがそういうのが、ギマンなんですよ。いいですか。そういって昼寝をしているのが、おい、オシボリを持ってきてくれ、と奥さんかなんかにいったりして、そうして心安らかにしていられるという、そういう態度が、偽善でギマンで軽薄だ、というんですよ。あなた方は、家庭でいっぱい晩酌をやりながらテレビを見たりして、やあ、やっている、やっているとかなんとかいったりしてですよ。軽薄ですよ。失語症的笑いを洩すわけですよ。その態度を自己批判しなさい、と教えているんですよ」

「自己批判は、ぼくらはぼくらでしている。といってきみ達にいわれて簡単に出来る自己批判なら、それこそギマンということになるね。衆智をあつめて改革して行くには、きみたちの協力を得たいと思うところまで漕ぎつけてきている。きみたちはどうでもいい、ツンボ桟敷に置いておくことはいけないことだ、というところまで漕ぎつけた。今までのことは水に流して足並をそろえるべきだ。きみたちの意見を、ヴィジョンをききたいのだ」

「ぼくたちがヴィジョンがないとはいいませんよ。しかしですよ、ぼくたちにきこう、という態度、ぼくたちにおんぶしようという態度、自分で苦しむことを怠る態度、それが追及されなくては、一歩も前進することは出来ないんですよ。ぼくたちのいうなりになるような顔をして、じっさいはやりもしないでしょう。もしやったとしてもですよ、ぼくたちの顔をのぞきのぞきやるというような卑怯な、日和見主義な便宜主義の卑劣な態度に過ぎんじゃないですか。分ってるんですよ、先生方の態度は。あなた方が日本を敗戦に押しやる手助けをしたのですよ」

「間違った民主主義を教えこんだのも、私たちだった。きみたちは、私たちのギセイになったのかもしれないね」

「あなたは今、本気でいっているのですか。本気でそんないい方は出来るはずはない。恥かしくないのですか。どうしてぼくたち以外の者にも色眼を使うのですか」

「みんな、同じ学生です」

「何はともあれ、……」とアナウンサーの声がきこえたような気がした。

永造はヴィジョンという言葉がきこえる度に、居心地悪くて、身体を動かした。

五十嵐委員長たちが条件つきで、学費値上に必ずしも反対はしないというので学校側と調印するということになっているときに、手うすになった分校のキャンパスの前でバリケードを破ろうという一般学生を相手に、バリケードを守った。「もう少し待て、もう少し待て」とくりかえすと、

「その態度が、ハッキリしない態度が、活動家をつけあがらせ、ぼくたちをも巻きこみ、立ちあがるのに、ものすごい苦労をしなければならないように追いこんだのですよ」

「それが、学校というもの、教育というものなのだ」

と永造は叫んだ。教育という言葉が、「愛」と同じくらい口からとび出した。討論のさいに使われたその言葉のヒンド数が高いのでいつのまにか口の方でおぼえてしまった言葉かもしれなかった。

そのあと演説会が自然にはじまった。政党青年部会に属している者が、野次と拍手に送られながらしゃべりはじめた。

五十嵐はある日バリケードをはずした学校の事務室の丸テーブルに大きな背中を見せて、改革要請書をつづっていた。何日も何日もそこにそうしていた。永造は顔を出して、それ、大変だねといった。五十嵐は立ちあがって、礼をした。

「奥さんとはうまく行っている？」

「まあ、まあです」

「アメリカなんかでは、あれだね、キャンパス内に若奥さんが就職しているし、託児所もある、それに、住宅だってマリッド・スチュウデントのためのカマボコ住宅があって、オムツや洗濯物が庭にひるがえっていて、いい眺めなんだがね」

「先生、オムツということはないでしょう。あれは、日本でももう紙製で、使ったものは捨てますから」

「ああ、そうか、ふたしかなものだね。われわれの知識も、この分では」

と永造はいって笑った。

「まったく貧しいからね、学生の生活は。まったく食堂の飯も貧弱だ。下宿の生活も貧しい。華かな側の景色の割には中へ入るとひとりひとりの暮しは貧しい。戦前より貧しく見えるからね。貧しいはずはない。きみたちはこうしてぼくらより一まわり身体が大きいのだからね。ところが、貧しく思えることは間違いない。入りたい者が安くて清潔な寮へ入れたら、どんなにいいだろう。そのためには学費をあげるだけでなくて、もっと何かの方法を講じなくっちゃ。

ところが、私たちの家だって貧しいからね。きみらと同じように貧しいからね。しかし、きみらのしたことはあれはあれで効果があったよ。教師たちも引きしまったし、委員会も、きみのそれを待っているよ」

五十嵐の方も笑っていた。

「女房はキャンパス内に勤めていますよ。ここの事務にいて、先生の御世話になっていますよ。先生が団交のとき、文案を練っていたときに、お茶をついだり、筆写したりしたこともありますよ」

永造がタタミの上のせいか手をのばして抱きよせたいと思ったりした女事務員たちのひとりであったとすると、どうして彼女がああいう席にいることを許していたのだろう。どうして永造が知らなかったのだろう。

「きみはリンチの方は大丈夫だろうな。家庭をもっていて心配だね」

といいかかって、永造は止めることにした。マイクを彼と奪い合った委員たちも廊下であうと、あいさつをした。永造はどこをつつかれてもよいように気を配り、一人々々の学生が不満を抱いているかもしれないという想定の下に講義をした。「人生」について語り、若いもの向きのことをなるべく多く挿入し、アメリカの教師の授業のように授業の効果のことを考え、その代り、耳を傾けていないものがあると、容赦せぬぞ、という顔を見せ、攻めてくるならどこからでも攻めてこい、というような歩き方、シャベリ方をした。

永造は改革案をつづりはじめた五十嵐の前に佇んでいた。彼は無言だったが、こんなふうにしゃべっているように思われた。

「先生方は改革する気持になっても、改革はしませんよ」

「そんなことはないね。残念ながら、そうしたい気持がハヤっているよ。きみは、はじめからこうなることを予想していた？　それとも白紙撤回できると思った？」

「挫折と思っていないことは、たしかですよ。先生方は、おしゃべりになりましたね。あなた方には、ぼくの気持は分るものですか」

「その点は、きみ、アイコだよ」

「ほんとの勇気というものが、あなた方にはないのですよ」

「きみを振廻したやつは誰だね。ぼくが学生だったら、革命を起したい気持になるかもしれないな。いや今だって、若い者を全部放逐したい気持になるときがある。きみら、老人を見て、ぼくらみたいな老人になりかかった者を見て、それだけで不愉快にならないか。ぼくは昔はそうでなかったが、今は老人がそう思われても仕方がないような気がしてしようがないんだよ。

デマをデマだと知ったのは、いつからかね。デマだが、それはそれでいいと思ったのか。きみはほんとうに大学に腹を立てつづけていたのかね。理事長が学校の理事室のジュウタンを百万円するのを買ったのは、安いものを買うよりは立派で長持ちがするからで、きみらの自分の家だってみんなそうしているではないか。今は何でもピカピカした安物を買って、二、三年で捨てるというようなことをしているが、あれは安物買いの銭失いだ、といったとき、きみらは机を叩いて嘲笑した。あれは、ほんとうに買わずともよいものを買ったのだ、と思ったのかね。きみらが学費値上げで反対したのは、四つの理由のうちの一つは、ジュウタンだったからね。

理事長がある大学の名をあげて、あそこは金で入学させるので、収入も十分あるのだが、あんなことしたら、きみらは何というかね、といったら、よそのことにすりかえるな、といったね。あれは、本当にすりかえているときみは思ったかね。時価よりも遙かに高い寮を買いあげたといって証拠を読みあげて追及したが、あれはとうとう証拠にはならなかったね。あれは、きみらは真相を知っていて利用したのか、ほんとうにそう思ったのか。自分たちがデマを作りあげている、と気がついたのか。寮も敷地も、どうしても今必要というものでないものは、みんな売り払ってしまえ、といったのは、あれはどうなのだ。理事長のいうように一軒の家の経理のことを考えたら、どうなのか」

「分っちゃいないんですね。問題はそういうことではないですよ。今の方向ではゼッタイ駄目だということでしょう。調印とはカンケイないですよ。間違えていますよ」

団交のとき、ロボットといわれた五十嵐は、立ちあがると時々機械みたいにしゃべるだけで、あとはじっとこんなふうにうつむいていた。

「誰がどう動かしているんだね。きみ自身はどこのところまで知っているのかね。きみらには分らぬようになっているのかね。それは本当は、……ある政党がいうように……論理的結論ではなしに、本当に政府かね。もちろん、そんなことで驚くはずもないが」

「あなた方のいうように老人たちは、禿頭に汗をにじませて担架にかつがれて行くことをくりかえさなければならないのですよ。それは、ぼくたちもそうなのですが。担架がないだけです」

永造は五十嵐の前にただ黙って、佇んでいた。

「改善というのは、ジェスチャーなのか、それとも皆さん本気にやるというのですか」

野口は委員に選ばれると、こういって笑いだした。

「もちろん本気なのでしょうよ、われわれは」

という声がゆっくり起りはじめた。

「改善というのなら、もうわれわれは何年も前から改善委員会をもって、まだその方針通りに実施されていないのですから、それが実施されれば、相当に改善されるのに、それをどういうものか実施されようとはされないのはいかがしたものでしょうか、部長はどう考えているのか」

数年前まで長らく部長であったこの発言者と野口とが争いを始めるということは、空気で分った。助手や大学院の学生との問題にからまっていて、野口の科では掌握が不完全であり、一方の方が完全であるが、不満はこもっているということになっていた。別の科では、授業は助手が肩代りをしているのに、三十時間近い授業数をもっている教師がいた。つきつめて行くと同じ時間に二つの講座をもっていることになっていた。どのくらい助手に肩代りをさせているか、ということは、調査すべきだ、と野口はいいたそうにしていた。それは前部長のいる科に対しては違うはずだ。拘束している側と拘束できない側との対立のようにも思えた。学内の動きをあれほど知っている野口が、ほとんど一言二言やりあうかあわぬうちにいっていることが不明瞭になり、叫び声をあげた。二人とも、この会には出席しないといい出した。

野口はあとであの男を委員長にしなかったからだ、といった。委員長に対しては、あの男がああしてもっともらしく大学の理念からはじめるあのやり方が、若い者にはガマンがならないのだ。マジメであればあるほど困るのだ、といった。助手などをつかまなければ、学生の心がどうして一ぺんに教授のことなんか分るものか、年も違うし、一見ボケているじゃないか。教授があれは実はえらいんだ、と教えるのは助教授で、助教授が講師に、講師が助手に、助手が院生に、院生が学生に教えるのが筋というものなのだ。ところが、助手のところで切れてしまうのは、ああいう事務的なやり方だからなのだ。

しかし、もしそうなら、それは正に野口のところのことではないか。野口は自分は違うというのであろう。助手が一番はなれているというのは、野口のところだ、という噂がある。いや、永造がそう気がついたのは、一昨年も暮になった、この委員会が終りに近づいた頃のことである。

授業数をいっぱいもっているあの教師が、一番学生にうまいことといっているのだ、と野口はいった。見給え、団交のとき、学生からの拍手の一番多かったのは、あの男だから、と。

永造の科の卒業生が就職率が悪いということが話題にのぼり、どういう教え方をしているのか、とある教師がいったとき、永造はマドロミの中から眼をさまし叫び出した。永造は思った。この男と自分は互いに今日のことを忘れることはあるまいし、これから小さいことでも、たとえば、廊下ですれちがうとき身体がふれたとか、入学試験の採点のとき、隣りのシキリの中で大きな声でしゃべっているとか、電話に度々出てきて私用の話をしているとか、そんなことがあれば黙ってはいまい、と。

「あら、ハンケチが落ちたわよ」

と京子か絹子がいったような気がした。テレビの画面が、アメリカの家庭生活を土台にしたもので、画面の中で、弁護士が誰かのハンケチを拾いあげているのかもしれない。

それとも、会沢恵子が自分の口から料理仲間の前で茶化して語った昔話、もう十何年も昔の、ボーイ・フレンドとのダンスをやったり、酒を飲んだり、オートバイに相乗りして夜おそくまでとばしてまわったときのこと、そのときネッカチーフで髪を包んでいたのに、それをとばしてしまったといったような話をしていたのかもしれない。用心していたあの話を、とうとう話題にしてしまったのかもしれない。

ある日永造が和かなキャンパスの中を、用心しながら歩いてくると、寝ころんでいたひとりの学生が起きあがると走ってきた。身構えると、「先生、ハンケチが落ちました」といって差

し出した。それから、頭を下げて、
「ぼくは、二年の某々です。どうか御見知りを願います。どうか宜しく、ついでにあいつたちも宜しく」といってふりかえって芝生の上を指さした。そこから賑かな笑声がおこった。永造はとってつけたように微笑をうかべて、「ハイ、ハイ分りましたよ」といった。歩きながら自分の中に渦まいているこの感情は何であろうか、と思った。そこに教師たちを野次った見おぼえのある学生がいやしなかったかどうか、記憶をたぐっていた。彼はいつのまにか出てきていた涙をぬぐった。

副委員長の永造は会が始まると、舟を漕ぎはじめることがあった。その中で委員長はいつもしっかりしていた。窓の外では、ほかの学校に呼応して小さなアジの声がきこえていた。その中に学校が頬かぶりをして何も改革を行わず、ヴェトナム戦争に加担しているというような声もきこえていた。

一、考える力をもった学生をとること。他人の意見を鵜のみにして取入れるようではない学生を選ぶような入学試験を実施すること。これは入試委員に任すこと。

「考えるとはどういうことをいうのか、という疑問はそのまま含めて、考える学生をとる、ということで、どうですか」と永造はいった。「ということになると、そういう学生をとるというよりも、そういう学生が育つようにする環境を作るということの方に改善は向けていくことにならねばなりませんね。ところが改善するのは、何より教師の方だ、という意見があります。

そこで、いったい何を改善したらいいかということが分るためには、どこが悪いか、ということを知る必要があります。それが、それが、……自分しか分らないのです。そこで、各教室で白書を出したらどうでしょうか」

「そんなことが教室内で意見がまとまるなら、改善委員会なんかもつ必要もないのでね」

と野口はいった。それから、急に激してきてつづけた。

「とにかく相手は考えている者もいるんだ。ところがこっちは何も考えちゃいないんだ。向うにしてみたら、どうしてこう考えないんだ、と思うんだ。研究費を助手に渡さない教授がいるという話ですよ」

「それは初耳ですね」

と委員長が穏かに顔をあげていった。

「そういうのは、規則というものがあるのだから、規則通りしていない者は、部長の方でそう注意すればよい。そんなものまでこの委員会で扱うことはない。だいたい、ここで各科の教室のことを調べたり発表したりする権限があるのか、どうか、そこを部長は責任者として、どう考えてこの委員会をもっておられるのか」

野口が、この旧部長を頭においていっていることはあきらかだった。急にタイクツになってきた。窓の外の季節はずれの感がある活動家の声が、よけいタイクツさをあおった。不明瞭を解決するのには、それこそ野蛮な力が加えられた方がいいくらいだ、と永造は思った。そのあたりから、いつものようにワケが分らなくなりはじめた。早く何かを注入して築きあげなくては、と心がせいた。書斎へいそいで戻って仕事をし、その方面でライバルを求めて争い、その結果若干の収入を得、税金との差引きでようやくアメリカの黒人以上ではない生活を営むにせよ、そこの方がいい。……あれは何を意味しているのか。

「前田さん、どうですか。私は死ぬことはいよいよ平気なんですよ。少しも恐しいとも大して嫌だとも思わないですよ。病気を直し子供も育てたし、勤めも果したし、その勤めの方もアンケートによると、学生は喜んでいないらしいし、もっとも二票ですがね、私についての意見があったのは。みんな一票か二票でそれが何物かみたいにみえるが、案外真相でもあるかもしれないですね。私は嫌だ無意味だと思いつつも学生と話合ってしゃべらせたりもしましたが、意見というものの対立がない死が私にもやってきて、私なりにやっても誰も文句いわないと思うと、それが楽しみみたいなものです。私はとにかく私の授業時間もたぶん学生の授業時間もへらしてもらいたいですね。それに冬の風に露出したあの傾斜のついた階段は、何とかして貰いたいですね。死ぬのはいいが、骨を折って養生するのは閉口です。私は教えることには向いていないので、私は学生向きの思想について語るゼミも苦痛です。若い頃から自宅へ学生がくると、応対に気をもんで、どうしたら喜ばせてやれるか、得るところがあったと感じさせてやるか気を使ったものだが、昨今は私のところへは来もしないが、きてもらいたくない。私は死ぬことが楽しみ。意見のやりとりは沢山。政治家になれもしないのに、政治家のマネをするのも沢山。前田さん、あなた、新しい奥さん貰って、変りばえがしましたか。私よりあなたの方が先きにあの世へ行かぬとも保証できませんよ」

どうしても団交に出ない、と顔を真赤にして泣くようにして頑張ったのは、その教師が教授会に怒っていたのだが、団交に出ると一番発言が多かった。

「フロイトは死の衝動ということをいっております。私は死の衝動さえ感じますからね。私なんか、学生に接触させない方が、学生のためですよ。誰でも学生のためになるわけでないし、学生に絶望感を起させる者は止した方がよい。私は人間嫌いでしょうか」

「そんなことありませんですよ」と永造はその教師にムキになっていった。その教師が一番生き生きしていたのは、あの騒ぎのときで、もし彼が元気がないとしても、それは定年が迫ってきているからで、どれだけ働いたとしても大学院に直接かんけいのないために定年の延長が出来ないことが分っているからだ。彼は陽子の葬式のとき、永造の家の二階の部屋の椅子に腰かけて「癌というのは痛いんだってね」と話しかけた。「しかしたいていの病人は、ハタの者が思うより楽に出来ているもんだよ。死ぬときはお迎えにこられると思うものらしいよ。自分が死んだらどうなるか、と女房が死ぬ前に子供のことを心配していたというんで、私なんかも可哀想に思ったもんだが、そう思う女房が自分の中にそっくり入りこんでいるというのが、これが妙味でね。これから当分女房がふくらんできてきみを悩まし、それで再婚するか、もしその時期をやり過すと、あとはうまい時に取り出しては話をすることが出来て、何よりぐあいがよくて、女房なんてものは、その意味では死ぬべきだよ。それに私なんか、食事にテンタンなものは、女房は不用さ」

永造は思った。自分はどうヴィジョンをもって生きてきたか。生きているか。

彼の中に力なくせせら笑うものがある。その言葉が輝かしすぎるためだろうか。それが自分にとっての言質となるためだろうか。てれくさいのだろうか。どこか、先を見たくない、見ようとしないものが、自分の中にあることはまちがいない。ひしめきあうようにして色々な声や顔がよどみの中から顔を出し消えた。すすり泣きや、笑いが浮んでは消えた。それらは何か幻のようであった。その正体は何であろう。何かをめぐって動いているように見えた。

テレビでは山小屋の捜索を行うところであった。

「新入学生と接触の仕方が足りないので淋しいだろう、というのなら、学生たちとキャンプしたりバンガローにいっしょに寝とまりしたりするのがいいことは、間違いない、とぼくは思いますが」と永造はいったことがあったと思った。絹子と京子は、アメリカへ短期旅行に出かける話をしているようだった。京子が泊る家は何軒かあるのだ、といっていた。京子が前田のところへやってくる前、伊丹と暮している頃に遊びにきていた夫婦の中に、日本にきていたアメリカ人が日本の女と一緒になった二組があった。一組はキャンサスに、もう一組はサン・ディエゴに住んでいる。

「それが、ターミーは、あなた、カリフォルニヤ焼けをして十何年ぶりで帰ってきたのよ。二度めの旦那は軍属でヴェトナムの輸送船のようなものに乗りこんでいる佐官級の人で、前の亭主の友人なのよ。家へ遊びにくるうちに、この方が見込みがあると思っていたら、別れ話が起きたのよ。だから子供は両方の旦那の子供がいるのね。三人もいるの。日本へ帰ったら、もう戻ってこないのじゃないかって、親子で話をしていたそうよ。日本で買ったカツラをかぶって飛行機のタラップをおりて行ったら、おどろいたそうよ。日本のものの方が細工がよくってずうっと安いそうよ」

京子は疲れているはずだ、と永造は思った。明日になると吐気をしたり下痢をしたりして、「ノーシン」をのんでもなおらない、といったりするかもしれない。

「二十年も前高校の教師をしているときに、ぼくは若い教師らといっしょに、自分のクラスの共学の生徒をつれて信州のある高原へキャンプに行ったことがあるのです。キャンプ・ファイアなどたいて歌をうたったりしたあと、バンガローに引揚げてから、男生徒が女生徒のいる小屋をゆすったりし、そのうち押しかけて行って話をしたりしていたんですが、ある小屋へ入って見ると、男の子ばかり四人いるのが、顔を見てみると、みんな父親のない子ばかりでした。このことは、ぼくは印象的でした。

ぼくにはそういうことは分ったですがね。その少年らは、あの旅行は面白くなかったかもしれない。それに、どうでしょうか。自分の金を払ってまでそういうところへ大学生がくるだろうかどうか疑問です。そういう作られた接触の機会を学生は喜ぶのでしょうかね」

「その場を、活動家はアジの場として利用するか、学校当局の謀略として叩こうとするかどちらかだろうね」

と野口がいった。

「といって、そういう機会を作ることを考えないというわけには行かないでしょう。われわれが出来ることといえば、差しあたり、そのくらいのことしかない」

と部長が委員長に話しかけた。

「入学試験に、考える能力をもった学生をとるように工夫することと、キャンプをしたり、キャンパス外で宿泊してゼミをしたりすること、このためには学校も一人、二〇〇円ぐらいは出せるということですし、あとは、委員長とはかった私の案ですが、一週に一度ずつ学生が話しにくる時間をこさえて、学生相談室と違った問題の相談や談合を引受けることにしたらどうでしょうか。こんなことはこの委員会が進行中に、早く発足したいものです」

「二〇〇円？　二〇〇円では足りない。必要経費の何分の一でしかない。その足りないところに妙味がある」

誰彼となく和やかになった。女給仕の持ってきた茶をのんだ。

「そのうち緊張したり、苦しみながら楽しんだり、われわれ教師としては珍らしいショウに立会えるときが、どうせやってきますからね」

と野口がいつものような笑いをはじめた。心をしずめるために茶と生花の免許をとった、と自分からいい、学校のクラブの顧問をしているということといっしょにして考えなくては、野口の笑いは堪えがたい。

「どっちみち、これは、工学部かんけいの方が責任をとる分だけ、こっちが引受けて、バランスをとらされているわけなんだから、褒美をもらわなくっちゃあな」

と野口は、誰もきいていないのに、永造の方を向いていった。

絹子が京子にいった。

「外人の奥さんになったのを見ていると、その旦那が外人だということ考えちゃって困るわ」

永造は何か前方にあるものを見るように顔をあげた。ところが視線は前方を見てはいなかった。

15

不意に永造は顔をあげると、絹子に向っておこったようにいった。

「あなたは山上さんによくして貰う、つまり、金の面で保証して貰うことに、何も遠慮することはいらないのですよ。そんなことを恥かしがったりすることはないから、今のうちに条件としてハッキリして貰うのがいいのですよ。あなたの籍が入らないということが、どういうことだということは、みんな忘れてしまいますからね。山上さんも忘れるし、山上さんの最初の奥さんの子供さんたちも忘れるでしょう。いや、忘れるというより、当り前のことだと思いますよ……」

何かしら、山上に腹が立ってきた。絹子は大きなダイヤの指輪をしている。これとは別の高い石の指輪を買って貰っているということも知っている。絹子はそういうものをあたえられるということよりも、正式に結婚できることの方を望んでいることも分っていた。だが、そういうものを一度も女にあたえてやったことのない永造に、自分も同じようなことを京子にしてやりたいという願いが勃然とおこってきた。彼は自分が死ぬことをハッキリと思いうかべていたわけでもないが、自分の死後、京子が、とうとうあの人は口ではいっていたが買ってはくれなかったと思うようなことがあるのが、いまいましくなった。若いときならそんな想像をするはずもないし、第一、指輪のことを自分の方から多少なりとも考えたりすることはなかった。それなのに一人考えこんでいる京子のところへあの世から押しかけてきて、大きな声で言い訳をいいそうに思えた。そういう姿が、今よりも、ずっと若い自分の姿のように思われた。

「それはそうなのよ。でも、そうするには、私が厄介になっているわけではないと思っていたくようにするより仕方がないんじゃないかしら」と絹子はいった。「だって私、ほんとうはお勤めの方は一日置きにしたのよ。あとは、山上の娘がやっているバアへ手伝いにいってるのよ」

「そうですか。あなたのような人は、とくにマダムの手伝いできているというような身分の人は、客にはもてるでしょうが」

と永造はいった。

「その方は、ご心配いりません。おバアさんですもの。ねえ京子さん」

「私も前の主人といっしょのとき、しばらく友人の店へ出たのよ。気が晴れるかと思って」と京子は夫の方を見ながら、いった。「でも、失格だったわ」

「そうだね、きみの場合は。客あつかいは、冗談をいいながら、真実がこもっているように見せなくてはいけないものだそうだから。きっと、それには型があるのですよ。生来の色気の持主というものでは駄目なんですよ。けれども頭のいい人なら訓練次第で、出来るはずだけど、きみは気晴らしに行っていたのではまずいなあ。おそらく旦那がいることが分っては、漁色家の客はよってこないかも分らないが、旦那がいた方が客あつかいはいいのではないかな」

「ずいぶん、よく御存知のようじゃない、お宅の御主人？」

「『夫婦相談』をしている出版社の招待で、月に一回ぐらいは行くかしら。私も一度その店へ行ったことがあるのよ。でも私行って貰いたくないの。その夜はきまって胃がいたいといって唸るんですもの、そのあと工合が悪いわ」

京子はこういって絹子をふりむいた。

「あなたは気晴らしじゃなくて、サービスでしょう。だからきっと、あなたはもててよ」

永造は京子を連れて行った店だけに行くわけでもなかった。彼は、ある日曜日、今日は学校の委員会があるといって反対の方向にある、山手線の高台に建ったマンションの七階を、訪ねたことがあった。

家政婦がドアをあけたあと、ジーパンをはいた女が出てきて、

「ちょっと待ってね、いま私の先生がきているのよ」

といった。それから、

「素顔のときを見られるのは、女は裸を見られるより困るのよ」

と彼女はいった。永造は家政婦といっしょに笑った。

「きみは素顔の方がいいんだよ」

「あら、よっぽどヒドイ顔をしているっていうわけね。それじゃ化粧もできないじゃないの」

「あなたのようなふうに、ひとりできた男の人を入れたのは、これがはじめてなのよ。ねえ」

と家政婦にいった。

そうであるのか、ないのか、いつも家政婦がいるわけではないのだから分りはしないが、そういうことは、是が非でもこの女を独占しようと思っているわけではないのだから、同じことだ。

先生とは若いおとなしそうな男である。彼女は本をヒラヒラさせて、いった。

「中学の先生から英語の文法を習ってるのよ。しばらくそこで待っててね。割といい部屋でしょ」

そんなものを習うというのは、店へ外人がくるのでその応対のためであろうか。

「ほんとうにいい部屋だね。こういう部屋に住めるということは、大したものだね、きみ達、女は」

足の指が骨ばっている。痩せているが、しまった身体で、歩くさいに腰がしなうようになる。この女はそういうことをよく知っていて、永造がある評点をつけるだろうと期待している。

「そう悪いことしてもうけているわけじゃないのよ。まあ、多少はね。そんなことといったって、どうせお見通しだろうけどさ。ねえ、先生」と家庭教師の前へ坐り直した。そして「しっかり教えるのよ。気を散らせないで」

といって笑い、そのままの姿勢でいった。

「ほんとうよ、うちとしては良心的なのよ」

永造は小さいゴムの木や、文学全集のある書棚や、足もとのジュウタンや、食堂のテーブルや、かすかにドアのあいた浴室や、ほんとうに使用人といった感じで片付物をしている家政婦を眺めた。それからアメリカの農家にもよく見かける牧歌調の装飾織物が壁にかかっていた。楡や白樺の大木の下で家畜が水をのみにきており、そばに少年がつきそっている。遠くに家の屋根が見えるといったものだった。足りないものは、夫と子供、とりあえず夫だけだった。

永造は電話番号を教わって、やってきたのだが、それでも電話を二度かけていた。電話には家政婦がでてきた。家政婦を、その女かとまちがえた。その声の出し方や応対のそっけなさからすると、電話をかけるべきではなかったと思った。訪ねる女の名前をいうと、まだ寝ていることが分った。それからしばらくして家政婦が電話口に戻ってきて、二時間後にきてくれるようにいった。その近所まで行ってから道が分らないので、交換手に道順を再度電話をかけてきいた。そんなわけで意外に手間どったので、約束の時間よりおくれていた。永造は坂を登ったりおりたり、汗をかき息をはずませて目的のマンションの下までやってくると、その高い建物を仰いだ。一応まわりを見渡し、窓からのぞいている人がいないか、見定めたうえで玄関へ入りエレベーターのボタンを押した。乗りかかった舟だが、これから面倒なことが起るわい、と彼は思った。その代り、何かいいことがありそうにも思えた。しかし、いいことがありそうに思えたのは、いったいどの程度だったのだろう。それがよく分らない。とにかく彼は今ここへきているることだけは確かなことである。

「勉強しているところ、見ちゃ、いやよ、先生」

という、ハスキーな声がした。

こんどは、こっちの方なんだな、と思い永造は、

「見てはいないよ、ぼくは」

といった。

「中川さんは、見てくれ、という意味ですよ」

と家政婦が、ふりむいていった。近所の主婦かもしれない。三十代の女だ。

彼がのぞきこむと、「向うへ行って」と寝床の中へ英会話の本をかくした陽子にしても、ベッドの中で呟きながら、枕元に小型テレビを置いてやっぱり英会話を習っているが、そのうちフランス語を習うつもりだといって、高校でフランス語を習いはじめている光子と張り合うつもりの京子。外国の家庭をまわって料理を見てきたい、というのが私の目的よ、といっている京子。……

中学の教師を送り出すと、

「こっちへいらっしゃいよ。今日はオバさん適当にして帰っていいわ。でも大丈夫よ、オバさん、気をまわさなくとも、今日はもうすぐお友達が迎えにくるから、先生とは何もしないんだから」

「そうだよ」

と彼はいった。

「こんなことをいうと年齢が分っちゃうけど、そういっちゃ何だけど、私なんかの頃の女学生がこれだけモノにするのは、容易なことじゃないのよ。この三ヵ月死物狂いでやったのよ。ホラ、こういう練習問題も大して間違わずに答えているでしょ」

「ほんとに、だいたい出来てるよ、ここが少し間違っているが、このくらいなら、教え甲斐があるというものだよ」

「一週間二回だけど、予習したり宿題をしておかなくちゃいけないでしょ。せっかくしてあるんだから、今日だって、お休み出来ないのよ。そういうわけよ、分かってくれた?」

永造は笑った。

「そんなに勉強して、どうするのかね。外国旅行?」

「それはするわ、来週出かけるのよ、三週間。それで今日はお友達がスーツ・ケースをもってきてくれるのよ。もうくる時分よ。その人をのせてお店へ一緒に出かけるというわけ。そのための勉強じゃないのよ。日常会話ぐらいなら、もともと間に合う程度には出来ないことはないのよ」

「どことどこをまわってくる？」

「シスコ、ロサンゼルス、シカゴ、ニューヨーク」

「それにマイアミにあとはハワイか」

「マイアミは行かないの。ハワイへはもう先だってお友達といっしょに女ばかり二人で出かけたわ。五日間ホテルへ泊って、あとは二人で海岸で甲羅を干してるだけ。外人の男に、話しかけられると、こわい顔してノウ、ノウといって手でさえぎるもんだから、あっけにとられたらしいわ。二人で気楽な気持をしに行ったんだから、ノウ、ノウよ。ひっかかりが出来たら、五日じゃ帰ってこられないでしょ。そのために二人で行ったようなもんよ」

「こんどは一人きりの旅行だから、いいじゃないか」

「こんども、ノウ、ノウよ。忙がしいんだから日程は」

「そんなことは、あんまり信用できない」

「そう、信用していただかなくともいいの、フン」

作ったような声を出しながら、彼女は外人にあてた手紙を拡げて見せた。店でそうするように身体をよせ、

「オバさん、どうもありがとう」

といいながら、次に暫く前まで来日していた外国の有名な劇作家のハンド・ライティングの

長い手紙を読みあげて、訳をつけはじめた。おそらく分らぬところは家庭教師に教わっていたのだろう。その手紙には、自分と組んでいたイギリスのプロデューサーの悪口がかいてあった。

「彼を軽蔑するという意味なのよ。とにかく、気に入らないらしいわ。この外人、クセが強いのよ」

と彼女はいった。妻と旅行の途中、自動車事故にあい、幸い大きな怪我はなかったともあった。「神に感謝しているのよ。向うの人らしいわ」銀座にある彼女の店でこさえた借金は、もう少し待ってくれるように、というのであった。

「しんぼうが肝腎なのよ。それに店の宣伝料ということよ」と彼女はつけ加えた。

永造はほんとうに自分で書いたのか、とおどろきながら、

「きみのこの手紙は、ここが一つ大事な動詞が抜けているよ」

「ああ、そうそう、それはそうなのよ。直すつもりだったのよ」

とすぐいって返した。

店で見おぼえの女がスーツ・ケースをもってやってきた。彼女の女学校の友達であるその女とハワイへ行き、こんどは、店をまかせて、アメリカへ出かけるという寸法である。

「先生、この人さいきんアミイが出来て、とっても幸福そうなのよ、羨ましくって仕様がない。ハワイへ行ってる間も、その話ばかりなんだから」

そういわれた大柄な女は、声を立てずに笑った。

彼女は三十分後に顔を作り、パンタロンを身につけ、金ぐさりのようなものをぶらさげて現われた。ネムの花のような長いマツゲが目立った。

「化粧をしてもつまんないなあ、恥かしくて見せられないじゃないか。いやだな。ねえ、先生の素顔って、いつ見せるのよ、奥さんには見せるの、どんなふう」

永造は笑っていた。

「ひと色しかないよ」

「私のアミイになってよ。奥さんのことなんか、かんけいないのよ。そういうこと抜きにしてのつきあいよ。そういう女が一人くらいあっても、先生も悪くないでしょ。奥さんだって何にも関係ないことなのよ」

「アミイとは戦前にはやった言葉だよ」

「言葉なんか、どうだっていいの。実質よ。実質的なつきあいよ」

永造はどちらにするとも返事をしなかった。

彼は彼女のスポーツカーに便乗して高速道路を走ったあと、出口のそばで降りて、京子と待合わせた場所へ出かけて行った。

しばらくたって、永造は仕事のことで打ち合わせたあと、背中を真直ぐにのばしながら店へはいっていった。彼女はわざと身体をこすりつけてきながら、

「男が女のことを考えるとき肉体のことを考えるということは誰の場合だって同じだと思うの

よ。だけど、前田さんは、女としても見てくれないし、人間として尊敬してくれるわけでないことは勿論だし、そうかといって馬鹿にしてくれるわけでなし」

「表裏一体だからな、ママのは」

と連れの男がからかった。

「そういうわけでもないのだ」

と永造は心の中で呟いた。

彼女が車の中で運転しながら語った立志談を、彼はおぼえていた。

京子は、彼と一緒になる前にある老人の経営する喫茶店をまかされることになっていた。

永造はマンションへの坂を登るときか、それとも訪ねようと思い立ったときかあとになってからか、もう忘れてしまったが、彼女がベッドでどのように応対し、何をいうかということも考えたことがあった。自分のいうこと、することも一応は考えていた。タイクツなくせに、何かするだけのことはありそうにも思えた。

もう一杯、その高い外国の酒のお代りをするか、どうかきかれたとき、彼は首をふった。気のないような一人の女が、機械的に彼のグラスを取りあげて、ボーイを呼ぼうとしたとき、彼は急につよく、

「いいといったらいいんだ」

といった。

「おれは胃がいたくなるんだ」

そのあと、

「おれは大して面白がっているわけではないのだ。これから遠い道を帰って行くことを思うとやりきれないんだ」

といいそうになった。

彼はそこでひとりひとりの若い女に似ている流行歌手の名をあげて行くと、

「私、そういわれるのよ」

「そういわれるように顔をこさえているんだよ、きみらは」

とつれの男はいった。


絹子はいった。

「私は母といっしょに厄介になっているぐらいに思われるのがイヤなんですのよ」

「それで、ご主人に頼まれたのですか」

と永造はきいた。

「もちろん、そうですよ。山上の娘がやっているとこなんですもの。彼女から頼まれたから私に出てやってくれ、というわけよ。そうすれば、彼女との折り合いもよくなる、と考えているんだと思うわ」

「あなたは、そんなにまでしなきゃならないことがあるのかな。折り合いがつくも、つかぬもないじゃありませんか。いったい山上さんの面倒は誰が見るんですか。娘さんや息子さんは、お父さんのスネをかじっているのでしょ。もっとかじりたいというのかもしらんが、パパあってのことでしょ。そのパパがあなたを必要とするのなら、あなたは何ものにも換えがたい存在じゃありませんか」

「私、山上から金を捲きあげようとしていると、イヤ味をいう客があるのよ。私のことを、誰かからかきいてきたのね。私、すっかりユウウツなのよ」

「だから、あなたは、気にすることはない、胸を張っているべきだ、というんですよ」

「だけど、私には、山上には気の毒で、いうことだけはいうけど、貫けないわ。あの人、自殺しようかと思ったんですって。子供をおいて死なれたときには」

彼はしばらく黙っていた。

「しかし、私もそうだが、私だってあと十何年もして若い女性をそばへ置いて、子供の世話まで頼むとなれば、金しかないですからね」

京子がさえぎった。

「でも、あなただったら、きっとお金がまるでなくとも、そうするかも分らないわ」

「それや、ぼくは金がないからな。そのときには、たぶん、あきらめるだろうよ。金がなくては出来るもんじゃない」

「いいえ、とても駄目よ、あなたは」

と京子は自信をもってくりかえした。

「仕方がないものは、仕方がないよ」

「ことによったら、山上はほんとに気晴らしをさせるために、私をその店へ手伝いにやらせているのかもしれないわ」

山上は彼女と自分の娘と、それから自分の最初の妻と、みんな仲よくさせようと考えているのじゃないか。財産のことだけじゃないのかもしれない。それが、ひいては、絹子のためにもなる。

永造は自分がいないときの京子と光子と啓一のことを、いくら考えようとしても、自分の力で思い及ばない。あらためて新しく追加の保険をかけたとき、受取人を啓一と光子の名義にしたのだが京子の受取りの分を作らなかった。そういう簡単なことではなかったのかもしれない。今、彼は保険がどんなふうになっていたかもよくおぼえていない。ただおぼえているのは、保険会社の中で、

「私、ちょっとトイレへ行ってきます」

と京子がおこったように姿を消したことだ。なかなか出てこないので様子を見るために、そちらの方へ歩みよって見ると、

「車の中へ行きます」

といった。あとをついて行くと、車の中で、ワッと泣き出した。よく泣く女だな、と永造はびっくりした。

「あなたは、どうして私のことをちっとも考えて下さらないの」

永造たちは車の中から、もう一度会社へ引返した。そのとき永造は、一瞬おもしろくなかったことを、おぼえている。あなたの金は一切いらない、その代り貧乏してもいっしょにまたやり直すのだ、と京子に結婚の話をもちこんだとき、彼の言葉をきいて、彼女はうかぬ顔をしていた。

そのとき、京子は喫茶店をやろうかどうか、考えている最中で、結婚を迫る男と、これからやろうとしていた仕事とどちらを選ぶべきか、それを決めるまでは、心を許してはならないし、だまされてはならないと、考えていた。

うかぬ顔を見ていると、陽子の死後度々見合いをし会った女たちと同じように、ソッケない女に見えた。自分のことを一生懸命に考え、眼の前にいる男が考えるのに邪魔になると思っているのだろうか。たぶん、警戒し、信用しまい、と堅くなっているのであろう。損をしたり後指をさされたりしまいとしているのであろう。そういうような女は、一つ叩きなおしてやろう、というふうに永造が思ったとすれば、それはおどろくべきことであった。そうして殺気立った自分に相手がおそれをなしている、というふうにも考えたのは驚くべきことだ。

ひょっとして、あの日、あのマンションを訪ねて行ったのは、あのときの気持と似ているのかもしれない。そうかもしれない。そうでなかったら、あんなことをくりかえしに出かけたりしたはずがない。何があるのか分っているくせに、出かけたりしたはずがない。二十歳やそこらの青二才じゃないのだから。

いや、いや、あれは青二才のすることと、そっくり同じだったのだ。どうしてそっくり同じなのだろう。

京子は伊丹と別れて、子供を手放すようになってから、若い男とつきあっていた。その男は彼女のアパートへきていた。いっしょに旅行してまわったりしたこともあった。男が結婚するというので、最後の晩餐会を景色のいい川魚料理の店でやって、あなたを祝福するといって、「きれいに」別れたあとであることも、永造はアパートの住人からきいて知っていた。

京子の勤先の、外人向不動産屋の社長が、安く買っておいた一等地に新しいビルを建てて、地下を喫茶店にし、そこを委せることになれば、京子に五階をぜんぶくれることになっていた。

その仕事はいいけど、社長のいう通りになることも大体分っているし、どうしようかと迷っていた。

「あなたは、こんなことをしていてはいけないですよ」

と永造はいった。

「とにかく今のままよりは、私のところへきた方がいいことだけは分っていますよ」

といった。

永造は、最初あったあくる日、事務所へ電話をかけて、

「昨夜会ったあなたのことが忘れられなくて、それにその声が忘れられなくて、……どうしても、あなたは、私のところへきて下さい」

といった。具体的なことは、暮しはじめてから、相談すればどうにでもなる、というのであった。そこで京子は私立探偵をつかって、永造の家の模様を調べて見ることにした。

永造が学校のアメリカ帰りの独身の若い教師のところへ訪ねたとき、そのアパートに京子が住んでいて、精力的に色々な女とデートをしているその教師とも一度デートをしたことがあって、そのとき身上話をきいたということを知っていた。

永造は迎えにきたその若い友人と彼の同僚たちと、道々雑談して歩いて行く途中、部屋での小さいパーティに必要な品物が買える食料店へよった。

声をかけると、奥の方から、子供から離れて土間の方へ降りてくる三十そこその、どこかぼんやりした主婦の姿が見えた。パーティは二度めなので前にもここへ寄ったことがある。彼女が土間へ降りてからも、永造はナメるように見つめていた。どの動作にも眼をはなさない。

「いつも旦那がいないね」

と永造は友人にささやいた。

「この女一人に任せておくのは、危いですよ。計算も満足にできないし、こっちのいう通りの

値段でいいというんだから。必ず間違えるんだから。得な性分ですよ。こっちが教えてやるし、店のことにだって口出しして、何を置いた方がいいとか、こうした方がいいとか、いってやりたくなるんだから。亭主のことを考えるのは、そのためもあるんですよ」

と、若い教師はいった。

カレーの缶詰だとか、ソーセージの缶詰だとか、そういったもので大したものは買うわけでない。あとは酒類だけで、五種類ぐらいの計算を間違えた。

「いいよ、ぼくがしてあげるよ。いいですか」

若い教師は代って計算してやった。

「すみませんね」

といって笑っている。

永造はその店へ二度めに入るときから、奥の座敷へ眼が行ってしまう。そこに何があるというのだろう。そこに子供がいたり、時間によっては、主人がいたり、食事をしたり、寝たりしていただけのことだ。愚かしい女が、子供といっしょにさっきまでいて、主人が何かしら愚痴をいいのこして、得意まわりか、仕入れに出かけて行ったぐらいのことだ。

それなのに、自分の眼はどうしてそこへ行ったのか。どうしてこの女がなつかしく、世話をやいたり、時にひっぱたいたりして、可愛いがってやりたく思えてならなかったのだろうか。

「あなたがたは、この人と同じように、みんな先生ですか」

と主婦はいった。全体にだらしがないようなかんじがするのに、眼がすんでいるように見える。

「大学の先生ですか」

「やっぱり、そう見えるかな。ありがたくないな」

と若い教師はいった。

「歩き方や、肩のぐあいや、ふくらんだ重そうな鞄の様子で何だかそんな気がするみたい」

といった。

「ぼくなんか猫背になっている。いかにもつましいくせにいばっているように見えますかな」

数人集まると彼らは陽気になって、店の中で許される範囲で、ちょうど、酒場へでもきているようにはしゃいだ。

いくつか包みをもって、そこを出た。永造は心が残った。仲間から離れて一人だけ戻って行きたい。

高台のマンションの七階で、先客みたいにしていた中学の教師を見出したとき、どんなに驚いただろう。彼は永造が長い間、中学校や女学校や高等学校で教えてきたのと同じようなテキストを使い、そうして、中川えみ子が大学の一年で使う比較的やさしい、アメリカの短篇小説を読まされて、

「これ、私でも分るのよ」

といったときの奇妙なかんじ。それから彼女の手許に、ラムの「シェークスピア物語」がテキストに用意されていたときの奇妙なかんじ。彼女はいった。

「あの家庭教師、まあ熱心だし、ちゃんと時間にきてくれるし、休まないし、モッソリしているけど余分なこといわないし。私なんかにはちょうどいいのよ。うるさくなくて。お店へくる有名な先生というのは、ヘンに商売じみていて、自分の金は払わないし、可愛いげないけど、ごめんなさい。あなたの事いってるわけじゃないけど。カンケイない？」

「どうしてかね、それは」

「世の荒波を知らないからよ」

「それだけかね」

「うちの店へくるようじゃほんとうは駄目なのよ。ところが今はアルバイトの方でお出でになるでしょ。テレビのクイズ番組に出たりなさるのは、世間的にはタレントかもしれないけどとてもえらい大学の先生とは思えないわ」

「でも学生はそうとは思わないそうだよ」

「そうかしら。私はそうは思わないなあ、表向きはカッコいいと思っているけど、腹の中は別よ。第一、先生、あなたがよ、御自分で『そうだよ』とは何事ですか。昔は、あれじゃない。何の先生だって、ちゃんと代々先生だったんでしょう。徳川時代だって、もっと前だって、おサムライが、拙者は武士だ。とこういやあ、どこまでも武士で、武士を通したし、誰が見ても、安心して武士だったでしょ。武士の娘は武士の娘として育てられるし、本人も世間もそういう眼で見るし、そう通るだけのことをしなけれや、笑い者でしょ。相手が立てもするが自分も責任をもったじゃない。今だってお家元というものは、バカでもチョンでもたいへんな修業をさせられる代り、ちゃんと師匠でしょ。私たちだって、二十人からの女の子や三人のボーイにちゃんとお給料払って、店をつぶさずに、借金も払って行くのは、なまじっかのことじゃ出来ないのですからね。今だって電話が二つも三つもかかるでしょ。お勉強している暇もないくらいだけど、そこを私なんか、不撓不屈よ。さっきなんか、税金のことで、私に電話をかけてきたのよ。税務署相手に一戦まじえるのだって、通り一ぺんのものじゃないのよ。それや、硬軟両道で行くけどさ。私たちの眼から見れば、学生の反応も手にとるように分るし、女房がよくこんなのにくっついているなあ、といったような自己満足いっぱい見せっぱなしの先生方だっているんだから」

16

「男の人って、バアへきてホステスと話しているときの気持と、家庭にいるときの気持と、おなじでしょうか。違うでしょうかね」

と絹子は、自分の経験から何か考えるところがあるようにいった。

「それは、そういうところで、吐き出してしまって、家ではさっぱりして、帰る人もいるし、どこにいても同じ気持でいる人もいるかもしれない」

「前田さんなんかは、どっちですか」

「ぼくですか、ぼくはよく分らないな」

永造は、財産のことなどさきざきのことを決めるのを、も少し先きまで引延したい、あいまいにしたい、ハッキリさせたくない、と思った。大きなエネルギーがいるためなのか、現実にぶつかるのがめんどうなのか分らないが、そうしたいと思った。京子がきつく出たり、啓一と争いになりそうなのが、今から億劫だった。京子は、たったそれ一つだけになってしまった温泉町にある地所は、自分の子供に相続させるつもりである。永造はその地所を自分がほしいと思ったりしたことはないけれども、京子がそれを守っている様子には、なじめないものがあった。

いっしょに道を歩きながら、あるいはとなりのベッドに眠っている京子と、その地所とがくっついているように思うことがある。永造からも守ろうとしているのが憎らしく思わぬでもなかった。

それをこっちから話題にすると、京子は緊張する。

「きみは実に愚かな買い方をしたね。不動産屋にいて、不動産屋の主人からすすめられて買ったにしては、損な買物をしたものだね。七、八年の間ぜんぜん値上りしない土地というものは、見たこともきいたこともない」

「急に駅が出来て、駅からの幹線道路があそこの裏を通ることになっているという話だったでしょう。それにだいたい、あそこに寮でも建てて、寮母になって子供と一緒に暮すつもりだったんだから」

「どっちみち、そういう仕事は、あなたには向かなかったことだから、それでいいんだ。財産というものは、それでいいんだ」

永造は自分でも自分のいっていることの意味が分からなかった。

「でも、私はいいのよ。その代りが、この結婚生活なんだから、しあわせを得たのだから。つまり、不幸の代償で幸福を得たと思えば、いいのだわ。私、仏様に感謝しているのよ」

「そうだな。それにもともと、あそこは海が見えない不思議な地所だから。ぼくはこの前あの一帯の山を歩いてみたが、海の見えない箇所はあそこの二、三軒だけだった。よっぽどあなたのいたところの御老人は、あそこについてはカンが狂ったのだね」

「そうなのよ。彼は二号さんに頭をなぐられて、変にもなっていたのよ」

自分のいい方は、どこかおかしいような気がした。

「この家、売ってどこかへ買いかえたらどうかしら」

と京子がいったようだ。永造は顔をあげた。しばらく京子を眺めた。前田家の家のことをいっているのだ。

京子は家の中を見渡していた。それから天井を指さしたり、キチンをふりかえったりしていた。

(他人のいる前で、こういうことをいう。その真意は、どこにあるのか。もう、こんなことをいいだした。家の改造や引越のことをいいだした)

「そういうことは、慎重にした方がいいよ」

と彼は穏かに、だが強くいった。そのあと、もし食い下ってきたら容赦はしないぞ、というかまえを、とっさにひそかにした。それに、おれの身体にはポリープがぶら下っているのだ。ポリープというのは、いつ癌に移行するか分りゃしないのだ。そういうことを考えるときではない。

「一軒の家というものは、歴史があるものだからね。それを不便だからといって簡単にこわしたりするのは、感心できないな。自分の力で少しでも修理したり、悪くならないようにしたり、昔だったら、雑巾がけをしたりして、そういうメインテナンス（維持）に心がけることが肝腎だと思うな」

「感心できない」といったり「肝腎だと思うな」といったりするのは、永造が近頃になっておぼえた云い方だ。借り物だ。

「この家雨漏りするのよ。つい先だってまで雨が降ると桶やバケツやフライパンをいくつ並べても足りなかったのよ」

「とても雨漏りという程度のものじゃない。今でも二つか三つはいるときがある」

と彼は調子を合わせている自分を見出した。

永造は京子がもししつこく家のことをいいだしたら、そのときには、それなら別れる、といい出しかねない自分を感じていた。この程度に大した不満もなく暮せたら、お前が一人暮しをしているよりずうっといいじゃないか。それ以上のことを望むほど物足りないのかい、というところもあった。

しかし京子がほんとうにこの家を処分してしまおうと云い出したとき、自分は果して反対しきれるだろうか。反対しきれる理由が客観的にあるだろうか。もしあるとすれば、今から家のことをやり直すにはもうくたびれたということかもしれない。

しかし、不満とは何であろうか。永造は京子が不満をもつことに一種の羞恥心をもっているのだろうか。

京子は腹の中で、永造が亡くなって未亡人になったとき、この家を間貸しして暮すことを考えている。光子が結婚するまで光子の部屋を拡げておくことを考えている。それより何より、京子にはさしせまった一つの希望がある。

彼女は料理教室にすることを考えている。今のキチンは、もともと、料理台にしても、シンクにしても、キチンの真中にあって、両側から使えるようになっている十年前にアメリカでハヤったものをマネたものであった。二人以上一度に使うのに便利だが、一人で使うときは、片側が空いているので常時使っている部分が狭い。そのうえ京子と光子、京子と家政婦とが同時に使うときは、両側に分れて向いあっているということは一度もない。居間からまる見えの作りであるキチンの椅子は、陽子のいるときから、寝室と同様、見のがすことの出来ない場所であった。

そこはやがて食卓に並ぶ食物が製造される期待のところだが、妻がほんとうに夫婦生活をエンジョイしているか、もうイヤになっているか、あるいは気力だけで、実質がともなわないか、すぐ分ってしまうところでもある。

そこで妻が自分との生活をエンジョイしている証拠を見せているかどうかは、ちょっとでも忘れたり、観察をおこたったりしてはならないところだ。女たちはキチンで浮き浮きした笑声をあげたり洗濯をしながら何か歌の一くさりをハミングしたりするとき、永造もホッとする。あまり大きな笑声がきこえたりしてうるさくて仕方がない、と思うと、自分の部屋から陽子に怒鳴ったことがあったが、陽子が意外にショックをうけて、部屋の改造をしなければならない、と一月も二月も考えつづけていることをあとで発見して彼は驚いた。夫の書斎の改造とキチンの改造とが一度に大事な問題となり、それが実行されなくては、生き甲斐も働く気持も、二人が一緒に生活し、子供を育てて行くことも出来ないように、陽子には、思えた。五度改造し、六度引越をし、三度、家を建てた。

京子は、この三度めに永造夫婦が建てた家へ夜中過ぎに車で送ってきて、外から見た。はじめて二人がアパートで会った日のことだ。途中、酔った彼の同僚をおろし、青梅街道を西へ走らせた。レコードをかけていた光子が顔を出し、啓一が二階からおりてきた。そのわけを話した。

「どうしてあげなかったの」

と光子はいった。

「写真はないか」

と啓一はいった。

「家の中が落着かないから、早く貰った方がいいよ」

と二人がいった。椅子に並んでこちらの方を向いているのを見ると、もう大きくなった子供たちだが、雛鳥が母鶏を待っているように見えた。

「そういうわけには行かないよ。何も結婚するつもりで会ったのじゃない。お前たちがどうしてもといったとしても、お前たちだって何を考えているか分りゃしない。お母さんの位牌をうつして何ヵ月というところだからね」

永造は子供たちが連れてくるように仕向けて行ったふしもある。

その次に京子が昼間様子を見にきたとき、啓一が京子の顔を見てすぐ出かけ、あとは光子ひとりになった。光子が奥に入ったあと、京子はキチンの柱のところに背中をもたせて立ったまま、

「私、やっぱり考えなおすことにしますわ」

といった。

「どうしてですか、家《うち》の者は気に入ってるようですよ。自信がないのですか。心配することはありませんよ」

「自信？　自信はありますわよ。私のせいで夫と別れてるわけじゃありませんもの」

永造は光子に部屋を案内させていた。二階の寝室の枕の上の棚に陽子の写真があり、そこに花がいけてあったが、花はしおれていた。急いで写真だけかくして棚の上へ置いた。

最初のうちは、花の生気がなくなると、

「あなた、いいかげんなことしないで」

と写真の中の陽子の声がかかりそうに思われた。自転車にのって花屋へ出かけ、何のために花をひんぱんに買いにくるのか、たずねて貰いたいと思った。

キチンの柱にもたれていた京子は、じっと、彼の方を、部屋の中の家具を見るように眺めた。そして眼をそらした。

「私と先生の間に、もう何か関係でも出来ているのなら、それは話は別ですけど、……話ばかりせかれても……」

「関係というと」

「たとえば、身体の関係でもそうなんですけど。私は子供でも、初めてでもないんですから」

「ああ、そのこと」

京子は溜息をついた。それから急に何かに気がついたように顔を赤らめて、

「そういう意味じゃないのよ。私はそういうことは、どうでもいいのよ。そんなこと何もしなくったっていいのよ。そんなこと私は制御できるんですもの。あなたのような年齢の方がそんなにせいいて、こんなに再婚を急ぐのは、どうでしょうか」

何かを入智恵されてきて、それをそのまま口にしたのかもしれないと思った。

「それはあとでもゆっくり話が出来ることですから、とりあえず、これをつけて下さい。早く、光子、早く出しなさい」

「エプロンをですか」と京子はあわてたようにいった。

「私、そのつもりで来たのじゃないし、するのなら、自分のをするわ」

父親のいうことが分らぬように、しばらくぼんやりしていた光子は、

「いいんです。私はいいんです」

という京子の前へ、エプロンを拡げながら持ってきた。

「何でもいいからこさえて下さい。この前友人とお訪ねしたとき、酒の肴に出して下さった、あの豆腐の料理は、のんでいて時間の観念がなくなっていたけど、あれは手がこんだものじゃなかったですか。みんな喜んでいましたよ。仲間があなたのベッドの中へもぐりこんで寝ていたら、あなたに叱られたけれども」

「叱ったわけじゃありませんわ。カバーの上へ寝ていただいただけよ。あんなこと、おぼえていらっしゃったの。何だかいやだわ、私」

と笑いだした。

「ぼくらが使っているんですが、何しろガス代ばかり食うんだな」

永造はオーブンをあけてみせた。

「あなたが使っていらっしたの」

「ええ、ぼくも子供もですよ」

「奥さまが度々オーブンを使っていらしたのね」

「そうですよ」

永造はどうともとれそうな微笑をうかべていた。

彼女はまだエプロンを手にもったまま、ぎごちない姿勢で、自分の前の狭いところに割り込むようにしてかがみこむ永造を肩越しに眺めていた。

「ぼくらが何かこさえてもいいんです。ねえ、光子。あなたはどんなものがお好きですか。嫌いなもの、ありますか」

啓一がいてくれたらよかったと思った。こういうときに、啓一がうまいことといって助けてくれそうに思えた。いざとなると、啓一がいうことは父親とほとんど同じようなことで、きいていて、その身ぶりや口のきき方や内容まで似ているので、腹が立つこともあるが、それでも十代の終りの男の子供がいうことは、年輩の女にはいつも好感がもたれた。

「この家でいっしょに暮して行きましょう。あなたはまだまだお若いのだから、もう一度生き直すべきですよ。あなたは」

永造は京子が傷心を抱いて関西の寺を廻って歩きたいと思っているという話をきいたときに、いっしょにそこへ出かけて行こうといっていたことを思いだした。

「子供にそういって、あなたの行きたがっていた寺へ出かけましょう。その尼寺へ行って有名な地蔵を拝みに行きましょう。千何段ある長い階段をヒグラシの声をききながら、奥の院まで登って行きましょう。あそこは行をするために女の人が登って行ったのですってね。今でもそういう人はいるのかしら」

「このお家はほんとうに雨漏りがするのですか、今でも」

と京子は天井を見あげた。

「そうですとも」

永造はほとんど喜んででもいるように、その話題を迎えた。

「そういうことを、先生はいいふらして歩いているんですか」

「もう、この家は売ろうと思ったって、建築雑誌に悪い家の見本として書いたりしたんですから、売るわけにも行かないでしょうね」

京子は堅い表情をして、壁のあたり、鉄の柱のあたり、ガラス窓を通して外を見た。雑草が生い茂っていた。傾斜地に斜めに生えている樫の木は、家を建てるので土を移動させたときに、根を掘りおこして土といっしょにそのまま運んで置いたのが、放ったらかしてあるものであった。梅の木が何本かあるが枝を払ってないので、根元の灌木のしげみといっしょになって、そのあたりから敷地の低い方へはおりて行くことさえ出来ないように見えた。そういう茂みの中から、かなり大きい白樺が二、三本、首を出して、ヒラヒラ葉をちらつかせていた。

「あなたを待っていますよ」

と外を指さして、永造はむしろ得意げにいった。

「私の方は御覧の通り、アケスケです。何のやましいところもないし、隠すところもありません」

永造はしゃべりはじめると、前から用意しているように一段とおしゃべりになった。

「二階の寝室の模様がえはどういうふうにしてもいいんです。ぼくはあれですよ、よく雑誌に夫婦の寝室のことについて、奥さんがたが色々と工夫をこらすようなことについてですね。あいうことは子供っぽくておかしいのであって、そんなことよりもっと大事なことはいっぱいある、たとえば、思いやりとか責任とか、そういったものの方こそ大切なんだ、というようなことをいってきましたが、ぼくは、この頃、ああいうのは、あれでいいんだ、妻は子供っぽくていいんだ。その方がいいんだ、と思うくらいなんです」

雑誌というのは家庭雑誌のことで、そこに彼は人生、夫婦の相談の欄に毎月、毎月、もう何年も書きつづけてきていた。

「それだけじゃなく、マイ・ホーム主義はどうかと思う、というような意見を、私に求めてきたりするけれど、ぼくはあれはあれでいいんだ。マイ・ホーム主義、何が悪いというふうに思うんですよ。子供たちだって、そうだと思うんです」

光子の背中が眼に入ったように思った。

「ここの戸棚はとても使いにくいので、こういうふうにして、頭を打たぬように上体をそらせるようにすれば、まあよけられます。ここのところはもと冷蔵庫が入っていたんですが、冷蔵庫を入れると、この洗い台が置けないでしょう。もともと、洗い台がなかったのです。だから、これは、あとになってから注文して入れたんです。この料理台とガス・レンジとのシンクの順序が間違っていたのですよ。それでこういうふうに置きなおし、ここのところへ、洗い台を入れ、こうして、壁とここのところにあとからステンレスを敷いて水が洩らないようにしたんですよ。だからここは固定して動きません。冷蔵庫はもう型が古くなっちゃったので、あそこへもっていってあるが、あそこで使いにくかったりすれば位置を変えてもいいのですよ。今まで色々工夫して、ようやくあそこに置くことになっているんです。

それにこのディスポーザーです。こいつがスウィッチを入れると、ほら、こういうようにガタガタふるえるので困っているのですが、どうにもならなくて、これまで過してきたのです。いつだったか、病人のために、いや、病人のためじゃなくとも、ぼくらもこのところずうっと、このジューサーを使っているのですが、この止め金がこのディスポーザーのこの穴のところに落ちこんで、カラン、カランと音を立てるのです。機械がとまるし大騒ぎをして調べて見ると、止め金でしょ。すっかりマメッして使いものにならぬものだから、それで何とかしてくれ使いものにならぬ、というわけで、ぼくはこのメーカーのある、有楽町の店へ出かけて行きましてね。たったこの小さい止め金一つのためですが、こいつが大問題みたいになりましてね。それがあったのですよ。型が古くて、部品がないから駄目だといわれるかと思ったら、ありましたよ。うれしかったですよ。もう家の中が一度にうまく明るくいくと思ったくらいでしたね。

この真中にある、この列の棚ですね。ここにフライパンや三日分のカレーやおでんなんかの煮物をするときの大鍋や、ほら、こういったカサばるものばかり入っていますね。うちではカレーは何日も作っておくことがあるのです。あとになるほどおいしいでしょ、カレーは。それに正月の煮物は、このくらいの大きさの鍋の方が都合がいいでしょ。こういう大型のものが入ると、この棚は両側からあくような仕掛けに作らせたので、あいたのですが、ハミ出ると向う側の戸があいて下手すると音をたてて落ちたりするでしょ。そこで向う側はあかないようにしたので、あんなふうにあそこだけ色が違うのです。そのときに幅を広げたものだから、こう突き出しています。これは見っともないことは、見っともないが、何かほかの考えがあれば、変えることが出来るのです。

この抽出は一つこわれています。ここのところに受け台をあとから作らせて、また止したのです。それだけで一ヵ月の悩みでした。この通路のせまさ。これが悩みの種でした。ここにあるのは、これはおトソの道具です。これは、貰いものですが一度も使ったことがないので、啓一がよその家では使っていたといって、この正月にはじめてぼくらだけで使ったというわけで、こんなところにあります。あなたがおいでになれば、あなたの部屋にあった、ああいう道具類はどうされますか」

「お父さん、お客さんに悪いわよ。そんなことばかり勝手に話してて」

光子のいう声がきこえた。

17

ガラス窓の外には夜景が文字通りひろがっていた。絹子が、この頃のハイ・ウエイのトンネルの照明のことを話しはじめた。ダイダイ色の美しすぎる照明もあった。それは危険で取りやめにしたとか、すべきだとか、という論旨だった。あえぎあえぎ登る排気ガスがこもって息がつまるようになるトンネルに限って、真暗だという話にもなった。それは、その通りだ。

永造は京子の勤めている、主として外人相手の不動産屋をはじめて見た。オリンピックに間に合わせるために強行して拡げた通りの、向う側のビルの一階にあった。それを通りのこちら側の教えられた店の前で、彼は眺めていた。

どこでいつ誰から聞いたのだろう。あとになって聞いたのかもしれない。京子から聞いたのでなければ、彼が知るわけはない。となりのベッドからきこえてきたのかもしれない。その事務所へ新しい、十代の女といっしょに暮していた伊丹が子供を貸してくれといってやってきた。ベッドといえば、光子とも相談して、新しくデパートから求めてきたカバーをかけたベッドを二つ、(その一つは陽子が寝ていたものであるが) 春には山桜の花が眼と鼻のところに見える南の窓を枕にして並べたが、あの位置のときだろうか。それとも、もう一度、以前のように東側を枕におきもどしてからだろうか。

といってもその部屋にはもともとベッドを二つ置いたことはなかった。もともと、そこは、彼の書斎兼、寝室だったたから。

借りて行った子供は一日か二日で土産や玩具をもらって戻ってくる。つまり伊丹は自分で車を運転してそこの店の前までやってくると、子供がドアの中へ消えるのを見届け手をふってまた車に乗って去って行った。ある日から連れてこなくなった。

伊丹から京子に電話がかかってきた。

「どうも帰りたがらないから、うちへ置くことにするよ」

そのしゃべり方には余裕があった。京子は大きな反応を示した。

「あんたが帰りたがらないようにしむけたんじゃないのよう」

「子供は遊んで貰うものがいないので淋しいんだよ」

「いらぬお世話よ、留守番に女中がいるわよ」

「それが大して世話をしてくれないことは、お前も知っているだろう」

夫は笑った。京子が威丈高になると、小バカにしたように笑って返す。ほとんど計画的かと思えた。もっとも即座に京子も笑い返す。

事務所を眺めながら、永造はその二人のやりあう空想上の姿におどろいている。

子供はもと使用人だった女と父との三人の生活を始めたところが、ある日ひとりで京子の店へ、京子のいないときに訪ねてきて、そのまま帰って行った。悲しい物語だ。そのあとで京子は、どんなに怒り、どんなに喜んだであろう。鬼の首でもとったように皮肉たっぷりに伊丹に電話をかけたに違いない。

夫の伊丹久のところへ色んなモデルが来ていたが助手にしてくれといって中学を出たばかりの女の子が訪ねてきた。助手は彼女の工面してこさえた夫のスタジオで、ヌードのモデルをかねて被写体になりだした。夜通し仕事をしていることもある。「だからアパートを借りてやったのよ。私が彼といっしょに探してやったのよ」と京子はいった。それをきいて「それは具合が悪い。京子、何かしら、それは具合が悪いよ。彼もお前も」

と永造は心の中でいった。

すると、彼はその助手の百合子をアパートに送りとどけて、帰ってくるのに二時間もかかった。

「こういうふうだから、彼が康彦、康彦というのは、むしろ腹立たしいくらいだったのだわ。康なんか可愛いくなくなったわ。私が可愛いくなったのは、夫と別れてから、私が一軒家を借りて前の女中といっしょに住むようになってからよ。子供が私ひとりの帰りを待っているようになってからよ」

「その頃、あなたは、電話ボックスの中へ五十万円置き忘れて電車に乗り、二つめの駅まできたときに気がついて駅から電話をかけ駅員にボックスを見て貰ったのだからな」

「何に包んであったの」

と光子がきいた。

「新聞紙にくるんであったのよ」

「弁当箱と思って、誰もとって行かなかったのよ、きっと」

と光子がいった。

京子はニコニコしていた。光子も笑いだした。電話ボックスでの話は二度も三度もくりかえされている。

京子は通りを渡り終る頃、永造が自分を眺めていることに気がついた。身体が触れたりつかめたりするところまで近づいてきた。

「今日はだいぶん降りそうですね」

と彼はいって、空を仰いだ。

「そうですね」

と京子も横眼で彼を見あげて、おつきあいのように空を見た。そして、

「そこなのよ、そこでお話ししましょう」

といって先きに立って歩き出した。京子を後ろから眺めた。そうして眺めたりする必要もな

くもうこれからそばにいるのだ。

「子供は主人の方へ預けることにして、今朝二人で手続きをすませました。もう一切会わない約束をしました。私の方は全部すみました。あとはいつ仕事をやめるかということだけです。帳簿を整理して引き継ぎが終るまでどうしても一ヵ月近くかかりますから。それでは」

といった。

「では、婚約ということにします。ありがとうございました」

「もう一ついっておきますが、私がつきあっていた若い男の人には、もう何も心が残っていません。最近結婚してからも、私とつきあおうといってきたので、それで心がきまりました。あなたには、その人の家の人にも、私の今の勤先の社長にも、会っていただきたいわ。私が連れて廻ります。若い男の人の父親という人には母の代から世話になっていますし、こちらの社長には危く二号さんになるかも分らないところでした。この二人にはどうしても会っていただきます」

「子供を連れてくる分には、私の方は最初からいっているのだから。もう一度いうが、私の方は来てもらった方がいいくらいなのですが」

「私が困るのですわ。自分の子供がいると、そちらの方の子供さんの面倒は見きれないですから」

「あなたの久ちゃんの奥さんになるその、百合ちゃんという人は、いやがりませんか」

「あの子は、なかなか性質のいい子なのよ。それに、そのことについては久ちゃんと昨夜もちょうどここでよく話し合ったうえでのことです」

「私は、家《うち》の子供とあなたの子供とが仲よくして留守番をしているときに、——きっと仲よくしてくれる。——そういう点は私は自信があるのですよ」と永造は熱した口調で説得にかかった。京子は疑いぶかそうに見つめた。「私とあなたは、どこかでさりげなく、東京でも比較的きれいな川のホトリとか、そういったところで、私どもは、キッスをしたりして将来を誓ったりしたいと思っているのですが」とくりかえした。「それが出来ないとは、残念なことですね。私がこういうと、あなたはおかしな子供っぽいことをいうと思うだろうが、それはそうではない。そう思ってはいけない。あなたがこの前の夜アパートでいっておられた、室生寺へひとりで登りたいというような考えと、そっくりかどうか分らないが、同じようなことにちがいない」

「私、学校の先生とお話をしたことが、あまりないから分らないけど」

「それは先生というものとは関係ないですよ」

「よく分らないけど」

と京子はくりかえした。

「でも私の方はまだ色々な手続きを終えてからでないと、そういう細かいことまで気が廻らないんですの。でも私は先生が男性として生理的に若い人と同じようでなくて、まったく駄目だとしても、かまいませんのよ。私はそういうことは、どうでもいいんですの」

「そんなことはない。そういう考えは間違っている。ありがたいようだが、間違っている」

と永造はムキになっていった。「だいたいが、そういうことをいおうとしているんじゃない」

「今から喧嘩をしてもはじまらないですわ」

「これは喧嘩じゃないですよ」と永造はいった。

「しかし、あなたが、その方がいいというのなら、どこまでも反対するわけじゃありません
よ」

「いいえ、喧嘩だわ」

「そうかな」

「とにかく、これは私のことだし、私がこれでいいというのだし、久ちゃんも、それでいいというのだから、これでいいのですわ。久ちゃんがあなただけじゃなくて、私を信用していないかもしれないから」

「ぼくを信用しない？」

永造は笑った。

「考えて見ればそうかもしれない」

「不愉快にならない？」

「いや」

と永造はこたえた。そうこたえるのに時間がかかった。

「ぼくだって、そうかもしれない。もし家の娘がそういうことになれば」

「あなたは何か満足してないのだわ」とダダをこねるようにいった。「あなたとまだ婚約をかわしたばかりだから、もしイヤならいいのよ、結婚しなくて。それに指輪下さったわけじゃないし。皮肉でいっているのではないのよ。私は久ちゃんには皮肉ばかりいってたけど、これは違うのよ」

永造は微笑していた。

「ねえ、だんだんあなたが抱いていたイメージから遠ざかるでしょ、私って。そうならそうと、ハッキリいって下さらないと、いやですわ」

彼は彼女がどうしても子供をいっしょに連れてきたいといわないのが、確かに気に入らなかった。

数ヵ月たったある夜、永造は仕事の関係でズルズルと飲み歩き、朝の三時頃に車でもどってきた。そんなに遅くなったことは、京子と結婚してはじめてのことだ。都心から一時間はかかった。

「何か事故があったかと心配してたのよ。眠れやしなかったわ。今あなたに死なれたら、私困るわ、何も考えてないんですもの」

電話をしなかった理由は色々といった。

「さっき久ちゃんから電話があったのよ」

「へえ?」

「その前に夕方、警察から電話があって、そちらに伊丹の子供がきていないか、ときいてくるのよ。どうしたのか、ときくと、あなた、康は家をとび出して四日目だというのよ。こちらにきているはずはないじゃありませんか、というと、あなた方は夫婦とも情《じよう》なしだな、と乱暴な口のきき方をするのよ。夫婦が心配しないで誰が心配するんだ、というのよ。だって、私は今は前田家のものよ。前田家には二人も子供がいるし、私は前田の妻よ。そういうことにして暮しているし、それが現実よ。それだけならいいけど私が匿まっているのではないか、と私を疑い返すのよ。

康の新しい母親がいるでしょう、というと、それが届けるのがおそい。三日もたってからで、今日も伊丹さんが仕事を終えて帰ってからやってくるというぐあいだからね、というのよ」

「どこを歩いているのだ、もううすら寒い季節じゃないか」

「そうなのよ」

「久ちゃんは、何をいってるの」

永造は写真で見たことのあるその男の姿を思いうかべた。

「三十分も四十分も話しつづけるのよ」

と京子は昂奮した笑いを洩らした。

「お前がおびきよせているに違いない。私が康に会っているから、私のことを思い出して家を出て探し歩いているのだそうよ」

「しかし、あなたが会ったことはない、とぼくにいっていたよ。あれは本当のことだろう。あなたは前の小学校へ訪ねて行って先生に会ったとき、遠くから子供の姿を眺めたのが一度。もう一度は新宿の二幸の前で、前の女中さんといっしょに歩いているところを見たことの二度だけだろう。どちらのときも見られてはいない。それは、ぼくのところへくる前のことだろう」

永造はさぐるようにいった。

「もちろんそうよ」

「そのために、ずいぶんと悲しい気持になった、と僕も思ったのだから」といいかかって止めた。

「会っているのなら、朝ベッドの中で泣いていたりしないよなあ」

京子は眩しそうな顔をして夫を見あげた。そして眼をそらした。

「私、ウソなんかあなたについていませんよ」

と、首を横にふった。

「ぼくにウソなんかつく必要もない。ぼくは始終会っていられるように、家《うち》へ連れてくることを提案したくらいなのだから」

「お前さんは新しい旦那もって調子がいいようだしなあ。こんどは康をとりたがっているんだろう。欲しけりゃ、やらないこともない。旦那が土下座してくれや、考えてやってもいい、というんだから、笑ってしまう。うちの旦那はそんなんじゃない」

京子は笑いだした。永造はそれを黙って見ていた。

「うちの旦那はそんなんじゃない」と京子はくりかえした。「といってやったわ。とにかく旦那に話をつけるからまた電話をする。いつ帰ってくるというから、今日は仕事先きの招待で何時になるか分らないから、こっちから電話したげる、といっといたわ」

京子はうつむきながらまた思い出したように笑っていた。

「久ちゃん、仕事の方がこの頃さっぱりなのよ。それで割の悪い仕事をして、駈けずりまわったり、遠くへ旅に出るでしょう。そのあとに子供がいなくなるものだから、おこっているのよ。私には手にとるように怒った顔が分っちゃうもんだから、おかしくって」

「仕事がうまく行っている行っていないの問題じゃないなあ。何もこっちだってうまく行っているというわけでもない、安月給なんだからなあ。しかし、康ちゃんのことは放っておくわけには行かないのじゃないのかね」

「でも、向うの問題よ。そのために私はこうして結婚してきているのに、こっちへ言いがかりをつけてくるのは、虫がよすぎるのよ」

ベッドの中の悲しそうな様子が見られないのは、どうしたことなのだろう。

「あなたに土下座しろといったとき、うちの前田に、笑われるだけだといってやったわ」

と京子は急にうわずったような声を出した。

「土下座はいくらしてもかまわないけどね。そういう言葉は長らく忘れていたので面白いと思っているのだ。度々使っていたのかな、あなたといっしょのときにも」

皮肉に見えてしまったかな、と永造は京子の顔を見た。伊丹と電話で対面した。

「私は前田です。前田永造です。坊っちゃんのことは御心配ですね」

と先ずいった。

「ぼく伊丹久です」

その声と写真の顔とを合せようとした。東京人の坊ちゃんふうの男によくある、舌足らずのような、鼻にかかった、よく芸人に見かけるような話し方である。

「あなたの奥さんにも話しておいたのですが、あれはぼく達が苦労して育てているのですからね。その子供を今になってよこせというのなら、大きな顔をしていて貰いたくはないんですよ」

「大きな顔というのは、誰のことですか、前にあなたの妻であった、今の私の家内のことですか、それとも前のあなたの妻であった京子の今の夫である私のことですか」

と永造はわざとゆっくりいった。

「あなた方、二人のことですよ」

「そうですか。二人のことのつもりですか」

「あんたも、私の子供を欲しがっているそうじゃないか」

「なるほど。私が欲しがっている。そう、欲しがっているかもしれない。私は欲しがっているかもしれないが、家内はそうでもありませんよ。その点は誤解なさらぬ方がよい。まだあれから見つかりませんか」

「見つかりませんよ。あんたはこのことは面白いでしょ。自分のことじゃないから。あんたは傍観者だからね。傍観者には分らないよ」

「傍観者？」

永造は笑った。

「そんなところへ大事な子供をやれるものか」

「問題はその大事な康彦くんのことです。もしあなたの思っておられるように、康彦くんが、母親を恋しがって度々家を出てしまうというのなら、ここで考え直した方がよいのではないでしょうかね」

京子がそばにいた。伊丹のそばには彼の妻がついているに違いない。

「いや、そうじゃない。おびき寄せているんですよ。あなたには分っちゃいないんだ。うちじゃ家内もどんなに苦労しているか、前田さんあなただって分るでしょ」

「酔っているのよ。久ちゃんは、あまり強くないのだから」

電話の内容はよく分らずガウン姿のままの京子がいった。

「すみません」

おや、「すみません」といったな、と永造は笑った。

陽子に「すみません」といえ、と何度も迫ったが、陽子の口からきいたことはなかった。京子の口からは、屢〻出てくる。

「前田さん、あなたは偽善者といわれても仕方がないね」

「ほう」

「偽善者といったんだが、分った？」

「偽善者ね。これもしばらくぶりの言葉だ」

永造は思わず乱暴にいった。

大分前から考えていたのだな、と思いなおした。

「それでは私の物の言いようがない、いわんや、出番もない。出番がないことはかまわないが、問題は康彦くんのことであることには変りがない。今ごろ外をほっつき歩いている子供なんてものがザラにいるわけじゃない。それともう一つは、ほかでもない。警察と、あなたが、私の所へ電話をかけてきたということです」

「そんなことは、どうでもいい。あんたの口からいって貰いたくないんだよ」

「ほう、そうかな」

「お前さん、雑誌に書いていたじゃないか。まるで古バイオリンに生命を吹きこんで、鳴らしはじめるというようなことをね。あれが京子のことだろう。自分の家《うち》のことをしゃべったり書いたりするのはあんたの勝手だが、こっちのことにかかわることは、止してもらいたいですね」

そばで京子がいった。

「あなた、顔色が悪いわよ、久ちゃんにつきあうことないわ。あっちは酔ってるのよ。弱い犬ほど吠えるのよ。それに康のことは、もともとあなたには関係がないんですから、ほんとにすみません」

「酔っているといえば、ぼくだって酔っているんだ」

と永造はレシーバーを手で抑えていった。

伊丹のよい仕事がないならば、自分とつながりのある出版社のフォト・デザインの割のいい仕事にありつけるように話をつけようかと京子に相談したことがあった。

「久ちゃんの仕事見ていると、これでは伸びないと分っていたのよ。私が別れる気になった一つは、それもあったのよ」

と京子が何かの拍子に語ったあとだった。伊丹に世話をするなどということをしないでよかった。しかし、よかったとほんとうに思っているわけではなかった。

18

偽善者だとか、おせっかいをやくな、お前は傍観者じゃないか、という伊丹久の電話の声は、今でもこんなによくおぼえている。大分前の小説の中によくあった。昔の学生はよくつかった。しかし、ほんとうにみんなが使わないのだろうか。使わないと思いこんでいたのは、永造が、何かそう決めこんでいたためだろうか。それならそれで、何故なのだろうか。

自分に対するこの批評の言葉を、永造は京子にいいたくなかった。京子は彼に味方をするが、味方して貰いたくなかった。彼はこのまま引きさがりたくないと思った。

「いったい、どういうところに寝てるんだろうね」

と光子がいった。

「真黒になってるんだから、風呂屋のカマのそばか、ガレージで寝るんだろう」

と永造はいった。

「話がついたら、家へ連れてくるというのは、どうだ、啓一はどうだ」

「ぼくの方はいいが、向うがどうかな。なつくかな」

「ママといっしょにいる時間が長いのだから、子供の気持は楽だろう。お前が食事時に不平面をしたり、じっとよその子を見ているようだと、これは分らないよ。だけど啓一は、昔から子供には好かれるし、お前もよくするだろう」

「どうかな。ぼくをアテにされるのも考えものだよ。このごろは、オレも子供になつかれるのは、メンドくさいときがある」

「たしかに内面《うちづら》は悪いからな」

「お母さんは気をつかう方だから、ノイローゼになったりしたら困ると自分で思っているんでしょう」

「そう、光子ちゃんのいう通り、もしこの家から不良が出たということになったら、私、そう思っただけで申し訳なくて」

「こっちは可哀想だと思うよ。お父さんがそうするのはいいよ。しかし、向うの方で、ありがたがっていないというんだろう」

「そこのところは、先方がありがたがるかどうかは別として、話がつかぬのにムリヤリに連れてくるというのじゃない」

「要するに先ずママと会わせるということだろう。どうかな。ママはどこにいると思っているんだ。まさか死んだといってあるんじゃないだろう」

「アメリカへ行ったことになってるのよ」

「アメリカへ？」

啓一はニヤニヤ笑い出した。

「どうしてアメリカなんだろう。アメリカへ何しに行ったことになってるんだろう」

「兄ちゃん、それや、遠いところへ行って、簡単に会うことが出来ないというつもりよ」

「子供は敏感だから、アメリカじゃなくて、このあたりにいること知っているんじゃないか」

「いいかげんなこというな」

「アメリカで何してることになっているの。留学というわけでもないのだから。子供にいえば、きっと分るまでききだそうとするもんだよ」

「兄ちゃんと違うわよ」

「それは先方のことで、こっちが、今気をもむことじゃない。もうすんだことなんだ」

「ぼくや光子のような年になった姉や兄といっしょに暮すというのは、どういうものかな。向うにいるのと、こっちにいるのと、どっちがいいか、子供の気持になってみないと、分らないよ」

「一ぺんにというわけじゃないが、康ちゃんが家《うち》へくることになってもいいな。どこから不良が出るも同じことだからな。それに不良にならぬために、どうするか考えてのことなんだから、将来のことはまた別のことじゃないか」

「兄ちゃんは、ケチなのよ。家《うち》の中によその者が増えるのがイヤなのよ」

「違うね、それは」

ニヤニヤした。

「ぼくは、せっかくみんな努力して損をしなけれやいいんだ」

「やっぱりこの話は、この家とは無関係のことだわ。すみません、もういいのよ」

「私はお母さんが苦しまなきゃ、いいわ」

「私、きっと苦しむわ」

京子は、どうしてここの連中は子供っぽいくせに妙に大人みたいなことをいうのだろう、桑原、桑原、という顔をした。

「この家《うち》へ何だって電話してくるんだろう」

「兄ちゃん、そんなこといって、お母さんを苦しめるだけよ」

「しかし」

「だから、兄ちゃんは、ケチだというんだわ。この家《うち》へ電話かけてきたから、自分の家《うち》の電話料がかかるぐらいに思っているのよ」

「そうは思わないよ、バカだな、いいかげんにしろ」

「ほんとにこのことは、もういいんですから。忘れてちょうだい」

「あの子が、どこかをうろついているということは、忘れるわけにはゆかないからね」

と永造はいった。
二、三日の間、永造はこのことについては京子に黙っていた。家出をした彼女の息子がどうなったか、ということを彼女は問合わせてたしかめるだろう、何事もそれからあとでいいし、彼女にうるさくきき出すのは、偽善者めいて見える。そんな言葉ぐらいでヘコタレはしないし、そのことについて、伊丹久に、事実上、その言葉を撤回させるようなことをしないではいられない、と思った。黙っていると、生甲斐をかんじた。リビング・ルームで座ブトンを枕にして眠っていた啓一が身体を起して、
「あのことは、どうなった?」

と父親にきいた。

「あのこと? あのことって何だい」

と彼はこたえた。

「そら、あれじゃないか。ママの子供のことだよ」

「ああ、あれ、あれは、あのままだよ」と彼はようやく気がついたというふりをしていった。

「あれから、お前の意見は変ったのかい」

「変った? 別に」

「そうか」

「忘れていたが、住む部屋がないよ」

「そのことを考えていたのか」

「別に、オレは考えていたわけじゃないよ。ただ人が一人増えるとなると、その用意があるかということだけだよ」

「当然そうだな」

「お父さんは、考えていないよ、オレには分るんだ」

「それをいうために、お前はそこで眠っていたのに起きたのか。急に気がついたのか、それとも、暇だから、この話をはじめたのか」

「何を怒ってるんだ」

「怒ってるわけじゃない。もしお前が、おれのことを怒ってると思うんだったら、お前がそう思う理由は、お前の方にあるだろう。ひょっとしておれは怒っているかもしれない。お前がそう思うのなら」

「何を怒ってるんだ。お話になりゃしないよ」

「お前、いつから、そんなによく考えるようになったんだ、といってるんだ」

そのあと、すぐつけ加えた。

「男の子がくれば、家《うち》の中の一番大きい部屋、つまり二階のお父さんたちの寝室にお前とその子と二人で住んだらどうかとも考えてるんだ。お前がイヤかどうか分らないがね。犬にだって好かれるんだからな。動物は一番たしかなんだよ」

陽子がいつかいったことがあった。

「啓一はお父さんよりもいい顔をしているし、男らしいわよ」

そのとき、光子に語りかけていた。同じ部屋に彼がいた。啓一はいたかいないかおぼえていない。いたかもしれない。いただろう。テレビでも見ていただろう。陽子は企みがあっていったわけではないが、心の中で思っていることを、平気でいったのだ。そのあと永造が冗談をいって茶化せるぐあいになっていたらよかった。そういうことを望んで、陽子がいったわけでもないことが分っていた。要するにタワイもないことだ、という顔をして永造は黙っていた。啓一がテレビを見ているのがどうして腹が立ちつづけるのだろう。啓一がテレビを見ているのを文句いうために、その部屋へやってきて、そのことがいい出せずに、彼はそのままそこに腰をおろした。陽子が身体をきゅうくつそうに動かした。

「あんた、何のためにここにきたんですか。書斎にいたらいいじゃないの」

といっているように見えた。そのときに、陽子はあんなことをいいやしないから、もっとほかの時だったろう。

「それじゃ、オレが自由に出来なくなるじゃないか」

自由にしていたっていいんだ。兄貴がいるということが、男の子にはいいんだ、と思っていたが、彼は口にしなかった。

「問題は広さのことなんだ。狭過ぎるのは、よくないからな」それから永造は考え込んでいるのを見て、いった。

「お前が外から戻ってくるとき、弟が学校友達とあそんでいて、兄ちゃん、と呼んでくれたり、家へついてきたりするのは、とてもいいものだよ。ここへくれば、誰も両親そろっていないということがいいんだよ。お前たちも、康ちゃんも、立場が同じなのだよ。お前そう思わないか」

「オヤジさん、ほんとにそういうことを考えてのことなのかい」

疑わしそうに啓一は横眼で眺めた。

「どうして、いちいち、そういうことを考えるんだい、オヤジさんは」

「お前がそういうことに無関心なのは、お前が親でなくて子供だという証拠なんだよ」

啓一はタバコを口にくわえた。

「お前は何しろ昔からおかしな息子だ」

と永造は煙りを見ながらいった。そのタバコの吸い方は最初から小生意気で、顔をしかめ、灰を器用にはたいた。その大きながっしりした指は、母親ゆずりのものだった。

「息子でも、娘でも、話相手というものが、いるもんだ」

と永造はいった。啓一が顔をそむけて窓の方を見た。横顔には両親の顔をうけついでいるものだが、陽子にそっくりのその横顔にも、自分の顔があるはずだ。

「そのことはもう前からきいて知ってるんだ」

という表情がそこにあった。それでも永造は続けた。

「父親や母親では困ることがあるんだ。兄貴や、姉がいればいい。光子の相手はさしあたり京子、つまりお母さん、ママ、だな。康ちゃんの話相手はお前だ。お前の話相手は、このオレでは駄目だ。お前が今、思っているように、オレの話はくどくなるし、お前もバカにしている。そういうものなんだ。どちらが、悪いとか何とかいうもんじゃない。向うの家だって同じだ」

「向うの家って、どこだ」

「向うの家？　お前、きいていたのか」

永造はムカムカしてきた。

「啓一、お前、何も熱中するものがないのか」

口のあたりまで出かかってきた言葉を押し返した。

康彦は四日目に戻ってきた。京子が伊丹のところへ電話をかけると、伊丹久の妻の百合子が出てきた。

永造は、

「よく無事にもどってくるものだな」

といった。

「警察につかまったのかな」

「百合ちゃんが探しあてたらしいわ。氏神さまのお祭りに歩いているところを見つけたそうよ」

「見つけられて、おとなしく戻ったのかな」

「きっと、そうでしょうよ。私、百合ちゃんに叱られちゃった。産みっぱなしにして、こっちに迷惑をかけといて、見つかったか、もないもんですよ。あんた、何さまですかって」

「何さまでもない。あの子のおかあさまで、只今はこっちの奥さまだ、といってやればいいさ」

京子は笑い出した。永造はわざと、まだ京子が笑っているうちに途中で笑いを止めなければならないように唐突にいいだした。

「京子、この問題はハッキリさせといた方がいいよ」

「あの子（百合子）、久ちゃんが遠出の仕事から帰ってくると、康彦がいないでしょ。それで久ちゃんが疲れてるし、子供には裏切られるし、ブリブリおこるでしょ。そこで百合ちゃんが、私のせいにしていいのがれをするでしょ。それで電話をかけてくる、という順になったのだと思うわ」

この数日、京子はひそかに、そうしたことを考えていたと見える。

夜おそく帰ってきた啓一が、

「ウイスキー、もらっていいか」

といった。

「いいぞ、お前、そういうふうに気がねせずにいった方がお互いにいいんだ。何にする。どれがいい？」

「白でいいよ。どうせ、ぼくら、外ではトリスしか飲めやしないんだから」

「その点、おれ達だって大して変らないよ。つい先だってまで、トリスどころか、焼酎だった」

啓一は黙ってサントリーの白のビンを、投げやりな恰好で、棚からとり出してテーブルの上に置いた。

「オン・ザ・ロックにするか、何かチーズでもつまんだらどうだ」

これ以上いうと、息子が怒り出すかもしれないと永造は穏かな調子でいって、様子をうかがった。いう通りにすれば、もう少しいいつづけたり、からかってもいいし、もしこちらのいうことを無視するようなら、こちらも、かまってやらないという態度に出るか、どなるか、どちらかだった。今から覚悟をきめて置けば、どちらにもなれた。そのことを彼はしびれるように喜びを感じながら、どちらにしようか考えた。どちらを選んだにしても、一つのカケだ。選んだは選んだで、それは快感に違いなかった。

啓一は氷を入れずそのまま一口あおると、西部劇に出てくるカウボーイのようにテーブルに向ったままの姿勢で、つぶやくようにいった。

「どちらでもいいことだが、話というものは、途中で尻切れとんぼになっていると気持が悪いからきくんだ。そのことを先ず誤解がないように分ってもらいたい」

「オレとお前の間柄だ。酒をのまなければ云えないというわけでもないだろう」

「そう不満に思うことはないだろう、オヤジさん、ほんの少しなめているだけなんだから」

「酒のことは、いいよ。お前も大人なんだから。いいともさ」

「酒をのまなきゃ、いえないというわけじゃないんだ。これは迎え酒みたいなもんだ」

「迎え酒」だとか、「気持が悪い」とか「誤解がないように」というのが、何か驚きだった。

啓一が言葉を覚えはじめたときのことは記憶にないが、光子が急に「ゼッタイ」といい出したときは、驚いた。

そのことは黙っていた。そのうち別の言葉が出てくるのを見ていてやろうと思った。どうせ、学生同志、外でのんで話しあったときの口調がそのまま残っているのだろう。

「オヤジさん、古山という人に会うのかい。子供のことで。それはあれだろう。その人の奥さんと、ママの前の旦那とが抱きあって写っている写真があった、あの人だろう」

「お前知っていたかな」

と永造はいった。会うとか会わないとか、いわないで、そういった。

「オヤジさん、湯河原のママの家に置いてあるママのアルバムをぼくに見せたことがあるじゃないか。ママのアパートから荷物をうつしたときに、アルバムがあったじゃないか」

「あれはお前、裸の脚だけかいて、こっちに抱いている腕をかいて、ハートのところに矢をかき、写真をとりなおしたもんだ」

永造はつぶやくようにいった。

「あれは、伊丹というダンナが撮ったんだろうよ。そういうことが、気にくわないのか」

「いや、気にくわないとはいいませんよ。何もそうとはいいませんよ、ワタシは」

「ワタシはか」、といえばいえるが、あまりハシタナイ、と永造はやめた。

「古山って、どういう人だい」

「どういう人って、お前、くわしいことをききたいか」

「別にききたくないね。それはオヤジさんの頭の中にしまっておけばいいことだよ。ママの友人かい」

「そうだ、もともと近所だったんだ」

「それなら二人の頭の中にしまっておけばいいことだと思うよ。それにいつか、ブルー・フィルムを見にくるようにいってきた人だ、ということも分っている。オヤジさんは断っていたが、そういうことは、みんなどうだっていいことなんだ。オレのいっていることは、関係ないんだ。そういうこととは。その古山というのも二度めの奥さんもらって、それがあのハートの美人だろう。ママの前のだんなたちのグループは家《うち》とは違うからな。オレなんかも、ああいうふうなのが、かえって合うくらいだから、文句いいたいとも思わないよ」

「啓一」

「何だ、あらたまって」

「アラタマッテ？　そうか。お前、この話、誰かに話して智恵をつけられたな。もしそうなら、誰がどういったって、話したらいい。こっちもきかせて貰うよ」

「誰も何ともいやしない。いや、いわないことないよ。それや、ワタシもお酒をのむところで少しはしゃべりますからね。それをきいて意見をいって下さる人もいることはいる。再婚したオヤジをもっていると、同情してくれるからな。その気になれば酒をタダで飲ませてくれるママさんもいる。でも、それとこれとは、違うんだ」

「啓一」

啓一は返事をしなかった。

「もうやめろ、酒も話もやめろ。お前のいっていることは、あのことだろう」

「あのこと？　何だいアノコトとは？」

「お前、ズルズルっと他人を入れたりすると、ヤヤこしくなるということだろう。おれをズルズルべったりの、しまりのないことをする男だというつもりなんだろう、だが、これは違うからな。あれは男と女のことだ。これは違う」

「オレはオヤジに反対しもしないし、その話だともいわないよ。たぶんオヤジのいうあれだ。もうそろそろ文句をつけたくなってきたんだろう。オレは周期的にそうなるということだからな。オレは光子のいうように、ケチだそうだからな。オレは子供のときから、バスや電車に乗るとき、大人の乗客を押しのけて先きに座席をとって、おふくろやオヤジをこっちへ来いといって呼んでいたっていうことだからな」

古山は一まわり肥って新蒐集品の銃剣にとりかこまれて、オウヨウに笑っていた。

「ぼくのところは、姉もぼくも、オバアちゃんが育ててくれたようなもんだから。男を作って女房が逃げ出したのも、おふくろのせいみたいなもんですな。あいつも、うまくやっているし、こんどのぼくの家内も、おふくろの手伝いをして、跡をついでくれれば、楽しみもあるし、子供は不良じみたことをしてたけど、ぼくは不良になってすごいことやってみろといってやったんですよ。近頃、ぼくより身体も大きくなって野球の選手なんかやってると、ぐあいがよくなりましたよ」

階段をあがってくるとき、前にたった古山が、これだけのことをいった。二階の窓から少年を呼びよせた。

「このごろ、お前も学校で顔がきくな。どうして大したもんですよ。一七二・五センチですよ。一七二・五センチ、そうだな」

古山がニコニコしているほど、子供は陽気でもなく、テレてもいなかった。少年が下りていくと古山は窓から、

「おい、自動車洗っておけよ。お前も乗るのだからな」

といった。少年はうなずいた。

「あとで乗っていい?」

その声をきいて、永造はホッとした。

「ようやく免許証とったばかりですよ。庭が狭いから小さな車ですよ、あいつも練習してるが、まだ十七ですからね、表向き駄目なんですからね、けっこう乗りこなしますよ」

「家《うち》のカミサン、子供がうめないんだ。うみたくともうめないんだ。子供をうみなさいよ。そっちはいいのが出来ますよ。アーサー・ミラーにマリリン・モンローですよ」

「どうしてぼくがアーサー・ミラーで家内がマリリン・モンローですか」

永造は笑いながらいった。

「あなたは重厚な文学者、京子さんは、官能的な方ですよ、なあ、お前」と妻の方を向いた。

「あら、とても、とても」

と京子がいった。そして、

「アーサー・ミラーって、どんな人なの」

と、永造を見あげるようにした。永造はこたえなかった。

古山はいった。

「ぼくは京子さんがこんど前田さんと結婚されたときいたときに、すぐそうこいつに話したんだよ、なあ。正直いって、うちのやつなんかも、あの百合ちゃんが、伊丹の仕事のことで代りにこの家へきたりすると、けがれるといって、家の中へ入れなかったもんですよ。今はそうもいっていられませんがね。それはそれとして、何といったって伊丹のしたことは、悪いですよ。あのことについては、ぼくなんか、いくら学生時代からの友人でも、京子さんの味方ですよ。家内なんかも、ほんとに腹を立てていましたよ」

古山の妻がビールをすすめた。

「おい、あと、どんどん持ってこい」

と古山はそばにいる妻に大きな声でいった。

「主人は、あんまり飲みませんから、どうぞもうそのくらいにして下さい」

「新婚早々、前田さんを締めていますな」

古山は快活に笑った。

「康彦くんは、なかなか成績もいいし、とくに理科がいいらしいですよ。あの子は、どうも京子さんの血をうけついでいますな。ぼくと同じで伊丹にそんなものがあるわけはありませんからな」

永造は警戒した。

「前の小学校の頃はそうでしたが、何だか今はどういうことになっているのやら。私は横から口を出すこともないんですけど、子供とのつながりは切れたといって切れるものでもないですし」

「今だって、きっと理科はいいですよ。末は楽しみで、伊丹だって頼りにしてるんですよ」

そんなことはないはずだ。学校の方はすべて投げやりになっているはずだ。

「私はちょっと、子供のことで出かけるところがありますから」

と古山の妻が立ちあがった。

「ああ、行ってこい、行ってこい。こいつ、先生のところへ挨拶に行くことになって、着物をきていたんです。どうぞゆっくり、ぼくの蒐集品を見せますから」

古山は妻の姿が消えると、ふりむいた。

「あいつもけっこう苦労してるんです。ただあいつはちょっと抜けたところがあるんで、それでもってるんです。この家の主権者であるぼくのおふくろとまあまあやっていけるんです。前田さんと理科的な京子さんとの間の子供が出来ればこれに越したことはありませんよ。康彦くんは、康彦くんで、これは伊丹らに任せて置いて気にしないことです。あいつも、百合ちゃんとの間に子供が出来ましたがね、これは女の子だし、小さいですからね、あの康彦くんに先き先き面倒を見てもらいたいとも思ってるんですよ。彼の仕事もいつまでも出来るわけではないでしょう」

「女の子がうまれましたか」

と京子がいった。

「何も考えこんではいけないよ、京子さん。それにだいたい、前田さんの前で伊丹くんや康彦くんのことを話すべきでないので、このくらいにしておきましょうや。それや、あいつの方から電話をかけたのは許すべからざることですよ。そのことを京子さんの電話できいたとき、ぼくは腹を立てましたよ。前田さんに失礼だ、これがほかの人だったら、どんなに文句いっても、仕方がないといってやったくらいですよ。前田さんはヤクザなぼくらと違って人格者だから笑って過してくれるんだ、といってやったんですよ。ぼくも前田さんとはもともと知ってる間柄だから、困るといったのですよ」

永造は、古山のいうことに合槌をうつわけでも、反対をするわけでもなく、古山がどう方向転換しても差支えないように黙っていた。

京子はキマジメな顔をして膝の上で指先きだけ動かしていた。

「京子さん、康彦くんのことは、さわらない方がいいですよ。あの子に会うことは考えない方がいいですよ。大丈夫ですから。ぼくらも、そのことは陰ながら協力しますし、あいつは、苦労するのが当り前ですからね。あいつに苦労させなさい。あなたは煮湯をのまされたんだから、そのくらいいいですよ。それに前田さんとこだって子供さんはいるし、あなた、自分でアーサー・ミラーとマリリン・モンローのスバラシイ子供をおうみなさいよ。天才が出来ますよ」

古山は笑顔をとりもどした。

「久ちゃんは私が康彦と会ったといっているんですか」

京子は待ちかまえたように口を切った。

「あなた、あいつは、会われたくないんですよ、そこを分ってやって下さい。虫がいいけど、その方があなたも得だと思うんですな」

古山は笑顔をくずさずにビールをつぎ、永造の方に腕をのばした。

「私は約束したあと、会ってもいないし、会う気もなかったのですよ」

「だから、あいつは会ったと思っているんでさ。家のあたりへきて遊んでいるところを見たり、学校の運動場のかげで見たりして、姿を見られているんだ、と思ってるんですよ。わざと康彦くんに見えるようにしているんだ、というんだ。そういうものを、違うといったって、仕方ないんですからね」

「でも、していませんよ」

京子は眉をひそめて、どこを見るともなく一点を見つめている。

「めんどうなことをいうヤツだから、証文を書いて下さい。私が渡してあげます。そうすれや、あいつは安心するしお宅へ電話したりして、前田さんに迷惑をかけることないでしょうよ」

「証文ですって」

京子はうす笑いをうかべた。

「そんなもの書けませんわ。そんなことしたら、私がしなかったことまでしたということを認めるようなものでしょう？」

「でも、安心するんですよ。ただちょっと一筆書くだけのことですよ。何ということないですよ。ムズカシク考えることないですよ」

「それはお断わりいたしますわ。失礼ですけど、古山さんには悪いんですが、それは久ちゃんのためになっても、私のためになりませんわ」

「でも、けっきょく康彦くんのためになるかも分りませんよ」

「どうだか」

京子は笑った。

永造は京子の態度に驚いた。

「あなたには申し訳けありませんが、証文はぜったい書けませんわよ」

「そんなこといわないで、前田さんのためでもありますよ」

「そういうふうに話を持って行くのは、筋ちがいですわ。何だって私が証文を書くんです。書くのはむしろ久ちゃんの方じゃありませんか。ありもしないことをあったようにいってオトシメたり、前田に迷惑をかけたりして、そうじゃありませんか」

「あなた方は物分りがよいのですが、あいつは駄目なんですよ。近頃、仕事もうまく行っていないし、その留守に子供は家出するし、あいつは、あいつで子供には一生懸命してるのにうまく行かないから、頭へきてるんです。いわば気の毒なぐあいで、ぼくも大したことは出来ないが仕事をこさえて援助してるんです。刀剣の蒐集品の写真も彼に頼んでいるんです」

「仕事の事は、うちの主人も考えていますし、康彦のためにも、あの人が成功してくれること望んでいますわよ。それは、私も主人にしゃべっているくらいで、本当にそう思っていますよ。あの人がうまく行かないと心配なんですよ」

「困ったな」

と永造はいった。

「どうでもこの人が書かないとなると困りましたな。そうかといって書かないというもの、ぼくも仕様がないし、……伊丹氏に私が会って納得のいくように話しましょう」

「保証することはないわ」

「誤解をとくだけのことですよ」

「どうしたらいいかなあ」

と古山は意外な迷惑なことになったという顔をした。

永造は過去にそれとそっくりなことがあった気がした。

19

「とにかく証文を書くことは、御免ですから」

と京子はいいはった。

「それでも、先方は証文を書かなければ気がすまない、というなら、ぼくが出かけて行って、そんなはずはない、ということを申しあげましょう」

と永造はいった。

「伊丹は可哀想なヤツで心配しているんですから、安心させてやらなけれやいけないんですからね。京子さん、そこを分ってやって下さいよ。ただ形式ですよ。分って貰えないかなあなたも強情なんだな、と古山がいっているようにもとれた。

「前田さんに出馬願うんじゃ、迷惑ですよ。これは京子さん、自分の旦那さんのために一つ折れて下さいよ」

永造は京子を見た。京子はマタタキをしたが返事をしなかった。

「だって何もする必要はないんですわよ。それじゃワナにかかったようなもんだわ」

「よし、それでは前田さん、行ってもらいますか」

古山は立ちあがった。彼の顔は別のことに関心がいっているようにも見えた。

「行く必要ありますか」

と京子は誰にいうとなくけげんそうな顔をした。古山はバンドをはずす仕草をした。

「京子さん、悪いようにしないから、前田さんとぼくに任せなさい。ぼくが及ばずながら小まわりのきく車で案内しますから。それより、ぼくがちょっと蒐集品を見せましょう。いいですか、ちょっとお待ち下さい。ぼくが今、ある恰好をしてあらわれますから」

「見せていただきますよ」

と永造はこたえた。

古山がフスマの向うにかくれると、京子は呟いた。

「ワナにかかったようなもんだわ」

古山が陸軍大将の礼服を着こみ、剣を吊って現われた。

「どうですか。これを集めるのに、ちょっと苦労したんですよ。この勲章がたいへんなんですよ」

古山はうつむいて、指で胸の勲章を一つ一つ当ってみせた。

「前田さんは、三八式歩兵銃それとも騎兵銃？　それとも村田銃？　軍隊では」

「三八式です」

「ホラ、そろっていますよ。火縄銃から、村田銃から一通ありますよ。このピストルは幕末につかわれたもんです」

軍服を着こんだままで次の部屋から銃を一つ一つ運んできて見せた。そして、

「こういったぐあいです」

といって立射ちの姿勢をとった。

「今年いただいた年賀状は、おサムライが刀をさしているのでしたわね」

「ちゃんとエトが入っていますよ。あそこを見てくれなくっちゃあ」

「あれは伊丹が撮《と》ったものですか」

「さあ、どうでしょうかね」と古山ははぐらかした。「奥さん、子供をうみなさい。子供をうめば、すべて解決です。自分たちの子供こさえちゃうんです」

京子がひとりで車で帰るとき、永造に向って、いつものように、

「すみません」

と鼻にかかった声でいった。感情はこもってはいるが、同時に機械的に出てきた声にもきこえる。京子の運転する車がカーブをまがって見えなくなると、古山は用心しながら車を往来へバックで出した。

「あなたも車やりなさいよ。やればやれますよ」

と古山はいった。

「前田さん、あの人の前ではあんまりいうと思い出すから遠慮していたんだが、伊丹はけしからんですよ。京子さんは色々尽してやったんですからね」

永造は黙っていた。

「あなたは、あいつに怒鳴ってやればいいですよ。康彦くんのことは、あなたは知らないって、タンカを切って下さいよ。メイワクだといって下さいよ。あいつは、あなたがそういえば、何も文句をいう権利はないんですから」

永造はしばらく返事をしなかった。道が真直ぐになってから、

「そうはいかないんですよ」

といった。古山は当分物をいわなかった。

だんだん身体があつくなり、この一線だけは守るのだ、という気持がたかぶってきた。

伊丹にあうと決めてから、

「前田さん、あんたは偽善者だ」

といった、伊丹の声をねじふせてやりたかった。永造は京子のいうことをどうしてもうけ入れないとき、つまり証文を書くことをせまったとき、いうことが一つだけハッキリとあった。それをいう喜びがつよかった。さっき京子が証文を書けといわれて腹を立てたが、その京子と同じ気持が、急にこみあげてきた。どうしてあのとき、京子から顔をそむけるようにしていた

か、分らなかった。

「曲り角を通りすぎるといけないから、花屋の看板のあるところを教えて下さいよ」

「花屋なら、さっき通りすぎたようですよ」

「通り過ぎた？　困ったな、ほかの道だと、どう行っていいか分からないんだな。まあ仕方がない、ここを曲ることにしよう、うまく行ければいいが。そうか、あなたは初めてか」

道は二またに別れるところにやってきた。

「あそこですよ。あの同じような二階家が並んでいるでしょう。あれはアメリカ人がいた家で、なかなかよく出来ていますよ。それにあいつ手入れがよくて家の面倒がいいし、ある点では女房思いというか、家思いというか、ぼくなんか釘一本打たないが、あいつは金槌と釘をもって歩いているような男ですからね。家賃だって、相当ですよ。あいつも、こんどは勝手なことしたりいったり出来ないでしょう。コブつきであんな若い娘を女房にしてるんだから、遠慮もあるし」

「今、いくつですか」

「誰？　百合ちゃんですか？　いくつだったかな……」

よく聞えなかった。

こんなところにアメリカ人の住宅があるのが奇妙に思える。府中にもアメリカ軍の施設や学校があるのが、甲州街道から見えるし、多摩川べりにも何か施設か、ゴルフ場があったようだ。

外人向きに日本人が急造したものが、ここらあたりに残っていても、不思議ではない。それが不思議と思えるのは、何故だろう。

古山が永造の先きに立って戸口の方へ歩いて行くと、度々来なれた手つきでベルを押した。

「ここに康くんの自転車があり、彼らの車がありますよ。やっこさん、けっこうよくしてやってるんですよ、あれで。なかなか大変なことですよ。自転車だって、ただじゃないですからね。車の運転は百合ちゃんもならって、彼が仕事で使わないときは、康をさがしたりして活躍することもあるんですよ」

アメリカ人の家によくあるように、白ペンキではなく、ベージュ色の塗料が塗ってあるが、アミ戸の中にドアがあるところは、永造が住んだことのある田舎の農家などに似ている。玄関というふうのものはないが、車置場をかねて、張出した屋根があって、その下が土間になっていた。これは伊丹の家だけのことで、伊丹の手仕事なのだろうか。もし、そうとしたら、後妻の百合子という女性は相当に幸せであることになってしまう。

永造は、京子のよく口にする幸せという言葉で思った。

京子と別れた伊丹が、生活の再建をはかり、京子との間に出来た康彦をひきとり、新しい妻と暮して行くのに、中の下ぐらいであるとはいえアメリカ人の住んでいた家に住んでいるということ、仕事に必要とはいえ車をそなえていて、古山のいうように、けっこうやっている、ということは、ショックでないとはいえない。伊丹は京子といっしょにいるとき、十年も前になるが、ルノーを一台もっていた。そのうち、京子も運転をならってそのガタガタのルノーに乗りはじめた。そのルノーの車体の横に、上背のある伊丹が、その年代としては並の背の京子を抱くようにして写真にうつっている。あれは、ルノーに乗っていたのは、京子の方で、伊丹は別の車に乗っていて、二台もっていたのだったかもしれない。伊丹は百合子と二台の車をもつようになるかもしれない。

永造がアメリカから戻ったとき、アメリカの黒人並みの生活をしたいという気持が心の底にあった。陽子がもしアメリカなりヨーロッパなりに、永造といっしょに出かけていたならば、必ずそうした気持になり、実行に移したがるだろう。そう思う陽子の気持に無理からぬものがあると思っていた。陽子にせめてアメリカ黒人並みの家に住むべきだ、とじっさいに永造がいってやって、陽子の気持を誘い出したのかもしれない。なぜなら永造が、そうした家の計画をたてなければ生甲斐がないといい出したので、びっくりして反対をしたとき、

「あなたが、そういうつもりじゃなかったの。そうすべきよ、あなたの考えは正しいのよ。人間が向上するのは当り前よ。人間が穴を出て家を作りはじめてから、神さまがそうしなさい、といっていたようなもんだわ」

といったのだから。

「古山のおじさんが来たから、ちょっと外へ遊びに行っといで。遠くへ行ったら駄目だよ」

ドアがあいて半ズボンをはいた少年が微笑を浮べながら出てきた。ドアのハンドルをまだも

ったまま、二段になった踏石に斜めに足をかけながら、

「こんにちは」

といった。

「おお、康彦くん、元気そうにやっとるじゃないか。ええ?」

家の中から、

「どうぞ」

という伊丹の気弱そうな尻上りの声がきこえた。

「ああ」

と古山は中にいる伊丹に応答するようにこたえながら、永造に、

「この子ですよ。割に明るい顔をしているでしょ。それに、ちゃんと着るものを着てるし、なかなかあなた、いいかげんな気持では出来ないことですよ」

「なあおい康彦くんよ、気の利いたスェーター着てるじゃないか」

「うん」

といったかいわなかったか、少年は恥かしそうに横向きになって、微笑をうかべつづけて、自転車をひき出した。

「似てるでしょう、京子さんと」

と古山はささやいた。

たしかにそのことを考えていた永造はうなずいた。

交互に小さい尻を動かしてスピードをあげている後姿を、永造は見送った。

「前田さん、彼は今日は帰ってきますよ、大丈夫ですよ。親父がおる日はたぶんいいんですよ」

永造は黙っていた。

「案外、大物になると、伊丹も思ってるんですよ」

と、古山は前の大きな声にもどって、いった。

「たいがい、大物は子供の頃は、手が焼けるもんですよ。政界の大物から、文学者から、大物はあんた、親が心配しないですんだものは、誰もいませんよ。シェークスピアだって、きっと、そうだったたし、服飾デザイナーのフランスのカルダンだってそうに決ってるし、ケネディだって、ナポレオンだって、みんな、いわゆる素直な子供のはずはありませんよ。それに苦労が子供にはクスリですよ。ぼくなんか、その反対の悪い例でしょう。いや、ぼくだって、腕白ですよ。伊丹だって、やっこさん、けっこう素直だったわけじゃありませんよ。大人になれば、すべて変ってきますから」

「何してるんだ、古山さん、さあ早くいらっしゃいよ、おい百合子、お前連れておいでよ」

と気軽な声がきこえた。

「やっこさん、じれてやがらあ」

と古山は笑った。「さあ、入りましょう」

抱きかかえるようにした。

永造は古山について食堂をかねているらしい、かなりの広さのリビング・ルームに入り、そこに痩せた背の高い男が、赤いシャツを着て古山と目くばせして、自分とまったく関係のない事務的な話を、とりかわしたのをきいたとき、しばらく、「証文」のことを忘れかかっていた。

奥の部屋との間の花模様のカーテンが、スミの方に引きよせられてあった。奥の間にハンモックが吊ってあり、そこに赤ん坊が白い一かたまりになって、手を動かしていた。女は一つゆすったところであった。その部屋に人形のある子供の寝台が見えるから、今抱きあげて、ハンモックの中に入れたところに違いない。

百合子という女は、緑と黄の布地の短かいワンピースから光子と同じ位の年齢なのだ、と、その横顔を見たとき思った。髪は頭の後ろで二つに分けて編んでピンでくくりつけていた。長い脚が伸びていた。手も長く、足も大きいように見えた。胸のホックをいま閉じたばかりで、片手でハンモックを押し、片手でホックに手をかけたものと見える。

もし、今かりに彼女は十八になったとして、いや十八にはなっていまい。そうすると彼女が車に乗っているのはモグリでやっていることになる。京子のところへやってきたのは、中学生の途中だろうか。すると、京子のところで中学へやっていたのだろうか、それともその義務教育を終えていなかったのだろうか。

「前田です、おじゃまします」

と永造は笑った。

「やあ、いらっしゃい」

伊丹の顔がボウーと赤くなった。その部屋の作りは、今の永造の家の作りとどこか似ていたのであった。食堂とリビングをかねているのが、それである。百合子という小娘は彼の前にいた古山とはあいさつをしたが、彼とはまだ視線を合せてもいなかった。何年か前その少女のヌードを扱った広告を見たような気がする。二つの脚の上に腕をのせてこちらをふりむいている。何となしに、二度三度とり出して見たことがある。尻のあたりに、十分に肉がついていなかった。

「帰ってきたって坊主？」

「ああ、帰ってきたよ。こんどもうちのやつが車で毎日さがしに行ったんだが、小さい子供がいるし、ぼくは出張中だろう。ぼくがいないうちは、帰ってこない了見だとぼくは見てるから、もう探すなと家内にいってるんだよ。あいつにしたら、探しに行かないわけに行かないだろう。ぼくは前には日がえりの出張の時などは、車に乗せて連れてってやったんだがな」

「そして、あれだろう。暇を見て公園で遊ばせたり、デパートへ連れてってやったり、車の中へ置いて待たせたツグナイをしてやったりしたろう。お前も百合ちゃんも、よくやってるよな。お前たちにしたらな、上出来だよな」

「普通、出張となると、四、五日はかかるだろう。だから出かける前に、必ず外へ食事に連れてってやったり、欲しいものを買ってやったり、つきあってやったりしてるんだな。それで出発はたいがい夜中だからな、夜中の街道を走らせるんだから。こっちもあいつの寝てるうち出発だろう、ようくいいきかせておくんだが、あいつ、うなずいているんだよ。それが駄目なんだな」

「それで何かい、帰ってきたとき、どういうことをいうんだい」

「ニヤニヤ笑うんだな。あんまり業をにやして、おれもおこるとな」

「そいつは、大したもんだ、俠客みたいなもんだ。しかし、あれだな、そこの窓んところは、すっかり温室にしてしまったじゃないか」

「ああ、あれ? あれ、恰好がついただろう。二、三日かかったがな。これで、ゴムの木なんかはともかくとして八丈島からもってきたものも、うまく育つよ、あれから調子いいかね、百合?」

「ええ、まあまあだわ」

とキチンと子供部屋の間を行ったり来たりしている彼女は、キチンから奥の部屋へ姿を現わしたときに、伊丹にゆっくりと鼻にかかったような声で返事をした。もしそこが子供の寝室とすると、この夫婦は二階の一室で寝ていることになる。

窓の外へ斜めにガラスの上にビニールをかぶせた新しい窓が南面につき出ている。指物師《さしものし》がやってのけたように、なかなかよい仕上りで、そこに使った角材にも眼立たぬようなペンキが塗ってある。何種類もある草木の中には、赤と黄の花を拡げているものもある。京子は、永造と彼の家に荷物を運んできて、いよいよ住みつくことに決ったとき、そのあと、すぐ渋谷の専門店へ永造を車にのせて行って、ゴムの木など南方の植物を二、三種類と、池にいれる睡蓮を、白のほかに黄や赤の花を咲かせる南方産のものなど買いこんできた。

「あれも商売道具なのよ。前はスタジオがあったでしょ。それがないでしょ。二階は寝室と康ちゃんの部屋と、あと暗室とトイレつきのバスとで、いっぱいでしょ。だから、この部屋も、子供の寝室も、張出したところも、みんなスタジオみたいなもんよ」

京子がいっているように聞えた。

「そういうわけなんだよ」

伊丹は、百合子のしゃべっている間、百合子と自分のいるテーブルとの間に視線を向けていたが、彼女がしゃべり終ると、待っていたようにそういった。

「康の部屋も、ぼくらの寝室も同じ大きさに出来ているだろう。あいつの勉強部屋として提供しているんだからな」

伊丹が天井を指さしたので、永造も天井を見上げた。すると、古山が、

「どういう間取りになっているのだったかな」

ときいた。それから、

「普通の三人や四人家族としてはずいぶん広いし、よく出来ているよ」

とつけ加えた。

「康彦に大きい部屋一つとられているのはつらいが、スタジオとしては狭いしな」

「康彦には罪はないよ。あいつだって」と伊丹は百合子の方を、アゴでさした。「そういってるわけじゃないさ」

「伊丹さん、問題は前のあなたの奥さんのことですがね」

急に永造は開きなおった。

「ああ、そう、そのこと」

伊丹はふりむいた。鼻白んだような顔付きを見せた。それから蒼くなった。

「ぼくにとっては、スタジオは生命なんですよ」

「そうでしょうとも。分りますよ」

そのスタジオのことなら、知っていますよ。

伊丹と京子の二人が夫婦であった頃、スタジオで写した何枚もの写真を、アルバムの中で見たことがあるのだから。ある一枚には、クリスマス・イブに集まってきた同業者や古山のような仲間、アメリカ人、アメリカ人と結婚した日本人の女たちが三角帽をかぶって飾物の下で、互いに腕を組んで笑っていた。

百合子が人の影にかくれて顔だけのぞかせているのもある。京子が笑っているのもあるが、この女は笑えといえば、ある程度そういう顔も一応はしてみせるところがあるから、アテにはならない。康彦が背広を着て蝶ネクタイをして、坐りこみ、そのまわりに大人たちがとりまいている。彼はプリンスである。大きな汽罐車か何かの玩具をもたされている。トルコ帽のような帽子をかぶっている。

「あのスタジオをぼくらから奪ったのですからね。これは大きなことですよ。ぼくらの仕事の場合には。あのあと、きみにも世話になったよな、ほんとに」

「そりゃあ、苦労したよな」

と古山はいった。そして足で永造の足をつつき、そのすぐあと、ぎゅっと抑えた。

「百合も、大人になったし」

彼女は声を出して笑いだした。

「気味が悪いな。おこるなよ」

「私、おこったりなんか、するものか」

「ぼくは、あなたの奥さんと別れるときに、スタジオはどうしても使えるようにしたいといったんですよ。子供までなした仲でしょう？　その間柄なんだから、いくら別れるといったって、ぼくの仕事が駄目になって、いいというもんじゃない。そういうもんじゃないと、ぼくは思うがな。それが人間の皮をかぶったものの、最小限度することであり、考えることだと思うんだがなあ」

「私、ほんと、泣いちゃった！」

「神さまに対して、はずかしいよ、ほんとに。百合、もう紅茶入った？　インスタントじゃない方がいいよ」

百合子がテーブルに近づいたとき、永造は、形のいい長い指から眼をはなして、

「はじめまして、奥さん、もう、赤ちゃんは、あの天井から下った玩具がよく見えるんでしょう」

といった。

「前田さん、康彦も、あの子が生れたら、とても可愛いがってるんですよ」

古山がそういったとき、永造は、この家にやってきたときの二度めの、伊丹と古山との話題は、ブルー・フィルムの見学会のことだったことに気がついた。

「康は早苗を可愛いがって、あやしてやったりしてるよ。早苗だって、康がそばへくると、喜んでいるさ」

百合子が奥から伊丹をふりむいた。伊丹は続けた。

「スタジオがないということは」

と、言葉をさがそうとした。

「そう、ぼくらが書斎がないのと同じだということでしょう」

「書斎？」

伊丹は薄笑いをうかべた。薄笑いまでも行かなかった。薄笑いをうかべていると同じだが、それほど関心をもちたくない、というようにも見えた。永造は直接手を下して抹殺したくなり、蒼くなった。心臓の動悸がはげしくなり用心しないと貧血を起こしそうに感じた。

「書斎というか、書物というか。机とか部屋とかは、それや、学校の研究室へでも行けば間に合う。でも多少は、考えたり没頭したりするには、自分の部屋だって入用でないとはいえないから。こんなことは、まあどうでもいいことだけれど」

永造は一語々々、態度を変えさせそうな言葉を選んで、伊丹の顔から眼をはなさなかった。しかし、伊丹は永造の言葉もきいていないし、顔も見ていなかった。永造は京子からいわれてタバコを止めようか止めまいか、考えている頃であった。伊丹のタバコのふかし方を見ていて、永造は息子の啓一のふかし方、ハジキ方を思い出した。自分がタバコをやめるときの重要な資料にしようと、思った。つまり、ああいう吸い方をしてみせたりするところが、一般にタバコ吸いにあり、自分にもあるのなら、あんなもの止すべきだ、と考えた。いや、自分のことや一般のことなど、どうでもよろしい。ただ、もうタバコなど吸ってやるものか、という気持になった。彼はそれまで、伊丹の家のテーブルの上に置かれてある、型の変った、ひしゃげたような部厚い陶器の灰皿に自分の吸った吸差しが、もう三本もあるのを見た。いま自分が吸っているこのタバコを早速にも吸いやめて、もみ消して、二度とこの灰皿を使うまい、と思った。

「まあ、ぼくらと違って、あなたの場合は、せちがらい競争場裡の仕事だし、どんどん新しい人も出てくるし、先日もある演説会で、写真をとってくれる人の話をうかがったら、もともとはフォトの方が専門でなしに、あるクスリ会社に手伝いに入って、編集の手伝いをしているうちに写真をとり出したので、未だにリクツはよく分らないといっていた。リクツなんか分らなくともよいでしょうといいましたら、やっぱり新しいことをするには、どうしてこういう結果になるか、リクツが分らないと、一回きりになって、同じ効果を二度出すことが難かしいといっていたんですが」

永造はいらいらしてはいたが、相手の様子によっていつ中断してもいいとは思っていた。

「そうか、問題はスタジオのことだったんだな」

永造は不意に気がついた。それを口に出したとき、とても具合のいいことをいったと思えた。

「普通スタジオというものは、どのくらいの大きさがいるものなのですか」

「さあ、伊丹がもっていたあのスタジオは……」

と古山がいった。写真で見たところ、京子の苗字をつかったスタジオの名が、その離れの建物のドアに記してあった。

「あれはこのリビングの二倍はあったっけね。採光のぐあいも考えてこさえてあったし、あれだって、やっこさん、大工といっしょになって働いたんで、大工がこんな人、見たことがないといっていたっけね」

「あれは、けっきょく、ぼくがこさえたとはいわないが、ほんとうに、ぼくの生命だったよ」

伊丹は古山に八分、二分は永造に向っていった。

「今はあれだよ」

こんどは伊丹はハッキリと古山の方を向いた。

「ぼくは、ひとりきりになれたり、モデルと気分を作ったりする部屋がいるんだ。つまり食事をする部屋と同じじゃ駄目なんだよ。ところがあいつは、あなたの奥さんは、ぼくの腹もきまっていないうちに、別れようといい出した。ほんとの協議じゃないんだな」

伊丹は京子を「あなたの奥さん」と呼びつづけた。

「そうさな」と古山がいった。「お前さんとしちゃあ、あのスタジオは生命から二番目だものな。お前としちゃあ、スタジオを手もとにおいておきたいよなあ、お前。それは前田さんだって分っておられるさ。前田さんは、お前、文学者だよ。そうした人間の機微については、専門家だよ。理解して下さるよ」

永造は微笑をうかべるようにつとめた。きざしのある貧血を防ぐ道だ。

「金の方は、なかなかチャッカリしていたでしょう」

永造は、相手を傷つける意志は毛頭ないという顔でいった。

「そう、あなたもそうですか」

と伊丹がいうことを予想していた。しかしそういうことはいわなかった。

「あの人はそういう人ですよ。それは、ぼくも分っていますよ」

「百万出して貰うつもりで、あなたは別れることに賛成したところが、じっさいは五十万しか出さなかったというのでしょう、京子は」

京子は、とはじめて伊丹の前で永造はいった。

「そんなこと、あいつ話したのですか」

と伊丹がいうかと思ったら、そうはいわなかった。そのうち伊丹の顔はだんだん赤くなった。いよいよガマンがならぬというようにしゃべり出した。

「ぼくの考えていたのは、その百万をもとにして借金してスタジオを作り、あとバラックでも建てようと思ったんだ。はじめは、あれをそっくり安く買いとりたいと思った。月賦でいけないかというと、月賦は、出す方も貰う方も一切いやだ、というもんだから。買いとろうとしたんだ。スタジオ、ムダじゃないか。まったく。ほかの仕事の者には値打はないからね。そういうのを断るから、当然手切金は請求したのさ。それでぼくは計画したよ。あくまで百万円が基準で考えた計画だし、百万円なけりゃ、計画も無意味だし、金なんかあってもなくても同じなんだ。そうしたら家を出てから、電話かけてきて、五十万しか出せないというんだ。そういうハレンチなことが出来る女なんだ。一事が万事そうなんだ」

五十万でいい、といったのは、ことによったら、古山だったかもしれない。そうでなくて、京子がすぐ相談をもちかけるクセのある弁護士だったかもしれない。

五十万円しか払わないといって電話したとき、伊丹が驚いてわめき出した、といって、京子は永造の前で永造などと関係なくおかしくてこらえ切れないように思い出し笑いをした。

「一事が万事、そうなんだ」と伊丹は茶をすすった。そして思い出したようにふりむいた。

「百合、食事の注文したかい？」

「それが、おスシ屋は今日は休みなのよ」

「だから丼物でもいいんだよ。いつものあれでいいんだよ」

「天丼？」

「どうぞ、かまわんで下さい」

と古山はいった。永造も同じことをあとからいった。

「そんなことさせちゃ悪いよ。きみも心配ごとが多いのになあ、いいよ、もうすぐ帰るから」

「ヒモをひっぱっているやつのいる間は、心配はどうせ断ちきれんから、同じことさ」

伊丹は、自分が空腹になったために、うながしたのかもしれないと永造は思った。食事の時間が少しでもずれると、ガミガミいったということを思い出した。オレの食べさせるものは、頭を下げたり、走りまわったり、頭をつかったりして手に入れたもので、たとえ百円でも二百円でも仇やおろそかなものではないのだ、といっているようにも思われた。

20

「お前もこっちへ来ていっしょに食べたらどう」

と伊丹はふりむいて妻の百合子に声をかけた。

「わたし？ わたしの分はもうないわよ。康ちゃんが戻ってから、別のものを食べるのよ。それより康ちゃん、そろそろ様子を見に行かなくともいいかしら」

赤ん坊のいるハンモックをつついた。伊丹の代りに古山がさっそく返事をした。

「帰ってきたばかりなんだから、まだ出かけるということはあるまいよ」

百合子は黙ってキチンへ入って歌をうたいだした。

「とにかくそっちはロリータに任せていていいじゃないか」と古山は伊丹にいった。「ぼくらは、せっかくだから、いただきますよ。さあ、前田さんもどうぞ、いただきましょうや。まさか敵も今日は攻撃をかけるほど、不義理なことはしませんよ」

「敵ってだあれ？ いやなこといわないで」

「それが分っていたか」

と古山は頭をかくマネをした。百合子は笑いだした。

古山と永造と伊丹の三人は鉢の中へかぶさるような姿勢で箸をつつきはじめた。これは自分のおごりの天丼だ、という様子が依然として、伊丹の上半身にあるように見えると、永造は、肩を叩いてやりたいような親しみをかんじた。

「しかし、きみらも、京子さんも、ぼくなんかも、万々歳だよ。少々の不都合なことは起るとしてもだよ、とにかくみんな二度結婚したということは、人生を二度やり直しているようなもんだからな」

「私は一度よ」

と百合子はいった。

「いや、百合は将来もう一度結婚し直すさ。前田さんなんかとどうだい。もっと年がはなれるのもいいぜ」

「バカなことをいわないで。古山さんは、すぐ破目をはずすんだから。それより、もっといい仕事持ってきて。スタジオのいる仕事は駄目よ。それに私、身体の線に自信なくしちゃった」

「それで自信がないのかなあ。いい身体ですなあ」

と永造はいった。

「あらっ！」

と百合子の声がした。「そんなことないわよ。二、三年前を見せたかったわ。ねえパパ」

古山は瞼をパチパチやった。また伊丹の顔が赤くなった。伊丹が何を考えているか分らないが、何よりも伊丹が天丼を食べさせていることで、一層肩をいからせているように思えてならない。永造はもともとそういう油の多いものも控え目にしているうえに、いっぱいに盛った飯を見るとウンザリした。つい一月ほど前から飯を食べるのをへらすように苦しい努力を続けるうちに、今では見るのもイヤになっていた。

伊丹は見る見るうちに平げた。それから箸を包んであった紙をさぐって楊子を見つけ出すと、口にくわえて横向きになって温室を見た。古山もだいたい、それにならっていた。

永造はここへきてから、スキをうかがっては、百合子ばかり見ていた。百合子を見るのに一番いいところに自然と彼は腰かけていた。百合子を見ているときは、アイマイな微笑をうかべていた。

「なかなか可愛い子じゃないか。きみはうまいことをしたねえ、と前田さんはいいたそうだよ」

と古山はいった。

「前田さんはにこにこ笑っているが、いったい何しにきたのだ。こっちからきり出さなければいつまでたっても知らん顔をしてきく一方じゃないか、と思っているかもしれないけど、前田さんにしてみると、たぶんきみと喧嘩をする気はないし、きみに喧嘩を吹きかけられるイワレもないのだよ」

「そうですとも」

という顔を永造は、ふりむいた百合子に見えるようにした。

「前田さんはきみの子供が欲しいわけじゃないんだよ」

「それは勿論のことですけど、京子も決して康彦くんをほしいと思っているわけじゃないんですよ」

不意に伊丹は、古山の方を向いて、古山をなじるようにいった。

「なぜ、康彦が出て行くんだ。いい？　ぼくはね、康彦がとび出すんで、都の児童相談所へも行ってテストをうけさせたんですよ。いろいろテストの結果、親の方に放浪癖があるのじゃないか、何か痴呆的なところが血筋としてあるんじゃないか、というんだ。ぼくの方にはそういうものはないから、京子の方にあるに決ってるんだ。その血筋が康彦を引っぱっているのか、そうでなければ、あいつが自分の姿を見せているせいに違いない」

「どんなテストをしたんです」

と永造はきいた。

せっかく「京子は康彦くんをほしいと思っているわけじゃないんですよ」といったのに、伊丹は少くとも表向きは、ききとれなかった顔をした。

「いいんだよ、前田さんはテストの内容をきいているわけじゃないんだよ。前田さんは、きみを安心させに来られたんだよ。きみを冷静にするためにこういういい方をしているんだよ」

「どうせ京子のことだから、ぼくのことを、放浪癖があって、子供の頃よくほっつき歩いていたぐらいにいっていたんじゃないか、と思うからいうんだよ」

「いや、そんなことはいっているはずはないよ」

と古山はいった。

「いや、父親とソリが合わないし、母親もあまり弁護してくれなくて、彼は子供の頃淋しい目を見たのだ、と京子は寝物語に話しているか分らない。京子は調子がいいときは、寝床の中で、話さぬとも限らないからな」

「京子という人は、子供のことより、自分の方が大事だから、ムリしてまで私のところへ連れてきて貰いたくないといっている。そういうのは私は嫌いなんです。嫌いだがあの人はそういうんだから仕方がないのです」

伊丹はせせら笑って返事をしなかった。

「そんなはずがないったら」

小さい声だが、もうバカらしくこらえ切れなくなったので、いうんだという、吐き出すようないい方だった。

「一年や二年のつきあいで、どうして、あんたに分るもんですか、という口ぶりだが」

と永造は急に昂奮しだしていった。

そんなことさえ問題にしていないように、伊丹は永造が蓋をした丼鉢を眺めた。

古山は伊丹に話しかけた。

「お前も、あれだよな。あといついつまでも働けるもんじゃない、その時は康彦くんをアテにしたいしなあ、助手にでもしたら、優秀な助手となるよ。あの子を手放したくない気持は分るよ。彼は前田さんとこではどうでもいい子供だが、きみのところでは、これから必要な人物だよな。そういうお前の気持になってみれば、百合が京子さんの姿を見たときけば、見そこないかどうか分らないが、お前は腹に据えかねるよな」

永造が笑った。そして、

「そんなバカな」

と呟いた。

「あなたは、私のいうことが少しも分っていない。いいですか、私は、あなたの味方だといってるんですよ。その私がこういっているのに分らないのかなあ」

「伊丹も前田さんも、そっくり兄弟みたいに同じだ。ほんとに仲のいいことだ。瓜二つですなあ」

と古山はいった。伊丹と永造はしばらく黙っていた。

「こういう場合にこんなことといいだして何ですが」と永造は古山と伊丹と両方を見ていった。

「ちょっとトイレを拝借できますか」

「ああ、拙宅でビールをのませましたから、ぼくもあなたのあとを慕って参上しますよ。お先へ」

と古山がいった。

「どうぞ、どうぞ。二階にあるんです」

と伊丹はいった。そして口惜しそうに、

「階段はこちらですよ」とつけ加えた。永造は部屋の奥の方へ歩きかけた。彼の家の階段が、その位置にあったものだから。

永造は階段を足音を立てないように、踏みはずさないように背筋をのばすようにして昇った。堅くなっている身体は、足をあげているつもりで足があがっていなかったりすることがある。背筋をのばすということも、ほんとうは用心しなければならない。なぜかというと、背筋をのばしたっきりでいるときに、下っていなければならない肩はそのまま依然としてあがっていたりするからである。また肩を下げて気を楽に身体を楽にしたつもりなのが、腹がつき出ていたに過ぎないという結果になる。自分の身体というものを相手にして、一つの抑制の下に置こうとすると、そこで際限もないたたかいがはじまることになる。そして、そういうことを考えるだけで、背中と肩がこってくる。一口にいえば、それは血の濁りであるし、動脈硬化であり、要するに硬化である。

「もしここで階段を踏みはずすと、芝居が全部ダメになる」

芝居とは何の芝居であろう。とにかく彼はそう思った。一方にまた、

「もし踏みはずすようなことがあれば、『私は事実上一老人です』と自分の方からいえばよい。向うが気にしようがしまいが、いえばよい。そこからどんな憶測が起きたとしたって、かまったことではない」

という気持もあった。

アメリカ人のために設計されたその家は、安普請《ぶしん》のようでもあるが、一方堅牢に見えるところもあった。階段を昇りきるとそこが便所になっているのは、どこかアメリカ式の家であるはずの自分の家とそっくりであるが、バス、トイレがいっしょになった、ちょうど彼の家の階下にあるものと同じものがあった。柄の大きな外人の住んでいたその部屋はどこかゆったりしていて、便器も大型で、それはそれなりで金のかかっているものである。

窓にかかっている三色の縦縞のカーテンや片側にしぼりよせられたピンクのバス・タブとの間のしきりのビニールのカーテン、それから柄に垂れさがっている色のついた厚手のタオルを見た。金具のカーテンレールと、カーテンを吊っている一並びのプラスティックの虫みたいな器具を見た。カーテンは伊丹と百合子の、いや伊丹の好みのものであろう、下の部屋の場合と同じように。絵をかいたり、楽器をならしたり、大工の真似をしたり何でもやってのける彼のことだから、これも彼の選択だろう。女というものは夫が色々のことを自分でやれば、任せきりにしてしまうものだから。いや、これは京子の趣味だ。伊丹と協力して、話しあったりして、

こういうものを選んだりした頃の名残りなのだ。ビニールのカーテンがピンク色であるばかりでなく、その中にある小さいかたまりのような花模様にしても、彼の家のものとそっくりだ。陽子が薄いベージュ色のカーテンをつけていたのを、汚れてきたせいもあって京子は代えてしまったのだが。陽子はアメリカ式に一枚々々とっては使用後すててしまうあの紙製のものを使うつもりでいたが、けっきょく小さいタオルをたたんで積んでおき、使用後は下のボックスの中に放りこみ、洗ってまたたたんでおく方法をとっていた。しかしそれはトイレだけの小部屋にある手ふきのことで、バス付きトイレにはガラス戸の棚の中に折りたたんで積み重ねたタオルから取り出しては二、三枚かけておき、それを適度に使用してからボックスに放りこむ。もともと陽子のシステムであるが、タオルが色付きのものに変り、以前は手ふきと顔ふきとは別のタオルにして、印がつけてあった。京子はそういう区別なくどちらにも使う。伊丹の家のバス付きトイレの部屋にあるタオルは色物である。折りたたんだりはしてないが、そこにひっかけてある具合が、京子がいる気がする。どこの家も色物のタオルがタテに二つ折りにしてかけてあるので、とくに気にすることはないが。便器にかけてあるマット。そっくりなのが当り前だろうか。そこにあるシャンプー。タブの中へ放りこむ保温を助けるあの黄色いいい匂いのする粉の入っている缶。この黄色い粉は陽子が使っていたのを、京子がそのまま使うようになったのだろうか。浴室へ入るとき鍵をしめ、「進駐軍」の石ケンをつかい、いい匂いを漂よわせていた。密室でタブにつかり、そのくせ、裸かのまま廊下を通って自分の部屋へ入り、そこで手術した胸のあたりを鏡にうつしたり、身体ぜんたいの様子を見たりしていた。それは以前からそうであったのかもしれない。手術する前こそ、かえってそうであったかもしれない。

京子が永造の家の浴室の中にも顔を出してきた。その京子がこの伊丹の浴室の中にもたしかにいる。

永造はそこで用を足したあと、そのまま廊下を歩き、半びらきにしてあるドアをあけた。そこは夫婦の寝室で、カバーをかけたシングルベッドが二つ並んでいて、ホテルのようにメーク・アップしてあった。部屋のスミに造花があり、壁には百合子のヌードの写真があった。その位置には彼の家には、仏像の写真がかけてある。子供のことを思いながらひとり暮しをしていたときに仏像にあこがれていたくせがついていたというが、京子は伊丹との生活においても、仏像の写真をかけていたのかもしれない。なぜかというと、彼女はほんとの父を父と知らず使用人扱いして暮してきたことの悔いを、その仏像に託していたともいえるからだ。それから枕もとの小テーブルに夫婦の写真がたてかけてあった。永造の寝室で彼は恥かしそうに笑っていて女のように口もとへ指さえあてがっている。なぜか。それは、となりに立っている京子が彼の方へ首のあたりから手をのばして反対の肩さきに手をおいてカメラの方に笑いかけているからだ。カメラをかまえていたのは息子の啓一である。京子と永造との二人の立姿のかげに逃げそこなったように中学生の光子が身体を斜めにして笑っている。

そのほか永造の家の寝室には、誰かが送ってくれた「尻叩き棒」というのがたてかけてある。

紐がついてかけられるようになったものだが、紅と青の色がついていて、嫁の尻を叩いて仕事に精出すようにさせるという意味かと思ったら、それよりも、実は男性の性器のつもりらしい。その棒は子孫繁栄や五穀豊穣の祈願のためのものでもある。そのほか赤天狗の面とか烏天狗の面とか、ヤシの実にほりこんだ土俗的な面が壁にかけてある。このヤシの実は男の性器が鼻になっており、それを受ける口は女のものになっている。そう思って見れば、それ以外のものには見えない。京子のアパートに訪ねたとき、同行した永造の友人が部屋をのぞいて、すぐ眼についた天狗の面を見てこれは性の象徴ですな、といった。彼女は、不思議なことをいわれたという顔をした。今はそれを知っていてかけている。ゴチャゴチャした寝室の飾りと、かなり似たものが伊丹と百合子の寝室にある。鎌倉彫りや、人形の入ったケースがあり、紙雛がいくつか吊り下げてある。そしてここにも仏像の写真があり、小さい化粧箪笥の上に二人が上半身を寄せ合って、こちらを見ている写真があった。永造は部屋の中へ忍びこんで、それを裏返して、いつ写したものか見た。厚い板紙が裏蓋になっていて、そこには何も書いてなかった。

永造がアメリカ滞在から帰国してきた頃、まだ限られた家にしかなかった正式のベッド・カバーのようなものが、ここにもかけてあった。京子が彼の家へくることが決って彼を連れて最初に買い求めたものは、新しい揃いのベッド・カバーと、自分のネグリジェだった。

啓一と光子のそれぞれの部屋のベッドにはカバーをかけたが、永造夫婦はベッドを二つ並べて寝てはいなかった。陽子は自分の部屋で日本式の寝床で時々夫に鋭い視線を放つか、まったくそ知らぬ顔をして寝ていた。夫の永造のベッドにカバーをかけることにまだ思い及ばなかった。永造はそれより少し前までベッドをつかっていなかった。新しい家に合うように子供たちのベッドがあつらえられたとき、今は寝室になっているが当時は書斎であった部屋へ、余ったベッドの一つを運びこんだ。子供たちのベッドにもカバーがなく、あり合わせのキレや、何年か前に家を買ったときについていた品質はよいが古いカーテンをかぶせていた。

京子は伊丹とベッドを並べ、既にカバーをかけて暮していたのだろう。そしてアパートに一人暮しをしていた京子のベッドのカバーは光子のベッドのカバーになった。ついでに啓一には新しいものを求めた。

伊丹夫婦のカバーは新しく求めたものであろうか、京子と一緒に暮していた頃のものであろうか。

永造はその寝室を出て隣りの康彦の部屋をのぞきかけて止めると、廊下のつき当りの窓から外を見た。さっき古山の小型の車でやってきた、砂埃のある広場があり、遠くにキャンプの一部と米軍の小型ゴルフ場が見えた。道路とそれらの施設の間には水田や水田をつぶしてゴルフ場にする予定の空地があった。その空地で五、六人の子供たちがマリ投げをして遊んでいた。二台の自転車が置き忘れられたように横だおしにしてあった。

ある感情がこみあげてきた。これは愛情というものだろうか。

古山が階段をのぼってきた。

「割にちゃんとした二階でしょ」

「康彦くんが遊んでいますよ」

「そうでしょ、あの顔付きで失踪することはないですよ」

「そろそろ引揚げましょうか」

古山は便所のドアに手をかけた。

「ここらあたりは、あれですよ。もともと多摩川べりの川原地帯で、掘ったら石がゴロゴロしているところですよ。宅地としても、もともといいとこじゃないんですよ。殺風景なとこですよ。しかし、やっこさんとロリータは、ぼくなんかも同様だが、いっしょになった頃は、年甲斐もなく一年間や一年半は毎日、愛撫のし続けでしたよ。復員兵もそうだそうですが、前田さんなんか二つ経験があるんですが、いかがですかな」

古山は永造がこたえる前に用足しに入った。

「ぼくらは親睦をかねて、ブルー・フィルム会をもっているの御承知でしょ。うちのカミさんなんか初めはいやがっていましたが、この頃平気ですよ。子供にお乳をのませながら見ている奥さん方もあるし、けっこう健康に楽しんでいますよ。だが、こいつももう峠をこしましたな。この頃はあなた、自分たち夫婦の声をテープにしたり、写真をうつしたりするもので、この写真もフラッシュをたいて自動でスナップをとるのから、ほんとうのブルー・フィルムまでとるのが出てきますよ。これは大がかりになりますけども。前田さん、ブルー・フィルム見たことありますか」

こういう話をすれば無難だ、と思っているのかもしれない。

「私？　二、三度ありますかな」

「やっぱりあるんですか」

古山は出てきた。「ぼくは殆ど眼を通していますよ、その序列が全部アタマにあります。あなたの見たのは、どんなものかなあ」

「きっとあなたは御存知ですよ」

古山はハンカチで手をふいた。

「あいつの口から、認めるということをいわせるのはムリですから、とにかく京子さんがこれから連中の許可なく子供の前に姿を見せたりしないようにすることに協力するといってやって下さい。あなたがそういってやればあなたを信用しますから。彼もあなたは信用しているようですから」

永造は黙って微笑しながら首をゆっくり横にふった。そうしながら、自分のこのにくにくしい動作がどうして自分に出来るのか、どこでおぼえたことなのか、それとも自然に動作となってあらわれたのか、いずれであろうかと思った。

「あなたの見たフィルムは、どんなのですか」

「さあ」

「獣姦ものがありましたか」

「ありましたね。パラソルをさして犬を連れて山をのぼって行く」

「ああ、六甲山でとったのだな。それで木蔭からでしょ、男が現われるのは。六甲は都会的なフンイキがあってこういう有閑マダムふうのものはリアリティがあるからね」

「そう」

「みんなその筋です、職工ふうの男でしょ、鉢巻をした」

「そんなふうでした、よくはおぼえてないけど」

「あの男は度々登場するので、ぼくら、よくのませてやります。そのほか、時代ものは？」

永造はアイマイにうなずいた。

「元禄もの、もっと古いもの？　日本で一番古い絵をご存知ですか、室町の頃ので、それが何枚か組になっていて物語があるんです。これは博物館の奥ふかくしまってあって、かかりのオジさんによっぽどコネがないと見られませんが、ぼくは見ました。だいたいフィルムはこれの筋で行くので、伝統は恐ろしいもんですな。もっとも、外国のもみんな同じです」

「ぼくが見たのは、夫婦で林の中を旅をしているもので、ちょうど、芥川の『藪の中』を映画化したのがあったでしょ」

「何だっけな。本物の方は弱いんだ。困りましたな。ええっと映画は『羅生門』」

「そう、あれに似た風俗でしたね」

「その写真、いいものです。あなたは仲々いいものを見ています。一級品ばかりですよ。タイトルは何といいました」

「さあ」

「あとは……」

「よくはおぼえてない。カラーだったかな」

「いい物ばかり見ているらしいですよ、あなたは。ぼくなんか警察が没収したものを廻してもらっているんで、たいていのものは集まる。そういうときは、警察の人が運んできて一緒に見るか、別室で飲んでいただいといて、すんだあとまたお持ち帰り願う仕組みですよ」

「ここでも、見たことあるのですか」と永造はアゴで伊丹の家をなでるようにした。

「この家でですか。貸してやったことはありますよ」

「普通あなたの家でするの」

「ええ、たいていぼくの家でやります」

「古山さん、私がくりかえしていったように」

永造は急に疲れをかんじて、今自分がいうべきことが脱落したように忘れてしまったことに気がつき、あわてた。それは彼として切札と思っていたのに。頭の血液が不意にうすくなったように思えた。

「いや、もういいです。私はこれで帰ります。康彦くんも元気だから」と永造がいうと古山が、

「気にせず食事は十分にめしあがった方がいいんじゃないですか。京子さんにしっかりして貰わんと困りますな。ロリータに敗けて貰いたくないですよ」それから、「このまま黙って帰っても大丈夫ですよ」といった。

階下へ降りて行くと、伊丹は前より落着いて見えた。

「これで少くとも、伊丹と前田さんとは友達になれたわけだなあ。こいつも今にその方面で名を出しますよ」

「器用貧乏なんだから」

と百合子がいった。

「誰から教わったのかなあ、そんな言葉」

と古山はハ、ハ、ハと大声で笑った。

古山は帰りがけに、ここへやってきたときと同じように、永造とは無関係な言葉を小声で伊丹とかわした。

外へ出て車の中へ入ると古山はいった。

「あなたが来たことは、あいつらにとっていいことでしたよ。これからも腹を立てるかもしれないが、こっちは知っちゃいない。それは、あいつら夫婦が自分で処理して行くべきこと。仁義からいったって手放すとはいえないとこですからね。そこがヤツらの生甲斐でもあるんで」

永造の家に近い路で、永造が家へ寄るようにすすめると、古山は予想していたように、

「それでは、ぼくはここで失礼します」とつよくいって、車をとめた。京子と会うべきではないという考えだろうか。

「いい写真が入ったら、お呼びします。奥方も同道して下さい。ほんとは、みんなちゃんとした連中ですよ。あれはあれでいいもんですよ」

と真面目な顔を見せた。永造は車から降りて歩き出しながら、いつか見たブルー・フィルムの拡大された場面が眼に浮んで、あの時そうだったように吐気を催おした。京子がフィルムのことが話題になったとき、

「ねえ、どんな」

と自分も見てみたいといった。フィルムの内容のことを語りはじめて、途中で止めてしまった。

「そんなものは、ぼくとしていることと同じことで、それこそ鏡にうつして見たらいいんだよ」

「鏡のとりまいた部屋があるんですってね」

「ぼくはきみと結婚してからだって旅行して、そんな外人連れこみの部屋へ泊ったことがあった。今は日本人どうしが行く温泉マーク式の宿だって、それ使っているところはあるそうだがね。ぼくが泊った部屋は日本ふうの部屋で壁の下の方の部分だけ鏡になっていた。その部屋と小さいリビングがあって、それから、そうそうそこもトイレと便所が一緒だったっけ。フロへ

入ろうとしたら、便器にどっさり先客のものが残してあった」

「あら！　どうしてでしょう。流すのを忘れたのかしら」

「どうだったかな」

「それで、どうしたの。外人のだったの」

「そうだろう。宿の人を呼んで処理させた」

「それでそのあと鏡の間でひとり寝たの？」

「気になるからカーテンをひっぱった」

「カーテンがあるの？」

「赤いのだ。何だか便器のものがにおって来た」

「そう、そういうふうになってるの。私は浴槽の中の底が鏡になっているということをきいたことがあるわ」


ある日、京子が寄り添ってきた。

「あれから何べんも家出をしたんですって。今、百合ちゃんから電話がかかってきたわ。今日で二日目ですって」

「昼間からベッドへもぐりこんだり、キチンで物を落す音がするから、疲れているとは思ったが、やっぱりそのことだったのか」

「そう簡単に事は運ぶものではない、ということは、私だって考えていることだし、その復讐は私が受けなければならないことは仕方がないけど、それでもあの子が不良になるのはイヤだわ。不良になってスゴまれて、私のいうことが全然通じないという場面は想像すると、とってもイヤ」

永造は黙っていた。この自分の家へ訪ねてきて、京子のいうように何をいってもセセラ笑って、金をふんだくったり、罵倒して男泣きに泣いたりするテレビ映画によく出てくるような場面ならいいけど、訪ねもしないで殺人恐喝などの事件を引起したとしたら、そのとき京子を眺めていて、どんなことを口にしたらよいものだろう。

留置場かどこかへ京子が行くのに永造もついて行くことになる。伊丹夫婦もそこにきていて、この夫婦は京子が事件の張本人みたいな顔付きで眺めるような気がする。

「それは彼らの勝手だがね」

「編笠でもかぶって後手にしばられて腰縄か何かかけられているのはイヤ」

「それは違うだろう。後手にしばったりしない。手錠をかけるだろう。それはきみのお母さんの頃の話で、お母さんからきいたことだろう」

「どっちでもいいけど、みじめなことは同じよ。それにセイが高くなるに決っているから六尺以上もあるのが、そんな恰好をしているのは。バスケットやバレーの選手が大きいのはいいけど。今なら何とかなると考えた方がいいのかもしれない。けど、ほんとうにそう考えた方がいいのかしら。でも、こんなこと私が考えることないわ」

「することだけはしといた方がいい。もう一度久ちゃんに話をして見た方がいい。少し考え方が変っていて、途方にくれていないとも限らない。第一、百合ちゃんが電話かけてきたのは、そのためじゃないのかな」

京子は返事をしなかった。

「先生に会って事情をきいてみた方がいい。こっちの方で子供をほしがっているというふうに思われないように気をつけた方がいい」

京子は考えこんでいた。

「学校は分っている？」

「分っているわ」

何度めかの妊娠をした京子が夜になって担任の女教師の自宅へ車で出かける支度をした。

「何だか予定狂っちゃう。私はこのおなかの子を育てて行くのを楽しみにしていたのに、もしも二人となると、覚悟が違ってくるわ」

「予定が狂うのは、前田家のしきたりだからママ、それはあきらめた方がいいよ」

と啓一がリビング・ルームへ顔を出した。

「それは、そうかも分らないぞ」

永造は笑った。

奇妙なことだという顔をして京子が永造を見た。

「家長のいうことには、従っといた方が、あとあといいよ」

と啓一がいった。

「ぼくらだって協力するよ、だんだん大人になってきたのだから。親父だって、そうだろう。ぼくには協調しているしさ。今だってぼくには甘いもの。前には怒鳴っていたが、今は違うもの」

「どうしよう。実はね、今日もクラスのお友達が手分けして多摩川をさがしたんですって、雨が降って水カサが増しているそうよ」

京子は溜息をついた。

「いよいよ生死の問題か」

と啓一はいった。

21

「先生に中へ入ってもらって、こっちへ康彦を連れてくるように話をすすめるというわけ？　私はいやだなあ」

と京子はいった。永造は、

「われわれの方は心配することはないよ。こいつは」と息子の啓一をアゴで示した。「物分りがいいし、光子だってぼくといつも同じ意見だから。ぼくらがみんなで苦労して行けばいいじゃないか」

「私いやだなあ」京子はくりかえした。

「くれぐれも、こっちがいいことをしていると見せかけない方がいいよ。きみがそういういいことを主人がしていると見せかけると、それが久ちゃんに伝わるからな。事を荒立てると、それだけでせっかくのことがうまく行かなくなる」

「私は、一つ方針を決めたら真一文字に進まないと、アタマが変になるのよ。私が再婚したとき、もう死ぬまでのことは決めてかかったのだから。私はいい加減に走り出したり、途中で方針を変えたりすると、困るのよ。私は子供をうむか、うまぬか、ということはまだハッキリ決めていなかったわよ。私がこの家へ落着くには子供があった方がいいと思ったり、子供にかまけて私が進歩がなくて魅力がない女になって、うとまれるのはイヤだと思ったり、そのさいには何か仕事を身につけて、その仕事もだんだん伸びて行く仕事をやりたいと思ったりして、私が不安だからお父ちゃまとの間の子供をこさえようと方針を決めたのは、これは、途中で変更したわけじゃないでしょ。これは一応勘定に入っている考えだったのよ。でも、久ちゃんから子供をこっちへ連れてくるのは、私の思惑外のことなんだから、ほんとに調子狂っちゃうわ。人間には弱いところがあるもんだな、って顔を啓ちゃん、しているけど、ほんとなのよ、私はダメなのよ。あなた方とは違うんだから」

京子が出かけて行ったあと啓一がいった。

「おナカの子供のこと、大丈夫かって、いってやった方がよかったよ。それとも、誰も彼も流産した方がいいと思っているのか」

「そんなことあるものか」

啓一のいう通りうっかりしていた、と永造は思った。京子に思いやりをかけておくべきだった、と身体があつくなってきた。

「それや、オヤジさんがいってたように流産すれや自信はなくなるけどもさ。ほんとうは産みたいのか、産みたくないのか」

「それより、お前、勉強したいのか、したくないのか。将来の就職のこと考えているのか、いないのか。ガール・フレンドを連れてくるが、ただ遊ぶだけなのか、将来結婚することを考えているのか。まあ、いいや、お前のことは、お前に任せよう。これは少し云い過ぎたな。よそう」

　啓一が黙ってタバコを吸っていた。

　永造は息子が次第に肩をいからせてくるのが分っていて、いいかげんに止めようと思った。

　しかし立ちあがりながら、永造は自分の意思とは別のことをいってしまった。

「そこで眠ってしまったって、風邪をひかなけりゃいいが、テレビをつけっ放しにするのはやめた方がいいよ。電圧があがってだんだん音が大きくなると、近所にメイワクだからな。お前のおふくろと違って、お前は病気じゃないんだから」

　永造は啓一が風邪ぐらい引いたらいいと思っている自分に気がついた。そして永造は依然として物足りなかった。

「ぼくは、そのうち家を出てアパート暮しをしたいと思うが、どうせ、そうなれば金がいるのだから、今から少しあげてくれないかな。ママにいったら、パパにいえというだろうからね。それとも間接的にママを通した方がよかったのかな」

　永造はふりむいた。

「それや、物価があがった分だけはあげてもいい。簡単にラクなことをしたいから、アパートに入るというのはいかん」

不意をつかれたので、とりあえず返事をしておこう。モタモタしていたら、尚のこと旗色が悪くなるというわけだ。

「ぼくは、オヤジがいったように、ひとりになって苦しみに行くんだよ。ラク出来るわけないじゃないか。マンション住いするわけじゃないしな」

「そうかな。いやラクとはいわんが、気儘な暮しをしようというんだろう。そして、その尻はこっちへ持ってくる」

「尻を持ってこなけれや、いいんだろう」

尻を持ってこなけれや、早く尻を持ってこいといって、のぞきにくるじゃないかと啓一がいいそうにも思えた。

「おい、テレビを消せ」

といった。

それが、ほんとうにさっきから永造のいいたいことだった。

どうしてこいつは、追いつめてくるのだろう。こういうことをずっと考えていたのか、と永造は空恐しくなった。

「今に何か新しいことをいい出しゃしないか、とビクビクだわ」

と京子がベッドで溜息をついたことがあった。

「きいていると、みんなもっともなことなんだ、とあなたはいうんだから、お話にも何にもなりゃしない」

永造は闇の中でにくにくしげに唇をゆがめた。生唾をのみこんだ。場合によってはと伸しかけていた手をそっと引っこめてフトンの中へしまいこんだ。

永造は啓一の申し出でショックをうけた。康彦のことを問題にしていたのに……。いったい、どういうことになっているのか自分にも分らない。ただひそかに啓一がいい出す機会をうかがっていたということが、どうにもやりきれなかった。今まで自分が、啓一の前でしたりいったりしてきたことが、みんなムダになってしまった。そのムダになったということなんか、啓一にとっては、まったくどうでもいいことだった。当然のことだ。それが当然のことであるのが、腹立たしかった。

啓一が文句をいわずに立っていってテレビを消したのも、空恐しい。

「いつだってぼくはテレビの前にいたって見てはいないんだよ。光子とは違うということ知ってるじゃないか。ぼくはぼくのおふくろと同じでテレビの音が鳴ると眠くなるんだ」

「そうか。さっき、お前、いよいよ生死の問題かといったが、ママとおれの前でどうして、あんなことというんだ」

永造はもういった本人が勿論忘れてしまっていることを不意に口に出した。テレビを消せ、ということより、そのことの方がいいたいのだった、という顔をした。しかし、そんなことはなかった。

「約束が違うじゃないか」

と永造はつぶやいた。

永造は別人のように優しい口調でいった。

「これはゆっくりした気持でキタンのないところを話し合わなくっちゃならんと思うのだが」

と前置きした。

「今のことじゃないの？　アパートのこと、それともあれ、さっきの『生死の問題』のこと？

『生死の問題』ってえことは、どうってことないんだよ。オヤジさん、分っているじゃないかよ」

永造は目をまるくした。

「別に意味はないんだよ」

「意味がないからといって、あれでいいというわけじゃないじゃないか」

「だから、どうってことないんだよ。分ってるだろう。だから何がいいたいんだよ」

と大人びた投げやりな口調になった。

「ぼくとオヤジとは長いつきあいの間柄じゃないか」

「そうだよ、長いつきあいの仲だよな」

と永造は息子の顔色をうかがいながら、話しだした。

「お父さんが」と彼はわざといった。「おれ」というのを止した。

「お父さんが復員してきたとき、啓一は（名前を呼んだ）お父さんと写真と二人いるといってなじまなかったな。それでもお前はイモの切干のようなものばかり食べていたから、お父さんが持ち帰った軍隊のカンメンボウがうまい、うまいといって喜んで食べたよ。あのときのことは啓一も何度もお母さんに話したそうだな。あのときの啓一の顔は今でもおぼえているよ。田舎まわりをしているとき、幼稚園で腕を折ったな。あのとき乳母車へのせて骨つぎに通ったことおぼえているだろう。川のある市だった。川べりに骨つぎがあったの、おぼえているか。大川を舟でわたって引越したとき、薪が一本々々舟がゆれる度に落ちたのを見て、啓一がしつこくいってお母さんにおこられたことおぼえているかい。東京へ出てきてから、隣の家の坊やに小学校の二年の教室へ連れて行ってもらったはずだったのに、四年のクラスにいたものだから、お母さんが学校へ訪ねて行ったとき、啓一が学校へきていないというのでびっくりしたことがあったが、おぼえているだろう。一週間も別のクラスにいたんだから、誰だって呆れるさ。いったい一週間、啓一は何をしていたんだろうってな。いったいどういうつもりで一週間毎日学校へ行っていたのだ。こういうものだと思っていたのだろう。素直だったからな。どうして二年と四年を自分で間違えたんだろうか。先生も先生だね」

啓一はジュウタンのシミを見つめているようだ。永造は息子が多少はいっしょになって昔のことを自分も考えているらしいと安心した。

「啓一、自転車で怪我をしたときのことをおぼえている？　習いはじめのとき坂の上から啓一を自転車にのせて押し出したから、溝へ転がりこんで怪我をしたが、大したことはなかった。啓一はすぐ乗れるようになった。坂からとばしてきてバイクにぶつかったときは、啓一はお父さんの腕の中で、瀕死の鶏みたいだった。いく針も縫った」

永造は小さいゴツゴツした身体の息子が眼を閉じて、自分に抱えられている感触を思い出した。橋の上をかけて通るとき、ここから投げこんだら、とふと思った。そのとき優しい気持がなかったわけではない。

永造は息子を見た。優しい気分になった。

「啓一は駄菓子屋のクジがよく当った。区の広報車が出来て、その名称を区立の全部の中学校のホーム・ルームで生徒に書き出させた。そうしたら、お前が一等になった。賞金の五千円をお前は、寄附した。啓一のおふくろが、父親がなくて貧しくて旅行に行けない子にあげてくれといって寄附した。あれは大したものだった。今でもあの車があの名前で走っているんだからな。『お知らせ号』。いい名だ。いやあ、お父さんは、あの車が走っているのを見たくて、時々、昔いたあの区役所のそばへ行って待ってることがあるんだ。車はあの頃のものじゃないし、運転手も変ってしまった。それでも、お父さんはどちらの運転手とも話したことがある」

啓一は庭の木蔭の箱の中の思い出したようにセキをしている犬と眼を合わせていた。

「お前ともゆっくり話しあわないといけないのだが、お前がおれたちの部屋のとなりの部屋から、奥の部屋にうつりたがり、こんどは地下室のおれの仕事部屋だった部屋へうつったのは、お前が新しいママのくるのを望んではいたが、やっぱりいざ隣りの部屋で二人が寝ているということが、やっぱり、あれか、あまりいい気持がしないとか、気になるとか、面白くないとか、そういうことなのか。そのことのために、家を出るということもあるのか」

永造はいっそう優しくいった。永造はブレイキをかけようと思ったが、とまらなかった。

「女というものは、お前が考えているより、ムズカしいものなんだ。「お前らは若いから、どうしゃべっているような、あの心持ちうつ向きの姿勢になった。「お前らは若いから、どういう考えをもっているか分らないが、手を抜いたりしたら、今の女は、えらいことになるんだ。それが現実というものなんだ。お前や光子に献身的になってくれるということがないとしても、お前たちとつきあって顔を合わせたり、一緒にくらしたりするだけでも、努力している。そうとすると、その分だけは、どこかでちゃんと取り戻さないと承知できないんだよ。だから夜は早く寝室へ入って、昼間とちがったことをいったり、ちがった顔をしたり、つまらぬことを口走って泣いたりして発散しなけりゃあならない。お前は、おれがウツツを抜かして、ママの尻を追っかけるようにして寝室へ行くと思っているから、ラジオの音を大きくしたり、このリビング・ルームでウイスキーをのんだりしているらしいが、それに文句いうわけでないが、とにかく簡単なものではないんだな」

しかし京子は、一方では、お前をきたえようと思っているんだ。おれや陽子がそうしなかったからな。そういうことを彼はいわなかったが、そう思うことに喜びがあった。それから話しているうちに空恐しさが少しずつ消えかかるとこんどは徐々に母親になったように可哀相に感じられてきた。

啓一は黙って立ちあがると、背筋をのばすようにして五、六歩動いてゆっくりとドアをあけた。そうして意味ありげにドアの外を眺めた。

「とにかく変ったことをお前がいい出さなければ、お前がノイローゼ気味になるし、お前がいい出せば、大人はノイローゼになる」

話をやめるとモヤモヤと何もかもよどんでしまい、何のために何のことを話していたのか、ワケが分らなくなった。その中でハッキリしていることは、そういうことだ。

「ああ、そうか」

と永造は急に思いついたようにいった。

「お前がデートに行く女の子たちを家へ連れてきたのは、あれはお前が一人前になったということを、ママの前に見せようとしたのだ、と思っていたが、あれはそうじゃなかったのだな。おれ達を見せようと思って連れてきたのだったかもしれないな。あの頃お父さんが、新しいママに夢中になって御機嫌をとっているのを、お前だって物珍らしくて同じような気持になっていて、女の子に、ウチにはこういうママがいるよといって見せるつもりだったのかもしれないな。つまり、お前は、お父さんのマネをしたので、お前は何といってもお父さんにも似ているのだ。第一、お前の声はおれにそっくりで、電話にでたおれの友人は誰も、子供だと思わないくらいだからな。もう、そろそろ、風呂へ入った方がいいんじゃないのかな、啓一。お前が中学で物すごくよくおぼえている東大生について勉強していたっけな。高等学校へ入る直前に水泳のよく出来る東大受験生の家庭教師についていたときのあの家庭教師だったかな。いや、東大生の光子の家庭教師だったかな。そうだ、油足の靴下が臭って光子が軽蔑したような顔をしていたものだった。

お前はどの家庭教師でも、かまわない。本を開けといえば開くし、読めといえば読むし、笑えといえば笑ってみせるという子だった。光子は家庭教師をくさいから代えてくれ、といった。啓一はそうじゃない。お父さん似だが、その足のくさいのは、お父さんとも違うが光子の家庭教師そっくりだ。どうかな、ボツボツ風呂へ入ったら。どうして啓一は油足なんだろう。その大きな足と手とは母親似だが、油足は、誰にも似ていない。風呂へ入ったら指と指の間をよく洗うといいんだよ。そうすると頭が冴えてくるのだそうだからな。こんなことで頭がよくなるのだったら、実行しない方がどうかしている。何かいいことがある日は啓一は朝も早く起きるし、そうでなければ寝ている。何もお前に限ったことじゃない。若いものはたいがいゴロ寝している。朝が早いときは、お前にきかなくたって、何かあることが分る。たいがい友達がここへやってくる。今日は誰々がやってくるから御馳走してくれよ、というふうだった。昔から啓一は、お母さん、お前や友達らといっしょに大きな声を出してうれしそうに笑っていた。するとお母さんはお前や友達らといるより、その方がうれしかったらしい。しかし、いつも連れてくるばかりということは、ほんとうは人間の成り立ちからいうとよくない。お父さんなんか、家が小さくて居場所がなかったせいもあるが、いつも友達のところへ出かけて行って、友達と遊んでやったものだ。これは、どちらがいいということになるといちがいには言えないが」

「だから、ぼくは、外へ出るんだよ」

啓一は大ぴらにウイスキーをのみ出した。それをとめるわけに行かない。むしろ永造は啓一がウイスキーの棚をあけるとき、「いいよ、その上等のスコッチの方でいいよ」といったくらいだった。

「お父さんの友人が、よくいっていたことがある。戦争中だったか、物がない頃だ。いや、戦前のことだったかもしれないなあ。その頃もう外国のウイスキーは手に入らなかったんだ。棚の中には貰い物の舶来物がしまってあるのに、自分にはのませてくれない。それが腹が立って仕方がなかったそうだ。毎日そのことを考えてくらした。自分はそういうことがないようにしようと思ったそうだが、今はどうかな。やっぱり彼はのませてないだろうな。そう、啓一としても、お父さんから離れて、お前は自分の道を歩むのがいいことは分ってるんだ。お母さんのいる頃から、おれはいっていたんだ。可愛い子には旅をさせろって。お前はどこか寮のあるところか、北海道あたりの大学へ入りたいといってくれたら、すばらしいと思ったものだ。お父さんがそうしたように寮から夏休みに行李といっしょに戻ってきて、それを洗濯する。家へはたまにしか戻ってこない。お前は成長して一ぺんに大人になって帰ってくる。もうおふくろもお前も、ベッタリしない。お前と母さんが勝手にきめて、その尻を父さんのところへもってくるようなことはなくなる。遠方から手紙がくる。最後に、『お父さんにも宜しく、お父さんにも土産を持って帰って行きます。何だか当ててごらんなさい』と書いてよこしたりする。

もう玄関に靴をぬぎすてたりしない。子供ならいざ知らず、親よりも柄が大きくなり、親よりも多い文数の靴を斜めにぬぎすてたままにして置くのは、してはいけないことだ。それは本当は母親たるものがしつけることなのだが、靴をぬぎすてることが何故わるい、というのが若いものの意見だ。そうじゃないか、よその家へ行くときは、自分から履物を直すのは失礼だというんだから、こんなことどっちだっていいんだ。だから、父さんなんか、時々自分で黙って玄関で啓一の靴を直したというわけだ。奥の部屋で啓一と母さんが笑っている。母さんの笑い声は大きかったからね。あの笑い声をやめろといえば、病気になったからね。考えてみれば可哀想にもっと笑わせるべきだったかもしれないな」

永造は自分でグラスをもってきて、

「お前一人のむということはないだろう」

といった。息子は立ちあがって、氷と水をもってきた。

「オヤジはオン・ザ・ロックにした方がいいんじゃないのか」

「お前、さっきから黙って何を考えているんだ。お前がダメになったのは、おれたちがお前を大学へ入れるためにあっちこっち頭を下げて頼んで歩いた、ということか。あなたでもそんなことに歩きまわるのですか、子供は放って置くべきだ、という主張じゃないですか、といわれたが、これはこうしなくちゃぁ、家内が倒れてしまうんです、というわけにもゆかない、とこう弁解すると、分ってくれた。そのときお前の方は、みんな、お前さんたちのいうとおりにしますよ、入れてくれるところへ入りますよ。とこう思っていたか、それとも、おれを産んで、こう育てたのは、そっちじゃないかとでも、そんなどうにもならんことを思っていたわけじゃあるまい」

「アパートでパーティをやるつもりだから、そうしたらオヤジたちにも来てもらうよ。小型テレビとあのプレイヤーだけはもって行っていいだろう。アパートにオヤジさんを知ってる人がいるんだ。ぜひ紹介してくれというから、来ておくれよ」

啓一はニヤニヤしていた。

「その人がいうんだ。おれが病気をしたとき、アパートからすぐ家へ電話をかけた方がいいよって。うちとよく連絡とっていた方がいいって。おれもそれはしようと思ってるんだ。アパートでひとり死んでいるというのは、いかさんからな。それから胸に手をあてて寝ないようにするよ。うなされるといやだからな」と啓一はいった。

永造は涙ぐみながら、啓一がもうすっかり引越をすることに決めているのに、がっかりした。

「それから、もう一つ注文があるんだが、いっていいかい」

永造は身がまえた。まわりかけた酒が一度にさめる思いがした。

おれは、まだ許しているわけではないんだよと永造は呟いた。彼が気にしていることは、妻の京子にどう説明すべきか、ということだった。

もし京子が実の母で二人が、結託して色々と取り決めているのだったら、どんなに気が楽なことだろう。母と息子とのその態度は大いに気に入らぬことではあるけれども、それならそれで、

「自分でいいようにしな」

と母と息子のどちらにいうともなく、あからさまには分らぬげにいっておいて、さあとなったときに、

「おれは知らないね」

といって、さっさと書斎へ入ってしまう。それくらい溜飲の下がることはなかろう。

「お父さん、相談にのってあげてちょうだいよ、お父さんに頼みたいらしいんだから」

と口惜しそうに、苛立たしげに息子の母親がいったとき、

「おや、おいでなすった。とうとう二人して尻をもってきた」

と彼は思うだろう。相談にのってくれといって息子が時間までに帰ってこないようなことがあれば、

「さあ、あした早いのだからおれは寝るよ。宵っぱりじゃないからね」

といって寝室へ行くこともできる。場合によっては、この時とばかり、妻のいる部屋へ何度も顔を出して、「やっこさんまだ御帰還でないね」などといったりするかもしれない。だからといってほんとに相談に乗ってやるとなったとき、何をいうというのだろう。

さて京子はどういう態度に出るだろうか。彼女は露骨に眉をひそめ、父親としての断固たる処置を要求するだろうか。そういうことはあるまい。そしてその要求を口に出すまで、殉難者のようにリビング・ルームのテーブルに頬杖をついて、空間から大きなネオンまでまたいているパノラマふうの景色をうつしているガラス戸の方に視線を据えてしばらく物もいわず、その淵源はどこにあるか、辿っている。何をそこで言いだすかということは別にしても、寝室で溜息をついて、

「前田家独特の謀略だわ」

というときほど憎らしいことはない。そのとき永造はいい返す言葉に文字通り窮する。

「私たちも、もうおしまいね。はかないものね。第三者からなら最初から分っていたし、私も、みんなにいわれていたし、それだから、みんなに相談しに歩いたのよ。賛成する人は少なかったわ。賛成した人は、あなたひとりっきりよ。自分のことだから」と笑う。「それも謀略よ。

いっしょになって、この人、いい人らしいから来て貰ってくれよ、なんていうんだから。あれがそもそも臭かったわけよ。私だってその予感はここへ来た当座から、あったのよ。あんたがいうそれこそ二、二が四みたいにハッキリしたことよ。ここへきて、二、二が四というあなたのいい方だけは習ったのね。もう再婚は真平よ」

という。

それがないように、……永造はほくそ笑む。……それがないように、古山の暗示にかかったわけではないけれども、子供をこさえることにしたのだ、と。その子供をおナカに入れて、今、京子は担任の女教師のところへ出かけている、と。

京子はこんどは謀略だとはいわないだろう。

京子がいったことがある。

「ねえ、あなた。啓ちゃんが唸っているわ。あれ、ほんとかしら。ほんとに何処か悪いのかしら、あなた行ってみて」

といったことがある。

「おや、そうかい」永造はそれからわざと間を置いて「ウソではないだろう。わざわざウソをついて唸ることはないからね、おれが夜中に唸るのは、あれには相応の理由があってのことだからね」

「あなたのことはどうか知らないけど、それにあなたとは同じ寝室にいるのだから、慣れているからいいけど、何だか私はこわいのよ。男の子がもだえているのを見るのは。気持がわるい」

家政婦が見つけたのだろう。それから直ぐに彼のところへいいにきたのだろう。永造はそのまま地下室にいる息子のところへ行ってみた。

「どこか悪いのか」

陰気くさい湿っぽい部屋を見渡した。壁に息子が書いた裸婦があった。小型テレビが寝台の横の小机の上にあり、灰皿にはひねりつぶされたタバコの吸殻が虫のように盛りあがっていた。

地下室は一時、永造が書斎につかっていたところが、ある日啓一がそこへどうしても移りたいといった。そうしなければ、自分は生きることが出来ない様子をしている、ととれた。京子は、

「どうする?」

と夫にきいた。

「私はあなたが問題だと思うだけよ。この家は何といってもお父さまでもっている家でしょ。ほかの者はみんなそのために辛抱をしなければならないんだから、そのお父さまの御仕事や、気分に影響がなければいいことよ。でも、あそこのお部屋は……」

「お部屋というほどのものじゃないよ。シキリをつけただけの地下だよ。もともと下駄をはかせた土台のまわりにブロックを積んだからな」

京子は疑いぶかそうな眼を夫に向けた。

「とにかくあのお部屋は、お父さまの城だったのよ。あそこにいると、私たちも、啓ちゃんも光子ちゃんも、オバさんもみんな、気を使わなくてすむし、お父さまもひとりになれて具合がいいのだったはずよ。あそこだと、お父さまはひとりになれて、色々と考え事が出来たり、ご本を読んだり、外国の文学の研究をしたりするにも、空想が進んで、たいへんによいというのだったのよ。その城を明け渡していいのかしら」

息子と父とは、意味ありげに同時に微笑をうかべた。

「あら、そういうときに笑うのはどうかと思うわ。前田家流よ。お友達にも話せないわ」

あれはいつだったか。あのときのことを京子はいいだした。永造がかいつまんで前に京子に話したことがあった。昼間から新宿のジャズ喫茶にたむろしていて、補導員に見つかり、彼らの名前が高等学校に知れ、校長が出張先から仮処分をいい渡した。そのあと停学処分になったとき、父兄たちが呼ばれた。息子たちと父兄たちが並んでいると、そこでこれから慎むようにといわれた。補導員は学校にいわないというので、彼らが床にすてて靴でふんづけた身分証明書の入った定期を見せた。約束は破られたのだから、先ず約束を破った補導員がけしからぬではないか。その電話をうけた教師が鬼の首をとったように遠くの宿にいる校長に電話をかけたのは、自分の功にしようとしているのではないか、と永造は妻の陽子と話した。そこで彼は以後慎むように申し渡されたとき、いっしょに微笑をうかべたことがある。

「啓一がどうしてもというのなら、ぼくと啓一とが入れ替ってもいい。啓一もひとりの方がいいかもしれない」と京子をつついた。啓一をあの地下室へやれば、自分達も気が楽だ、ということ、それに夜隣りの部屋の気兼ねをしなくともすむ、という意味で、これに京子が不賛成のはずはない、と思ったからだ。

その結果、啓一は地下室に住みはじめた。

「啓一、どこが悪いのだ、また盲腸炎みたいな病状か。だから悪くない時に切っとけばいいんだ。しかし、じっさいはこの前のように、ただガスがたまっただけかもしれないぞ、それは自律神経の失調からくるので、これは現代病なんだ。大人にも若い人にもある。年齢と関係ないんだ。若いからといって安心できない。タバコをやめた方がいいんだよ。何箱吸うんだい」

「腹じゃないんだ。アタマがいたいんだ。熱があるんだ」

「風邪だろうかな。そう大ゲサに心配することはない」

「苦しい。どうにかなりそうだ。心臓も苦しい。息がつまるようだ。オヤジさんこういうことなかったかい」

「軍隊で肺炎になって死にかかったことはあるが、熱をはかってみよう。ちょっと待っていなさい」

永造はあがってきて、

「熱があるらしい。ほんとに苦しいらしい」

「ほんと？　ほんとに病気かしら。みんなすぐに苦しむんだから、ねえオバさん」

　と家政婦にいった。

「あそこは何といっても身体にはよくありませんよ」

「もっと外へ出て活発な生活をしたらいいんだわ」

　そういうようなことは、こんどは京子はいうまい。永造は思った。康彦のことで京子が話しこんでいると考えると心がハズんだ。

22

「ほんとうは、お前とお父さんとは話し合うことが出来ている方だよ。それや、お母さんの生きている間は、いろいろソゴがあったり、意思が疎通せぬことがあったこともあった。というよりも、わざとお前に冷たくあたったこともあったし、お前もお父さんなんか煩わしいばかりだと思ったかもしれない。いや、待てよ」

と永造は息子の啓一が眼をつむっているのを横眼で見た。そこで前とは多少意味の違うようなことをいった。

「お前はお父さんに、もっとビシビシやってもらいたかったのじゃないのかな」

ここまでいえる親はめったにない、と永造は涙ぐんできた。

「お父さんも、そうしたくなかったわけじゃない。お前が心の中で望んでいることを知らなかったわけじゃないさ。それをそうしなかったのはお母さんのせいだ。ところがそのお母さんと一緒になったのは、何といっても、お父さんだし、その二人からお前が生まれたのだからな。

そうすると元をただせば、男でもあるのだからお父さんがダラシがない。しかし、啓一」

永造は喜びを感じた。

「なあ、啓一、そのお父さんをそういうふうにしたのは、お父さんの両親だからな。だからといって、お父さんは責任がないという気はない。だからこうして話している。分りあいたいと思っている。

お前の方も同じだ。お前があるときからああした態度をとるようになったのは、直接にはおふくろのせいだ。そしてそのおふくろをそうさせたのは、このオヤジだ。そしてこのオヤジは……とにかくお前とお父さんとは、ある意味では同じ立場でこうして対面している。そこで話はちがうが、今のママなんかはな」

永造は前よりいくらか小さい声でいった。

「お前とこの私とが話がトン・ツウで通じ合えるものだ、と思っているんだよ、どう思うかね、お前は」

永造はそういいながら、もう少し、もう少しと思った。

「ところが、お前のいうことは、お前がいい出すまでは分らない。今だって、お前が何を考えているか、今度何をいうか分らない。お前と私とがトン・ツウではないのは、お前が独立する、独立するといいながら、ほんとうの独立をしないことだな。お前があの小さいときにあのクラスへひとりで通っていたのはいいことだけど、二年のくせに四年のクラスにいたり、自転車にのるのはいいけど、怪我することを忘れていたり、『お知らせ号』を当てたのはいいが、せっかくのその能力を伸すことを忘れていたり、鳩を飼っては、鳩屋に鳩よせをされて馬鹿を見るくせに、同じようなことをくりかえして始めてみたりしたことだな。せっかく小学生のときに児童画で入賞していてセンスがあるといわれながら、中学へ入ると早々に止めてしまったことだな。中学へ入ってから合理的に頭を働かすようになると絵は面白くなくなることは、お父さんも分っているけど、そんなことをいえば、中にはそうではない絵かきになる人だっているわけだよ。何か一つ物になるという片鱗を見せなければ、お父さんだけじゃなくて、本人のお前も頼りないじゃないか。お父さんがお母さんの手前、お前よりこの自分の方が才能があるということを見せようと、競争心をもっていなかったとはいわないけど、けっきょくそんな気持は小さなものなんだ。

お前が玄関に靴をぬぎすてにして、奥で母さんを笑わせて話をしていたのは、大人になったショウコとして、父親なんかくそくらえという気持の現われとして、頼母しいことと思わないわけじゃなかったのだよ。だが、何も将来のことを考えもしないで、ただ大学があるから行きたい、というのだったり、母さんと一緒になって入ったつもりになっていたりされたのでは、困るのだよ。勿論お前がそんなふうであることが母さんを病気にしたり、母さんを絶望的にしたりしたなどとは、お父さんは責めないよ。それや、母さんのことは、何といったって、お父さんが悪いよ。母さんを死なせたのは、ことによったら、このお父さんかもしれないよ」そこで永造は一息ついた。「だが、まさか、お前は自分のことが何の影響もなかったと思っているわけではないだろう。お父さんの子だからな。お父さんと同じ考え方をするに違いないからな」

永造は教員同志で話しあうようにつぶやいた。

「なれっこになる学生ほど始末の悪いものはない。敬礼をしなくてもいい、というとガヤガヤ話をする。出席をとらない、というと出席をどうしてとらないか、とか、出席をとらないのなら、出席したものが損をするという。授業に出ようが出まいが力のあるものはそれでいいのだ、というと不満な顔をする。何と考えても駄目だから出席をとったり、敬礼をさせるか、それとも、気が向いたときに怒鳴って……タマには怒りたくなるよ、人間だからな、というしかない。啓一、お前なんか学校が好きで通っているが、学校で友達に会ってマージャンをやりに行くだけだろう。お前に限らずお父さんなんかも優等生じゃなかったが、教師に悪い、気の毒だと思って教室のスミに大人しくしていた。だが教師のせいにして、何かというと威丈高になって、文句をつけたりしたことはなかった」

啓一は眼をつむって微笑をうかべているように見えた。

「オヤジさん、威丈高になって文句をつけにくるのは、お前さんの方じゃないか。こっちは何が何だかさっぱり分りゃしない。不意にえらい見幕でどなりこんできて、しばらくはおこっているということさえ分らないくらいじゃないか。しばらくは犬のようにぜいぜいいってほんとに心臓をおさえるもんだから、医者を呼びに行けといっているのではないか、と思ったりしたくらいだ。こっちの方が急におこり出したことは一度もない。急におこり出すのは、いつでもオヤジさんの方じゃないのかな。それは死んだお母さんだって、茶の間でよく女中やぼくに話していたよ。お母さんの方からおこったことは一度だってないって、喧嘩を起すのはお父さんの方だって。私はね、私はそれや知っていますよ。オヤジさんがおこり出すのにも理由があるって。けっきょくオヤジさんの思い通りにならないからということが分ってるんだ。だが、ぼくだけじゃなくて、お母さんだって、お父うさんがおこり出すとビクついていたんだ。そのときはワケが分らないからね。そのうち全くイヤになっちゃうんだな。顔を見たくなくなるんだよ。

あの夏のことだ。ぼくが黒いポロシャツを着て出かけたら、オヤジさんは追っかけてきたことがあったね。ぼくはプラットフォームに立っていたらオヤジさんが走ってきて、ぼくの方に向って何かいいたそうにしているのを見て、ぼくはきっと忘れ物をしたのだ、と思ったくらいだった。だがぼくは知らん顔でフォームをぶらぶらしている恰好をしてフォームの事務室のかげにかくれることにした。ちょうど電車がきたので乗ってしまった。

あのときお母さんがあとでいっていたっけ。お母さんが啓一の姿が見えないわねえ。もう出かけたのかしら。また黙って出かけたのかしらって。それにしては玄関で音がしないって。そうしたらオヤジさんは、すぐとび出して行って、家のまわりを一まわりしてぼくの姿が見えないと物置きへいって、ぼくがぬぎすてた白いシャツを見つけたんだ。それから家の中へ入ってこないで、そのまま走って行って駅までやってきて、ぼくの黒シャツを着た姿を見つけたそうだ。オヤジさん、あなたはどうする気だったんですかね。何のために息を切らせてぼくを追っかけてきたのですかね。お母さんの代りになって、おこりにきたのですかね。夏、どうして黒いシャツを着こんだりするんだといって。それにしても、お父さんはどうしてぼくがあのとき一回だけ物置きを着換えの場所につかったことに気がついたのかなあ。

ぼくが女中の彼女とキッスしている後姿を見て、あなたはお母さんにいいつけに行ったときも、あなたが神通力を働かして気がついていたのに驚いたな。二度か三度のうちの一度をどうして見つけたのか、驚かざるを得なかった。あのとき、あなたは家にいないはずだった。第一ぼくはあなたの姿も見ないうちにお母さんがわめきながら階段をのぼってきたんだから。あとで分ったが、お母さんはわざと音を立ててやってきたんだそうだ。

オヤジさんは黒シャツのときも、このときも母さんに報告するだけで、怒鳴らないのだからな。その代り母さんが代りに怒鳴るんだからな。あれは助かったよ。

あのときは二階へあがってきて、ベッドに寝ているぼくに向って急にわめき出したんだ。あのときはオヤジはぼくをびっくりさせるためにこの世にいるのかと思ったよ。これが父親というものの意味であり、父親の生甲斐なのじゃないかと思った。父さんのネクタイをちょっと拝借して返すのを忘れていた。あのとき、父さんは、『お前が私のネクタイをしめて大人になりたがる気持が悪いと一概にいうのではない。ただ二度も三度もくりかえし、それも一番上等のものを持ち出し、アメリカの友人がプレゼントしてくれたものを撰りに撰って持ち出して、それが分らずにすむと思うのか。使ったまま自分の部屋にほったらかしておく。その前はとっておきのバンドを持ち出す。それからコペンハーゲンで買った、まだ日本では珍らしい縦長の型のバッグを旅行にもって行ったのはいいが、帰りには持ってこなかった。あれは友達に貸したのか、質に入れたのか、それとも紛失したのか、それさえハッキリいやあしない。再三再四、こういうことはお前にいってきた。そのあげく、またネクタイがない。どうしてお前はこんなことをしていて、同じ家の中で平気で寝ていることが出来るのだ。それにお前がオレのネクタイをしめて歩いているかと思うと、どんなに恥かしい気がしていたか、お前には分らないのか』と立ちはだかられたとき、せまいぼくの部屋の中で、ぼくがどんなにびっくりしたか。『どうしても欲しければ、まだ大学へも入っていないのだがネクタイを一本ぐらい気にいったものを持っていいが、それはお前、自分のものは、自分のものとして、父さんのものとはケジメをつけておかなくっちゃいけないよ』といわれたとき、ぼくは聞いてはいなかったな」

「まさか、お前、お父さんとお母さんとは、けっきょく分りあっていたとか、どこかで手をつないでいたのだ、と思っているのじゃないだろうな」

「トン・ツウだったんだよ、あなたと母さんは。母さんがぼくのことを考えてくれたか知らないが、そんなことはどうでもいいのですよ」

「まさか、お前、そう思っているわけじゃないだろうな。私が母さんの代りに黒シャツをたしかめに、駅まで自転車で追っかけたのは二人が仲がよかったり、仲をよくしようとしていたと思っているのじゃないだろうな。このオレと母さんは、お前が生まれる前の、お前の年頃のときからいつだって乳くりあっていたので、そのショウコに別れもしなかったと思っているんじゃないだろうな。あのときオレが自転車がパンクをすることをひどく恐れながらお前さんに早くめぐりあうことに一所懸命で、お前さんの姿が見えたとき、『母さん、いた！　まちがいなくいた！　やっぱりカンが当った。黒いシャツ着たさに私たちをあざむいた！』と思っていたじゃないか、というつもりかね」永造は、ほんとにそうなのだろうか。乳くりあっていたのだろうか、と自分の言葉につられて思った。ほとんど一度も考えたことがないのに、ことによったら、と思った。あんなに夫婦が喧嘩をしていたのを見てきた啓一が、そんなふうに考えるとは。

「お前はよその下町の友達の家のように、正月など父さんが床の間の前に坐って、オトソを母さんが父さんについで、それからお前や光子がお相伴にあずかって、声をそろえて、『オメデトウゴザイマス』というようなふうだといい、と光子に話したことがあったはずだな。お母さんがお父さんをもっと尊敬して、あがめなくっちゃいけないんだよ、といっていることがあって、あれは父さんの耳に入ったよ。お前はあの時、小遣銭をせびるつもりでいったのかもしれないが、私は感動したな。あれは黙っていたが、いい言葉だと思った。ほんとにその通りだ、と感心した。お前もよその家をのぞいて大人になったんだ。お前はいいかげんな人間じゃない。

見るべきものは見ている。気がつくべきことは気がつくし、将来、心配はない。これは母さんがいなくなってからいったことだが、その前だって、お前は母さんの生きているときからよく母さんにいっていたのに、母さんは実行してくれなかったといった。たしかに母さんは父さんにそのことを相談したこともなかったよ。お前がなぜああいうふうにダンランを望んだのだろうかね。私と母さんが喧嘩をしたり、お母さんが私を立てたりしていないのは、互いに我儘で慣れあいになっているので、互いにアグラをかいているだけのことで、子供にとって迷惑なだけだぐらいに思っていたのではないだろうな。

お父さんがお前の頼りにする母さんに頼り切り、お前への割当てまでこっちへよこせという気分でいたと思っているのか」

永造は空腹をおぼえて、戸棚をさがした。

「お前は外へ出ていくと、きっと母さんの夢を見るよ。お前は何といっても母さんによくしてもらい、その分だけ駄目になっているともいえなくはない。だから、ここを離れると、母さんの夢を見るよ、きっと、光子をおいて、父さんを捨てて、自分一人のために出て行ったことで、悪いことをしたと思って、母さんに叱られる夢を見るかもしれないよ」

夢を見るのは、オヤジさんの方じゃないか、と啓一がいいそうに見えた。チーズなら身体にさほど悪いこともあるまい。永造は切りとって、つまみ、ふと息子の前にも置いた。眼をつぶっている息子の口の中へ入れてやりそうになった。

「お前、この前ためておいたノミヤの借金は、おれが払っておいてやったよ。たった一軒行くノミヤへお前が行っていると知ったときはびっくりしたよ。お前に話したことがあったかもしれないが……」

不意に永造は妙な苦痛が起ってきた。その原因は分った。止めようがなくなって永造はいった。

「さっきだって靴はぬぎすてたままになっていた。ママはわざとそのままにしておくから、この父さんが直そうと思ったが止めた。どうしてあのままにしておくんだ。ちょっとその気になれば出来ることだろう。お前も親になってみれば、お前が靴をぬぎすてにしたり、新聞を読みすてにしたり、今そこのクッションを折りたたんで枕がわりにして、そうして放っておくというようなことは出来なくなる。それを今からやるのだよ。そのくらいの遠慮と気遣いはして貰いたいな。昨日や今日のことじゃない。この靴のぬぎすての苦痛は、光子の場合にはないのに、お前にだけは少しもおさまらないのは、まことに残念だ。まことに情けないことだと思うよ」

永造は啓一をふりむいた。「ここまでいうんだから、お前も察してくれよ。なあ、啓一。お前はお父さんを、断続的とはいいながら、何時間も苦しめたんだよ。その靴でな」

「ノミヤの払いは、こんどぼくが行くまでそのままにしといてくれないか。そこはハッキリしといた方がいいんじゃないのかな」

いつから眼をさましていたのか、今の靴のことは、きいていたのだな、と永造は思った。そのくせ、やはり直しに行く気はないのだ。息子に対する期待は、この一事ですべて失われていることにしよう、と思った。お前がその気なら、こっちもおぼえておくぞ。……不意に全くおれの気持が分らないのではないか、全く一人角力なのではないか、と思った。

「お前はけっきょく、この一事にしても、小さな、小さな、靴のこと一つにもよく現われているが、責任をとろうとはしない。これがさっきもいう、尻をオヤジのところへもってこようという態度と同じなんだ。お前は、こういうふうにして大人になったと思い、独立したと思っているんだ。こうしていれば、靴をあそこにああして斜めにして、片一方はひっくりかえしにしておけば、もうそれで挑戦できると思っているらしいんだ。それなのに、こっちは……」永造は酔っているか、いないか、自分の声に耳をすませた。

「それなのに、こっちは」

と自分の声をさぐるように聞いた。どうでもいいって？　そんなことがあっていいはずはない、と永造は、たしかめるように呟いた。

「それなのにこっちは、お前の靴に、そろそろハンバリを打ってやらなくっちゃいけない、ということさえ考えているんだ。お前が外で交通事故にあったりしたときに、お前がかつがれてきて、靴のことで一言わびておこうという姿まで……」

永造はそこまでいって止めた。

啓一が立ちあがって、こっちを向いた。

永造は啓一が顔をしかめているか、堅い表情をしているか、あるいは、父に絶望しているという表情をしているかどうか、見た。

「もう酒を飲むのは止めたらどうだ。同じことをくりかえしているじゃないか」と啓一はいった。「オヤジさんの授業は自分の気に入ったことになるとくどいっていう評判だぜ」

永造は黙ってしまった。

「寝台を持って行ってもいいだろうな。もし反対なら、今いってくれ。色々さっきから考えていたんだが、アパートの部屋が狭くなるが、やっぱり持って行くことにしたよ。寝台の下へ物が入るし、あれはあれで、腰かけ代りにもなるし、万年床をしているといって文句をいわれるよりいいからな。オヤジさんが来て、部屋の中をのぞかれるときの用意にね。どうせ光子もくるんだから皆さんもおいでになるし、このさい僕も親子の縁を切りたいとは思わないから」

永造はシェークスピアの「ヘンリ四世」の中のフォールスタッフの言葉をブツブツ口の中でいった。

啓一が聞いていようがいまいが、どうでもよかった。永造は酔うと、クラスのコンパなどでいつもそれをやった。フォールスタッフが酔っていう言葉だ。

「ぼくは待ちきれないから、外へ出て行ってくるぜ。今日は戻ってこないかもしれないから、そうママにいっといて。ちゃんと待っていたのだから。それからぼくのフトンね、少し干すようにいっといてくれないか。光子のだってきっと湿気てるよ」

息子が泣き出しそうになっているのを見て永造はおどろいた。

「ぼくはイヤなんだ。湿気たまま寝るのがイヤなんだ。こういえば何か心の中にわだかまりがあるように思われるだろう。わだかまりがあれば仕方がないけど、何もないときに、そうでないようにとられることはたまらないからな。なかなか理解してくれない。ぼくだって気を使うんだ」

「それは、おれに似ているのさ」

と永造は勝ちほこったように心の中で思ったが、黙って感動したようなふりをした。

車の音がして京子が戻ってきたとき、永造は早速自分の方から話しかけた。

「さっきまで啓一も待っていたが、今日は友達のところへでも泊りに行ったらしい。どうせマージャンをやる約束が前からしてあったのを、しばらくおれとつきあっていたのだろう。マージャンをやるのなら一流になるぐらいまでやれや、いいんだ。何だってそれでメシが食えるぐらいなら、こっちは心配しなくてもすむんだが、一通りみんなのすることを通るだけだから困る。いったい誰に似たのか」

「あなたはその反対ね」

と京子はいった。

「あれのおふくろにだって似ちゃいないよ。それより身体の方は大丈夫か」

といいながら、啓一のいったことを彼は口に出した。

「私の方のことだけど」

と京子はいった。

「私の方のこと、いっていい?」と念を押した。

「先生はとてもいい人のようだわ。暗がりだから、先生の家をさがし当てるのにたいへんだったけど、行ってよかった。あなたのおかげだわ、様子が分っただけでもよかった。先生がひきとってきて自分の家のフロへ入れたり、シャツやパンツをぬがせて自分の子供のものを着せてやったりしたあと、ごはんを食べさせてくれたりするそうなのよ。ご主人なども自分の子供のように扱ってくれるそうよ、先生の方で折を見て伊丹の方へ話をしてくれるそうだけど。伊丹がうつした学芸会の写真をくれたりして、先生も伊丹たちも一生懸命やっているというのよ。伊丹アザをこさえていたことがあるそうなのよ。どうしたか先生がたずねてみたら、いうことをきかないので百合ちゃんに牛乳ビンでなぐられたそうよ。本当かどうか分らないけど、そういうこともあるでしょうね、といっといたけど。そういうことがあるときけば、主人はどうしても引取るといってきかないといっちゃったわ。そんなことといっていけなかったかしら。ところがどちらの味方も出来ないから、様子を見させてくれということなのよ。私のいい方が悪かったのかしら。もっと、こっちの味方してくれるように思ったけど、あなたが心の中で思っているように、私って変なところがあって、自分のことしか考えていない、イヤな人間に見えるかしら。一生懸命、気をつかってしゃべっているつもりで、手前勝手に見えるんだったら、どうしていいか分りゃしない」

「啓一のヤツ、アパートに住むといい出したよ。そろそろ何かいい出す頃だと思っていたら、おいでなすった」

「あら」

「金を出してくれとおいでなすった」

「あら、やっぱり」

永造は写真をとりあげた。かぼそい顔をした影のうすい男の子が、犬の頭をした帽子をかぶって、別の動物の頭をした帽子をかぶった友達と舞台である教壇に立っているのが一枚と、もう一枚は塀のところでこちらを見て微笑をうかべているのだ。

「可哀想に、たしかに、この子だ。きみにも似ている。誰が見てもこういう淋しい顔をさせといてはいけないというだろう。久ちゃんたちは、こんど失踪してから先生のところへ来ているのかな。解っているからいうわけじゃないけど、こんな可愛い子が外をふらついているというのに、仕事が忙しいからとか、いつものことだからといって放っておくことはない。誰一人、本人のことを考えないというのはよくない」

京子はどのくらい酔っているのか、うかがうように永造を見あげた。いつもなら、

「私のいないところや、私のいないときにはお酒をのまないで」

というのだが、黙っていた。

「啓一のやつ、独り立ちしてやって行くだとか、世間を自分の眼で見るだとか、ぼくがいったことを、まるで自分が考えついたみたいにいっているが、あれにいわせると、東京に家があるというのがいけないので、地方の友達はみんな下宿をして、アパートで自炊をしてテレビをもって好きなときに好きなように暮すのが当り前のようなつもりらしいが、あの子に自炊が出来るわけがない。三日坊主だからな。啓のやつはタバコの煙をふいて輪を作ったり、智恵の輪みたいなことをやらせるとうまかったりするし、ほら、この前、あんたがやらせたとき、ちゃんとやって見せたじゃないか、ガラスの器をふって中にある三つの輪を棒に通すやつ。あれは二つまでは光子もきみも出来るが、ぼくなんか、二本通すことも出来やしないのに、あいつはちゃんと出来るんだからな。あいつは妙なやつだよ」

永造はくすくす笑った。

「そのくせ、あいつは下駄を預けているというのか、二年生の自分のクラスへ行ったつもりで、四年生のクラスに一週間もいたんだからね。転校生の紹介というものだってあるはずなのに、あいつはそのときどうしたんだろう。先生に紹介してもらわなかったのかな。黙って教室にいたのかもしれないが、第一教科書はどうしたんだろう。教科書なんか見ずにいたのか、友だちのをニコニコして見せてもらっていたのか、いったい、どうしたんだろう。田舎から東京近郊へきたんだから言葉が違うから、ただぼんやりしていたのかな。

さっきまで靴をぬぎすてのままにしておいたが、あのままはいて出かけて行った。ほんとうは今はそれほど気にならないがね。京子と暮すようになってからはそうでもないのだが、それにしても、あいつ、アパートへ行ったら、靴をなくしてしまうんじゃないかな。ちょっとのことじゃないか、靴の向きを変えてそろえるなんてことはちょっとその気になれば出来ることじゃないか。ほんとは靴もぬがずにあがりたいんじゃないかな。ああいう人間に限って、自分が世帯をもって子供がうまれると、けっこううるさいんだな。折りたたんだままになっている、そこのクッションは、さっきまで啓のやつが寝ころんでいたのだが、そのままにして行った。よっぽどちゃんと直してから行けといってやろうと思ったが、まあ、あいつも子供じゃないのだから、いうのは止しにした。しかし、あいつは、こちらが今でもそのことで気にしたり、むかむかしているということには気がつかないで電車に乗っているんだろうか。そうとしたら、これはおかしなことじゃないか。ねえ、京子。血のつながった親子というもの、長い間のつきあいの親子というものが。そうだ、あいつの背中を見てギョッとするのは、何故だろうかね。

あいつの方は、どうなんだ。

京子、お前がきてから、いつだったかな、お前が二階で啓とおれが急にとっくみあいをしてわめき出したのでびっくりして、何をしていたの、ときいたことがあったっけ。最初にこのおれの怒鳴る声がしただろう。あのとき、おれは、階段をそっと昇って行ったんだよ。何故そっと昇って行ったと思う。それは、あれが疲れてベッドで寝ているのを起すまいというつもりだったんだ。一ぺんに怒鳴ってやろうという気もあったが、それだけでもないんだな。あいつをゆっくり寝かせておいてやろうとも思っていたんだ。それがドアをあけて『おい起きろ!』と怒鳴ったんだ。あれは啓の部屋だからね。啓を勉強させ一人前に育てるために、あいつに敬意を表し、あいつのプライバシーを尊重するつもりで、あいつのおふくろとぼくとが、色々と苦労して新築してこさえてやった部屋だからね。ああいうやつだからニコニコしておふくろのいうことをきいていたがね。とてもいいことがあると思ってね。ところがそうはいかないさ。そうはいかないんだな。

啓の部屋へ入ったときは……二度、ネクタイのことで入った。あのときは、京子、啓とお前さんが乗っていた車の輪止めのことだったのだ。ドライブして戻ったとき、輪止めの木をかっておくように啓に頼んだのに啓は黙って二階にあがった。その前にお前さんの山小屋に着いたとき、あの坂道に車をとめたとき、啓が、『もうおれがやっといたからいいんだよ』といった。そんな小さなものじゃ駄目だといったら、あれは、これでいいんだ、といってきかなかった。そこでこっちは取りはずして置きかえた。

何故二人はあんなことでいがみ合っていたのかな。あれはこの私に世話をやいた。助手台に坐っているのなら、助手らしくしてやれというわけだ。度々私の背中をつついた。あれは京子に対して私がサービスが悪いというわけだったのかな。それならそれで大したものじゃないか。

山の上でエンコしたとき水を汲んできた。あのとき、啓は私を無視するような顔をした。それがこっちには手にとるように分るんだ。啓がどういう気持でいるかということが分る。湖へ着いたら、啓の姿が消えた。飯をくっているときだ。啓ちゃんはどうしてここへ来ていっしょに食べないのかしら、とお前がいったね。啓はあのときコーラの瓶を湖へ放り投げているのが、私には見えたのだ。あれは誰におこっていたのかな。この私に腹を立てていた。おふくろを恋しがっていたのかもしれない。あの日何があったかもう忘れた。

ところが家へ戻ったあと、あの輪止めのことで、急に私は啓の部屋へあがっていった。

『いったい何のことだ。輪止めがどうしたんだ。いったい何をいいたいんだ。ネクタイのことならおれも分るが、今は何を怒ってるんだ。なぜコーラの瓶を投げたのが悪いんだ。おれのしたいこともさせないのか』

『みんな分っているんだ。こっちには分ってるんだ。お前の腹の中にあることは、知ってるんだ』

『何が分ってるんだ』

そこで胸ぐらをつかむと向うも胸ぐらをつかんだ。

『白っぱくれるな』

『何にも分りゃしない。こんなことでは、何もいうこともすることも、寝ることも出来やしない。靴をぬぐことも、便所へ入ることも、アクビすることも、リビング・ルームで横になることも出来やしない。母さんがいっていた。私の部屋を通って自分の書斎へ行かれるのが、寒けがすることがあるって、女中にいっていた。それがそうなんだ。新しいママが来たら、もういいじゃないか。やり直しをしたらいいじゃないか。それともあれかい、ぼくがその邪魔をするというのか』

「ああいうことをいうんだからな。こっちのことが分っているつもりなんだからな」

京子は不安そうに永造の顔を見あげ、やっぱりこの家には来るべきでなかったのかもしれない、と根本的なことを考え直そうとしているように見えた。

（『別れる理由2』に続く）

P+D BOOKS ラインアップ

三匹の蟹　大庭みな子　●愛の倦怠と壊れた〝生〟を描いた衝撃作

水の都　庄野潤三　●大阪商人の日常と歴史をさりげなく描く

抱擁　日野啓三　●都心の洋館で展開する〝ロマネスク〟な世界

プレオー8の夜明け　古山高麗雄　●名もなき兵士たちの営みを描いた傑作短篇集

別れる理由1　小島信夫　●伝統的な小説手法を粉砕した大作の序章

帰去来　―太宰治 私小説集　太宰 治　●「思い出」「津軽」太宰〝望郷作品〟を味わう

P+D BOOKS ラインアップ

ソクラテスの妻　佐藤愛子　●若き妻と夫の哀歓を描く筆者初期作3篇収録

女優万里子　佐藤愛子　●母の波乱に富んだ人生を鮮やかに描く一作

黄昏の橋　高橋和巳　●全共闘世代を牽引した作家〝最期〟の作品

堕落　高橋和巳　●突然の凶行に走った男の〝心の曠野〟とは

白く塗りたる墓・もう一つの絆　高橋和巳　●高橋和巳晩年の未完作品2篇カップリング

誘惑者　高橋たか子　●自殺幇助女性の心理ドラマを描く著者代表作

P+D BOOKS ラインアップ

P+D BOOKS ラインアップ

桜桃とキリスト（上）	長部日出雄	● キリスト教の影響を受け始めた三鷹時代の太宰
桜桃とキリスト（下）	長部日出雄	● 絶頂期の中〝地上の別れ〟へ進む姿を描く
宣告（上）	加賀乙彦	● 死刑囚の実態に迫る現代の〝死の家の記録〟
宣告（中）	加賀乙彦	● 死刑確定後独房で過ごす青年の魂の劇を描く
宣告（下）	加賀乙彦	● 遂に〝その日〟を迎えた青年の精神の軌跡
フランドルの冬	加賀乙彦	● 仏北部の精神病院で繰り広げられる心理劇

P+D BOOKS ラインアップ

P+D BOOKS ラインアップ

人間滅亡の唄　深沢七郎　●　〝異彩〟の作家が「独自の生」を語るエッセイ集

アニの夢 私のイノチ　津島佑子　●　中上健次の盟友が模索し続けた〝文学の可能性〟

楊梅の熟れる頃　宮尾登美子　●　土佐の13人の女たちから紡いだ13の物語

記憶の断片　宮尾登美子　●　作家生活の機微や日常を綴った珠玉の随筆集

幼児狩り・蟹　河野多惠子　●　芥川賞受賞作「蟹」など初期短篇6作収録

ウホッホ探険隊　干刈あがた　●　離婚を機に始まる家族の優しく切ない物語

P+D BOOKS ラインアップ

海市 福永武彦 ●親友の妻に溺れる画家の退廃と絶望を描く

風土 福永武彦 ●芸術家の苦悩を描いた著者の処女長編作

夜の三部作 福永武彦 ●人間の〝暗黒意識〟を主題に描く三部作

夢見る少年の昼と夜 福永武彦 ●〝ロマネスクな短篇〟14作を収録

加田伶太郎 作品集 福永武彦 ●福永武彦〝加田伶太郎名〟珠玉の探偵小説集

廃市 福永武彦 ●退廃的な田舎町で過ごす青年のひと夏を描く

P+D BOOKS ラインアップ

残りの雪（上）
立原正秋
●古都鎌倉に美しく燃え上がる宿命的な愛

残りの雪（下）
立原正秋
●里子と坂西の愛欲の日々が終焉に近づく

剣ケ崎・白い罌粟
立原正秋
●直木賞受賞作含む、立原正秋の代表的短編集

サド復活
澁澤龍彥
●サド的明晰性につらぬかれたエッセイ集

マルジナリア
澁澤龍彥
●欄外の余白（マルジナリア）鏤刻の小宇宙

玩物草紙
澁澤龍彥
●物と観念が交錯するアラベスクの世界

P+D BOOKS ラインアップ

虫喰仙次　色川武大　●戦後最後の「無頼派」、色川武大の傑作短篇集

小説 阿佐田哲也　色川武大　●虚実入り交じる「阿佐田哲也」の素顔に迫る

ぼうふら漂遊記　色川武大　●色川ワールド満載「世界の賭場巡り」旅行記

ばれてもともと　色川武大　●色川武大からの〝最後の贈り物〟エッセイ集

廻廊にて　辻 邦生　●女流画家の生涯を通じ〝魂の内奥〟の旅を描く

夏の砦　辻 邦生　●北欧で消息を絶った日本人女性の過去とは…

（お断り）

本書は1982年に講談社より発刊された単行本『別れる理由　I』を底本としております。
あきらかに間違いと思われるものについては訂正いたしましたが、
基本的には底本にしたがっております。
本文中には老婆、未亡人、外人、女中、乞食、アンマ、踏切番、酋長、低能、部落、
チョン、二号、坊主、醜男、支那料理、看護婦、黒人、職工、父兄などの言葉や
人種・身分・職業・身体等に関する表現で、現在からみれば、
不当、不適切と思われる箇所がありますが、著者に差別的意図のないこと、
時代背景と作品価値とを鑑み、著者が故人でもあるため、原文のままにしております。
差別や侮蔑の助長、温存を意図するものでないことをご理解下さい。

小島 信夫（こじま のぶお）
1915年（大正4年）2月28日―2006年（平成18年）10月26日、享年91。岐阜県出身。1954年『アメリカン・スクール』で第32回芥川賞を受賞。代表作に『抱擁家族』『別れる理由』『うるわしき日々』など。

別れる理由1

２０１９年７月16日　初版第１刷発行
２０２４年８月７日　第３刷発行

著者　小島信夫

発行人　五十嵐佳世
発行所　株式会社　小学館
〒１０１－８００１
東京都千代田区一ツ橋２－３－１
電話　編集　０３－３２３０－９３５５
　　　販売　０３－５２８１－３５５５
印刷所　大日本印刷株式会社
製本所　大日本印刷株式会社
装丁　おおうちおさむ（ナノナノグラフィックス）

ISBN978-4-09-352371-4

P+D BOOKS